Un robot en mi jardín

DEBORAH INSTALL

Un robot en mi jardín

Traducción de
Nieves Nueno

Grijalbo | **Narrativa**

Título original: *A Robot in the Garden*

Primera edición: marzo, 2016

© 2015, Deborah Install
© 2016, Penguin Random House Grupo Editorial, S. A. U.
Travessera de Gràcia, 47-49. 08021 Barcelona
© 2016, Nieves Nueno Cobas, por la traducción

Printed in Spain – Impreso en España

ISBN: 978-84-253-5385-7
Depósito legal: B-742-2016

Compuesto en Revertext, S. L.

Impreso en Rodesa
Villatuerta (Navarra)

GR 5 3 8 5 7

Penguin
Random House
Grupo Editorial

*Para Stef y Toby,
mi inspiración*

1

Desamparado

Hay un robot en el jardín —me informó mi esposa, Amy. Oí sus pasos unos instantes después, y luego su cabeza apareció en la puerta del dormitorio. Alcé la vista del periódico que estaba leyendo en la cama para ver esa expresión suya que dice «eres para mí una continua fuente de frustración».

No di muestras de entenderla. Repitió lo que había dicho.

Entonces, con un pequeño suspiro, retiré el edredón y fui hasta la ventana que daba a nuestro incontrolable jardín trasero.

—¿Por qué iba a haber un robot en el jardín?

Ella no respondió.

—¿Has vuelto a dejar abierta esa maldita verja, Amy?

—Si la arreglaras, como no dejo de pedirte —dijo—, no habría ningún problema. Las casas viejas necesitan mantenimiento, Ben, y también los jardines. Si pudiéramos llamar a alguien...

Hice caso omiso de sus palabras.

Aparté la cortina y miré por la ventana. Efectivamente, había un robot en el jardín.

Eran las siete y media de la mañana cuando el robot entró en nuestras vidas. Yo no tenía por qué estar levantado a esas horas, pero desde la muerte de mis padres seis años antes, justo antes de conocer a Amy, me resultaba difícil dormir por las mañanas. Mi casa había sido la casa de ellos, el hogar de mi infancia, y en mi cabeza la voz de mi madre me gritaba desde abajo «levántate y aprovecha el día» tan pronto como me despertaba.

Bajé a trompicones la escalera detrás de Amy, con los ojos entornados y con la esperanza aún de empezar el día con suavidad leyendo el periódico. En la cocina vi que Amy se había apoderado ya del espacio colocando una taza de té y un *bagel* con crema de queso encima de las páginas de sociedad. Llevaba su más severa indumentaria laboral, un traje pantalón de tejido mil rayas, una camisa blanquísima de solapas anchas y unos tacones de vértigo. Se había recogido el cabello, rubio natural, en un cilindro perfecto detrás de la cabeza y se había maquillado, lo cual indicaba que le esperaba un día muy serio en el juzgado. No parecía estar de humor para conversaciones, así que me preparé un café solo y me retiré a mi estudio. Bueno, no era mi estudio, sino el de mi padre. Yo no necesitaba un estudio propiamente dicho, pero cuando Amy trabajaba desde casa por las noches prefería ocupar el salón y que yo no le estorbara.

Oí que vaciaba el lavavajillas mientras me tomaba el café y daba vueltas y más vueltas en mi viejo asiento (el viejo asiento de mi padre), que crujía y protestaba a cada giro. Los libros de mi padre que cubrían las paredes del estudio rotaron a mi alrededor. El primer sol de la mañana resaltaba el polvo que vivía encima de sus páginas y que salía cada día a dar un paseo.

Encendí la radio para escuchar el programa matinal. El tintineo de los vasos y platos cruzaba el pasillo impidiéndome oír, intercalado de vez en cuando con el sonido de unos tacones altos cruzando la cocina y luego seguido de un breve silencio mientras Amy se tomaba su desayuno. Todo lo hacía enérgicamente; fruncí el ceño tratando de recordar qué me había dicho de aquel día, si esperaba que se cerrara un caso difícil en el juzgado o que se abriera otro.

Tras una pausa prolongada me llamó, y al ver que no respondía vino a buscarme.

—He dicho que hay un robot en el jardín...

Según mis cálculos, el robot debía de medir un metro veinte de alto y la mitad de ancho. Tenía la cabeza y el cuerpo metálicos y cuadrados y unos remaches que me parecieron chapuceros, aunque no supiera qué aspecto debían tener. Sus piernas cortas y sus brazos parecían tubos de evacuación de aire de secadora pintados con pistola, con unas planchas planas a modo de pies y unas manos como los extremos de esas pinzas para agarrar objetos que tienen los ancianos. En conjunto, era la viva imagen de un trabajo escolar.

—¿Crees que está vivo? —preguntó Amy mientras mirábamos por la ventana de la cocina.

—¿Vivo? ¿Te refieres a si tiene sensibilidad o a si funciona?

—Ve a echar un vistazo.

Le dije que debía ir ella primero, ya que había sido la primera en verlo. Mi sugerencia suscitó en mi esposa la misma mirada que me dedica cuando le propongo que si quiere flores se las compre ella misma.

—No tengo tiempo para eso, Ben. Ve tú.

Entró en el salón a grandes zancadas para recoger sus papeles y su maletín de la mesita baja. Me dirigí a la puerta trasera, y al accionar el pomo oí que la puerta principal se cerraba de un portazo.

El robot se hallaba sentado bajo el sauce, de espaldas a nuestra ventana y con las piernas hacia delante. Minúsculas gotas de rocío otoñal cubrían su carcasa metálica. Era como una fusión de alguna clase de arte japonés y unos materiales procedentes de un desguace. No parecía moverse, pero al acercarme vi que

11

miraba hacia unos caballos que estaban en el campo, más allá de nuestro jardín. Las leves oscilaciones de su cabeza dejaban claro que los estaba observando.

Me detuve a cierta distancia. No sabía muy bien cómo iniciar una conversación con un robot. Aunque en mi casa no habíamos tenido ninguno cuando éramos pequeños, algunos amigos sí, y todos opinaban que no les interesaban demasiado los saludos cuando tenían un trabajo que hacer. Eran sobre todo sirvientes domésticos, muñecos artesanos de brillante cromo y plástico blanco que iban de aquí para allá pasando el aspirador, preparando el desayuno y de vez en cuando yendo a buscar a los niños al colegio. Mi hermana tenía uno y mi esposa quería tener otro, pero nunca me había parecido necesario porque solo éramos dos en casa. También los había más baratos, no tan brillantes y con menos funciones, capaces de plancharte las camisas y sacar la basura. Pero nunca había visto ninguno como aquel. Ni los robots baratos eran tan cochambrosos.

—Esto… hola.

El robot se sobresaltó y dio un bote. Soltó un chillido y trató de ponerse de pie, pero se cayó de lado, dejando a la vista un cuadrado de hierba aplastada. Allí tumbado, con las plantas de los pies hacia mí, se puso a patear descontroladamente como una mariquita boca arriba. Me sentí obligado a ayudarle.

—¿Estás bien? —pregunté, empujándolo hasta que se quedó sentado de nuevo.

Volvió la cabeza hacia mí y sus abombados párpados metálicos se abrieron y cerraron varias veces con un zumbido. Debajo de esos párpados dos brillantes esferas subían y bajaban mientras el robot me observaba. Sus pupilas se ensanchaban y estrechaban como obturadores en función de qué estuviese mirando en cada momento. Bajo los ojos tenía una nariz con el tamaño y la forma de una pieza de Lego cuya finalidad parecía ser exclusivamente estética. Su boca era una oscura abertura hecha con una vieja unidad de CD; era evidente que su artífice encontró una criando polvo por ahí, así que le dio un buen uso.

Tenía pequeñas marcas y abolladuras por todo el cuerpo, y si se movía repentinamente su panel pectoral se abría con un crujido y mostraba una combinación de mecanismos de relojería de latón y complejos microprocesadores entrelazados de un modo que me resultaba incomprensible. Quien lo había creado, era, sin duda, un artesano tanto de la alta tecnología como de la vieja escuela. Una luz se encendía y se apagaba en el centro de aquel revoltijo mecánico. Supuse que sería el corazón del robot. Me fijé más y vi que junto a ella había un cilindro de vidrio con un líquido amarillo cuya función no quedaba clara. Tras un examen más detenido observé una pequeña grieta en el vidrio, pero no le di mayor importancia.

Al contemplarlo entre la brisa vi lo sucio que estaba el metal. Por los residuos que llevaba pegados, parecía que durante el viaje realizado hasta llegar a mi jardín hubiese atravesado incluso un desierto, un corral y una ciudad. Como ignoraba por completo de dónde venía, podía muy bien haber sido así.

Me agaché junto a él sobre la hierba.

—¿Cómo te llamas?

No respondió, así que me señalé el pecho.

—Ben. ¿Y tú?

Entonces lo señalé a él.

—Tang* —dijo con voz tintineante y electrónica.

—¿Tang?

—Tang. Tang. Tang. ¡Tang!

—Vale, vale… ya lo entiendo. ¿Por qué estás en mi jardín, Tang?

—Agosto.

—No estamos en agosto, Tang —dije amablemente—, sino a mediados de septiembre.

---

* «Tang» en inglés significa «olor fuerte».

—Agosto.

—Septiembre.

—¡Agosto! ¡Agosto! ¡Agosto!

Guardé silencio unos instantes y luego probé con una táctica distinta.

—¿De dónde vienes, Tang?

Me miró parpadeando pero no dijo nada.

—¿Quieres que llame a alguien para que venga a buscarte?

—No.

—Estupendo, ya nos vamos entendiendo. ¿Cuánto tiempo piensas quedarte en mi jardín, Tang?

—Tang... Tang... Tang... Tang...

Repetí mi pregunta amablemente.

—¡Tang! Tang... Agosto... no... no... ¡no!

Crucé los brazos con un suspiro.

Cuando Amy llegó a casa del trabajo doce horas más tarde, abrió la puerta trasera y me hizo señas con la mano para que entrase.

—Quédate aquí —le dije a Tang.

Mi recomendación parecía innecesaria. Me había pasado la mayor parte de la mañana sentado en mi estudio, ignorándolo para ver si se marchaba por iniciativa propia, pero no se había movido. El resto del día lo pasé yendo y viniendo entre la casa y el robot, tratando de idear formas de comunicarme con él. Para cuando volvió Amy, su obstinación había despertado mi interés.

—¿Qué pasa? —preguntó ella.

Amy alzó una ceja al ver el pantalón de pijama verde botella y el viejo batín azul, la misma ropa que llevaba cuando ella había salido de casa por la mañana. Mi mujer detestaba ese batín; siempre olía a humedad, por muchas veces que se lavase.

—Bueno, es un robot chico —dije—, o al menos lo parece.

—¿Es que tienen género?

—En general, no estoy seguro. En cualquier caso, este sí. Es un poco diferente.

—Desde luego que sí. Ni siquiera es un modelo básico.

—No, con lo de diferente quiero decir que es especial.

Al oír eso, Amy arrugó la nariz y dijo:

—¿Cómo lo sabes?

—No lo sé. Simplemente me lo parece.

—¿Ha dicho algo?

—Que se llama Tang y que estamos en agosto.

—Pero no estamos en agosto, sino a mediados de septiembre.

—Ya lo sé. Está hecho polvo. Tiene abolladuras por todas partes, y dentro tiene un cilindro con una grieta.

—¡Fantástico! Así que además es un robot roto. Me parece perfecto.

No reaccioné.

Amy se ablandó un poco.

—¿Qué más ha dicho?

—Poca cosa.

—Bueno, ¿por qué está aquí?

—No lo sé; no lo ha dicho.

—¿Y cuánto lleva…?

—Mira, tampoco lo sé, ¿de acuerdo? No hemos llegado tan lejos.

Amy entornó los ojos.

—No podemos dejarlo sentado en el jardín toda la vida, hasta que se oxide. Ve otra vez a hablar con él.

—Llevo todo el día intentando comunicarme con él. Háblale tú si crees que puedes hacerlo mejor.

Esa mirada otra vez, como la de un gato que ha recibido una reprimenda. Aunque no soportaba que me diera órdenes, apreciaba mucho las virtudes de una vida tranquila, así que al final, a pesar de mi frustración, murmuré:

—De acuerdo.

Y abrí la puerta trasera.

Al cabo de una semana, Amy decidió que tener en el jardín un robot de segunda categoría quedaba feo y que no quería verlo cada vez que miraba por la ventana de la cocina. Yo había logrado que me hablase un poco, pero no había conseguido que se moviera. Tampoco había averiguado de dónde venía.

—¿Puedes librarte de eso?

—¿Por qué yo?

—Porque eres el que le ha estado hablando.

—Pero si no le he sacado nada...

—Pues no puede quedarse en el jardín.

—¿Cuántas veces vamos a tener la misma discusión? Si quieres librarte de él, busca tú la manera.

—Me parece que te gusta. Creo que así puedes concentrarte en algo que no sea buscar trabajo.

—En serio, Amy, ¿por qué todas y cada una de nuestras discusiones han de tener que ver con que yo esté en paro?

—Si tuvieras trabajo, no tendríamos por qué tener esta discusión...

—Es que no tenemos por qué tenerla. No necesito trabajo, ya lo sabes.

—Sí, sí, en su testamento tus padres nos dejaron dinero de sobra para vivir, pero un trabajo no es solo para ganar dinero, ¿no lo ves?

—No, no lo veo. Por cierto, Tang es un chico, y no «eso».

Amy cambió de táctica.

—La cuestión es que no pienso seguir teniendo un robot en el jardín, y menos uno como ese.

—¿«Uno como ese»? ¿Qué quieres decir?

Amy gesticuló hacia él con el brazo desnudo. Tenía la carne de gallina.

—Ya sabes… uno como ese. Uno viejo. Uno roto.

—¡Ah, ya entiendo! No pasaría nada si fuese un robot brillante de alta gama, con dedos en las manos y en los pies y una cara como es debido.

—Es posible.

Al menos era sincera.

—Mira, llevas una eternidad insistiendo en que compremos un robot, y ahora ya lo tenemos. No veo dónde está el problema.

—Eso es igual que comprar un coche viejo y decrépito y preguntar dónde está el problema. Yo quería un androide. ¿Qué puede hacer ese robot? Solo quiere quedarse sentado, mirando los caballos. ¿Para qué sirve? ¿Qué sentido tiene un robot si no es útil? Además, si está roto habrá que arreglarlo. ¿Por qué tenemos que hacerlo nosotros?

—No está tan roto. No te pongas dramática. Y si hay que arreglarlo lo llevaremos a arreglar.

—¿Adónde?

Le dije que no lo sabía, pero que estaba seguro de que habría algún sitio en el que pudieran repararlo.

Amy levantó las manos en un gesto de desesperación y me dio la espalda para limpiar las encimeras de la cocina con fuerza redoblada. Se produjo un breve silencio, y luego masculló:

—De todos modos, como te he dicho, te he estado pidiendo que compráramos un androide, no un robot.

—¿Qué diferencia hay?

—¡Hay una enorme diferencia! Para empezar, lo que has dicho: dedos en las manos y en los pies y una cara como es debido. Quiero uno nuevo como el de Bryony. Me enseñó el artículo que hablaba de él en *What 'Bot?* Tiene la última tecnología y todo eso.

Bryony es mi hermana. Amy y ella son muy amigas desde hace cinco años y medio. Amy y yo estamos juntos desde hace cinco años y cuarto.

—¿Y qué podría hacer que no pueda hacer este?

—Podría hacer algunas tareas de la casa, como limpiar, quitar el polvo, ocuparse del jardín y demás. Si también pudiera cocinar estaría muy bien. No me imagino a esa caja de ahí fuera llegando a la cocina, y mucho menos preparando una comida.

—Pero ya cocinas tú.

—¡Sí, exacto! Me paso todo el día en el trabajo, tratando de resolver problemas legales realmente difíciles para personas muy difíciles. Lo último que me apetece cuando llego a casa es tener que cocinar.

—Pero me ofrecí a cocinar por ti y me dijiste que no te gustaba nada de lo que hacía, que era experimental y poco apetitoso.

—De acuerdo, lo penúltimo que quiero cuando llego a casa es cocinar. Lo último que quiero es enfrentarme a un plato de tu panceta a medio hacer.

—Pensaba que te gustaba la panceta.

—Me gusta, pero, Ben, ¡no me entiendes! Si tuviéramos un androide yo no tendría que preparar la cena, y tú tampoco. Los he visto en las casas de mis amigas. Les das una receta y les señalas la nevera. Comida buena y fiable cada vez.

—Hablas como un anuncio.

—¡Oh, no seas tan crío!

Sus palabras me fastidiaron, y noté un cosquilleo de irritación en la nuca. Sabía que debía dejar el tema, pero no pude.

—Solo porque todas tus amigas tienen uno tú también lo quieres. Supongo que además querrás uno de esos puñeteros Cybervalet.

—Por supuesto que no. Es suficiente con un androide doméstico normal.

—¿Y dónde lo pondríamos? —persistí—. Tienen que ir a alguna parte cuando no están trabajando. ¿No necesitan recargarse o algo así?

—Sí, y tenemos sitio.

—¿Dónde? El adaptador del androide de Bryony ocupa un espacio enorme en su cuarto de la colada, y el nuestro es mucho más pequeño. Y tendría que venir un experto a conectarlo, o lo que sea. Es que no le encuentro sentido.

—No, claro que no... y ahí está precisamente el sentido. No me gustaría tener un androide porque todas mis amigas tengan uno, sino porque así no tendría que hacer todas las tareas de la casa además de trabajar a tiempo completo.

No podía pasar por alto ese argumento.

—Pero no entiendo por qué necesitamos un androide para la casa. Yo podría hacer esas otras cosas.

—Sí, sí que podrías. Pero no las haces, ¿verdad?

—Eso no es justo, Amy, hago algunas tareas.

—¿Como qué?

—Saco la basura.

—La sacaste hace dos semanas.

—Sí, cuando iban a pasar a recogerla.

—Ben, hay que sacar la basura cada dos o tres días.

—Eso es absurdo; los cubos no se llenan tan rápido.

—¡Porque los vacío yo!

—¿Sí?

Amy me dedicó una mirada prolongada y llena de dureza. Aquella pelea, como tantas otras que habíamos tenido, era un círculo cerrado, y el único modo de ponerle fin era salir de él. Volví al tema original.

—En fin, ¿qué sugieres que haga con ese robot... el que no es lo bastante bueno para ti?

Amy apretó los labios. Parecía sentirse un tanto incómoda. Su sugerencia no iba a gustarme, y ella lo sabía. Sin embargo, la había fastidiado, así que no le importaba demasiado.

—Bueno, no sirve para nada, ¿verdad? Quizá puedas llevarlo... llevarlo al vertedero, ¿no?

Me quedé paralizado un instante ante lo horroroso de esa

sugerencia. Sin duda, me fascinaba nuestro nuevo visitante y quería averiguar más sobre él. Se lo dije a Amy.

—Además es emocionante, ¿no? Un robot que aparece de la nada.

Amy apoyó las manos en las caderas, poco convencida. Por una vez decidí mostrarme firme antes de que ella tuviera la oportunidad de responder.

—Esta casa es mía, y yo digo que puede quedarse tanto tiempo como quiera.

Amy me fulminó con la mirada, frunciendo el ceño. No obstante, sabía que yo tenía razón. La casa era mía.

—También es mi casa, Ben —dijo en voz baja—. Soy tu mujer. ¿No puedo opinar?

Me mordí el labio.

—Claro que sí, pero no me obligues a enviarlo al vertedero. Como mínimo déjame averiguar de dónde ha salido. Es posible que alguien lo esté echando de menos.

Amy estuvo de acuerdo, pero me pidió que por lo menos lo trasladara al garaje y lo limpiara un poco.

—Mientras esté ahí sentado no puedo invitar a nadie a casa.

Esa era la cuestión. Amy quería que todo estuviese perfecto si alguna de sus amigas venía de visita.

Fui a rodearla con el brazo, pero antes de que pudiera tocarla soltó una tosecita y se alejó, dejándome solo en la cocina.

2

Silencio

A la mañana siguiente me senté frente al robot en el escalón que había nada más entrar en nuestro garaje; era el único lugar en el que sentarse sin contar el suelo o el capó del Honda Civic que mis padres también me habían legado. Amy insistía en que el viejo coche permaneciese en el garaje mientras su reluciente Audi ocupaba orgulloso el camino de entrada.

Tang me miraba fijamente, como si esperase de mí un gran avance, aunque sin su ayuda no veía cómo realizarlo. Ya había quedado claro que él no pensaba ir a ninguna parte, y decidí que Amy tenía razón: al menos debía limpiarlo.

Fui a buscar un cuenco de agua templada con jabón y la esponja para limpiar el coche, pero cuando me disponía a apoyarla chorreante en el cuerpo de Tang este no pareció muy entusiasmado. Apoyó su peso en una pierna y luego en la otra, agitado, hasta que bajé la esponja. Me miró como si yo fuese idiota.

—Supongo que te preocupa el agua.

Parpadeó.

—Está bien, ¿y si utilizo algo más pequeño, algo que absorba menos agua?

Eché un vistazo a mi alrededor y encontré un trapo pequeño, y aunque el robot seguía sin parecer muy contento, al menos me permitió quitar la peor parte de la suciedad. Mientras lo lavaba con cuidado se balanceaba de un pie a otro, por lo que me costaba ver qué había limpiado y qué me quedaba. Además, los remaches que unían panel con panel no se limpiaban del todo, y aún no había pasado de la parte delantera. Iba a ser una larga tarea. Podía tardar días. Eso me gustó. No obstante, sabía que no le gustaría a Amy. Probablemente pensaba que le echaría un cubo de agua por encima y eso sería todo, o tal vez que lo llevaría a un túnel de lavado.

Salí del garaje para ir a buscar unos útiles de limpieza más adecuados.

—¿Amy? ¿Amy? ¿Dónde estás?

—Estoy arriba. ¿Qué quieres?

—¿Tenemos algún cepillo de dientes viejo?

—¿Algún cepillo de dientes viejo?

—Sí.

—¿Por qué quieres un cepillo de dientes viejo?

No le contesté enseguida, porque se me había ocurrido una idea. Teníamos unos viejos cepillos de dientes a pilas que guardábamos en nuestras maletas. Los habíamos relegado para el uso en vacaciones cuando compramos unos nuevos cepillos electrosónicos capaces de destruir la placa, pero hacía algún tiempo que Amy y yo no viajábamos juntos, así que pensé que no se daría cuenta de que no estaban.

—Esto... da igual.

Fui al cuarto de invitados, donde guardábamos nuestras maletas y esa clase de cosas, y busqué los cepillos de dientes. Al salir de la habitación vi que alguien había colocado una de las maletas encima del sofá cama y no estaba apilada junto a las demás.

Limpiar un robot con un cepillo de dientes eléctrico resultaba un tanto extraño. Quizá fuese el sonido sordo del cepillo mientras retiraba la suciedad del cuerpo metálico de Tang o la expresión del robot al contemplar cómo dejaba al descubierto superficies cuya existencia sin duda había olvidado. O quizá fuese que la vibración del cepillo le abría constantemente la tapa, alargando el proceso al obligarme a detenerme para cerrarla cada pocos minutos. Al cabo de un rato pasé a la zona inferior. Tendí a Tang boca arriba para llevar a cabo esa incómoda parte de la tarea. Fue entonces cuando hice el descubrimiento.

A una distancia idéntica respecto a cada esquina del armazón inferior de Tang se hallaba una placa fijada con cuatro remaches mal puestos. En ella había unas palabras grabadas. La única bombilla colgada del techo proyectaba una luz tenue, y como era demasiado tarde y hacía fresco para estar con la puerta abierta, utilicé la luz de mi móvil para poder leer la inscripción. Apenas quedaba nada que fuese legible, excepto las letras «PAL...» y «Micron...». Sobre ellas había una frase a medias: «Propiedad de B...».

—Tang, ¿quién es «B»?

Levantó la cabeza como pudo y me miró sin parpadear, pero no contestó.

Justo entonces se abrió la puerta que conducía del garaje a la casa y oí la voz de Amy:

—Bueno, ¿y por qué necesitas un cepillo...? ¿Qué demonios estás haciendo?

Comprendo el motivo de su alarma. Cuando bajó al garaje, seguramente no esperaba ver a Tang tumbado boca arriba mientras yo le observaba la cartela como si fuese un ginecólogo, con un móvil con cámara y un cepillo de dientes eléctrico en plena oscilación.

—Amy, ya sé que esto da mala impresión, pero te prometo que solo lo estoy limpiando, como tú me has pedido.

Parecía insegura.

—Mira, he encontrado una pista sobre él —añadí, indicando la placa con un gesto.

Mi mujer no se movió.

—¡Ben! ¿Te das cuenta de lo que dices? ¡Me estás pidiendo que busque pistas en el trasero de un robot!

—Pero si miras puedo explicarte…

—Me marcho.

La puerta se cerró de un portazo e hice una mueca. Tang también se sobresaltó, y su tapa dio una sacudida.

Lo ayudé a levantarse y volví a preguntar:

—Tang, ¿quién es «B»?

Bajó la vista sin responder. Pensé que debía de echar de menos a B, fuese quien fuese. No parecía probable que el desconocido viniera a buscarle. Me compadecí de aquella pobre caja rota.

Esa noche Amy volvió a cenar mucho más tranquila y, lo que era más insólito, con ganas de hablar conmigo. Me senté en un taburete alto de la cocina mientras ella cocinaba y la escuché hablar de su trabajo como abogada sin perder de vista a Tang, sentado en el jardín mirando los caballos. Amy había renunciado ya a esconderlo en el garaje. Comprendimos que no podíamos tener a Tang en un sitio en el que no quería estar. Y por lo menos ahora estaba limpio.

Mientras la miraba picar escalonias, me pareció que había llegado el momento de contarle lo de la placa.

—En la placa de Tang… pone «Propiedad de B…».

Amy se puso rígida, pero trató de fingir interés.

—¿Quién es B?

—No lo sé. Se lo he preguntado a Tang, pero no me lo ha dicho.

—*Quelle surprise.*

Era casi una broma. Me sentí complacido.

—El resto de la palabra se ha borrado con el tiempo. También hay otras dos palabras a medias: «Micron…» y «PAL…».

Amy dejó de picar y se quedó pensando unos instantes.

—Puede que esa palabra que empieza por «Micron» sea el nombre de la empresa que lo fabricó.

—Yo también lo he pensado. He pensado que quizá ellos puedan arreglarlo. He echado un vistazo en internet y he limitado la búsqueda en función de la antigüedad que debe de tener. No lleva número de serie, por lo que debe de ser una pieza única. Solo he encontrado una empresa: Micronsystems. Está en San Francisco, California. —Hice una pausa y luego proseguí—: Se supone que allí hace buen tiempo en esta época del año.

Amy volvió a dejar el cuchillo sobre la encimera.

—Ben, ni se te ocurra.

—¿Qué? Solo es una simple afirmación sobre California, un lugar en el que nunca he estado.

—Exacto, un lugar en el que nunca has estado, un lugar al que te gustaría ir. Un lugar al que podrías ir con una genial excusa si creyeras que tienen un aparato mágico para arreglar robots. Te conozco. Ya estás pasando demasiado tiempo con eso. No es un comportamiento sensato para un hombre hecho y derecho.

Ignoré la última acusación y me ocupé de la primera.

—De todos modos, vale la pena intentarlo, ¿no? Quiero quedármelo, y si pudieran arreglarlo, entonces… bueno, entonces quizá podría enseñarle a hacer algunas de las cosas que sabe hacer un androide. Además, está muy triste y abollado. Sería una buena acción.

Amy hizo una mueca de desprecio.

—Ben, es un robot; no tiene sentimientos. No le importa dónde esté ni lo roto que esté. Y eso que dices de enseñarle… ni siquiera puedes conseguir que hable como es debido. ¿No sería mejor que hicieras algo más productivo?

—¿No es productivo llevar un robot roto a California y volver a casa con uno arreglado? Amy, piénsalo: sería un logro.

—Tú mismo dijiste que no estaba tan roto. ¿Por qué molestarse?

—Seguro que ese robot es más de lo que aparenta.

—Así que en lugar de llevar a reciclar un robot estropeado y comprar un androide nuevo prefieres cruzar medio mundo porque presientes que en esa empresa de Estados Unidos pueden repararlo. Y después decidirás si sirve para algo, ¿no?

Hice una pausa antes de responder:

—No es tan mala idea, ¿no?

Amy cenó en silencio y luego se marchó. No me dijo adónde iba ni cuándo volvería. Cuando me desperté solo de madrugada me molestó que siempre me hiciera sentir como si hubiese provocado una pelea más. No me apetecía nada enviarle un mensaje para preguntarle dónde estaba. Además, lo más probable era que se encontrara en casa de Bryony, su refugio habitual cuando quería estar lejos de mí.

Cuando regresó a la mañana siguiente, seguía sin hablarme.

—¿Adónde fuiste anoche?

Me miró directamente unos momentos y supe que ocultaba algo, pero no dijo nada. En lugar de eso subió, se dio una ducha, se cambió y volvió a salir, esta vez para irse a trabajar.

—¡Bien hecho, Amy, muy maduro! —grité a la puerta cerrada. Y luego dije—: ¿Tang? ¿Dónde estás? Vamos a mirar los caballos.

Amy se pasó una semana sin hablarme. Me dolió, pero no era la primera vez. Una noche, después de meternos en la cama, se volvió hacia mí.

—¿Ben?

—¿Sí?

—Siento haberme enfadado contigo. No quiero que nos llevemos mal. ¿Quieres...? ¿Y si...?

Aunque estaba atónito, estaba dispuesto a ser todo un hombre y fingir que no había pasado nada.

—Esto... sí, claro que quiero. Siempre.

El sexo entre Amy y yo se había convertido en eso: una Pregunta, el Acuerdo, el Acto. Al acabar se quedó mirando el techo. Entonces, de repente...

—Ben, ¿has sacado la basura?

No di muestras de entenderla.

—La basura, ¿la has sacado?

—Sí, claro que sí. Por segunda vez en dos días.

Me miró e ignoró mi último comentario.

—¿Has cerrado la puerta trasera?

—Sí.

—¿Dónde está el robot?

—En mi despacho.

Aunque a Amy seguía sin gustarle que Tang estuviera dentro de la casa, no protestó.

—¿Está cerrada la puerta?

—Sí. A no ser que averigüe cómo girar el pomo, está a buen recaudo. No va a saltar sobre ti en plena noche.

Reconozco que aquello era infantil. Veinte minutos después de que volviéramos a hablarnos, habíamos conseguido irritarnos mutuamente.

Amy me miró rabiosa, se dio la vuelta y se puso a dormir.

Tres horas después nos despertó un sonido metálico.

—¿Qué es eso? —preguntó Amy, asustada—. Ve a echar una ojeada.

Me senté en la cama, aunque en realidad no hacía falta. Desde el pie de la escalera llegó el sonido inconfundible de la voz de un robot:

—Ben... Ben... Ben... Ben... Ben...

Se produjo una pausa.

—BEN... BEN... BEN... BEN...

Ni siquiera miré a Amy al salir del dormitorio. No era necesario.

Al cabo de una semana las cosas no habían mejorado entre Amy y yo. Tampoco insistí en viajar a California. Fuese a donde fuese, Tang me seguía. No podía quitármelo de encima, pero no me importaba. El problema surgía cuando seguía a Amy, cosa que también hacía, aunque no tan a menudo. Ella solía ahuyentarlo llamándome para que me lo llevara. Empecé a pasar cada vez más tiempo con Tang en mi estudio, tratando de hacerle hablar, y para ser justo con él he de decir que aprendió algunas palabras nuevas, entre ellas «no».

—Tang, ¿y si sales a mirar los caballos mientras yo almuerzo?

—No.

—En realidad no era una pregunta, Tang. Era una sugerencia.

—No.

—Pero tengo que hacer cosas. Tengo que salir un rato, ¿vale?

—No.

Y así sucesivamente.

Una tarde, después de una larga y frustrante clase de vocabulario con Tang, lo dejé delante de la ventana de mi estudio, desde donde podía ver los caballos. Mientras me dirigía a la cocina a buscar una copa, oí a Amy hablando por teléfono. No quería molestarla, así que me detuve, preguntándome si debía volver a mi estudio. Entonces oí parte de la conversación.

—Cuando llegó, pensé: «Genial, por fin Ben se responsabiliza de algo», pero ahora que ha pasado algún tiempo me doy cuenta de que no va a cambiar. Está siempre con ese cacharro... le sigue a todas partes, y a mí también; es asqueroso.

Y la semana pasada nos despertó a las cuatro de la mañana gritando: «Ben… Ben… Ben… Ben…» una y otra vez con esa vocecilla tonta y monótona, hasta que Ben se levantó y bajó. Cuando quise darme cuenta estaba en nuestro dormitorio. ¡Pronto estará en nuestra cama! Y Ben está hablando de ir a California para que lo arreglen. Lo que pasa es que se está tomando un año sabático, pero ya tiene treinta y cuatro años. No debería ir por el mundo de mochilero, sino buscarse un buen trabajo y tener un hijo, ¿no?

Se produjo una pausa mientras la persona que estaba al otro lado de la línea daba su veredicto. Fuera cual fuese, Amy se mostró de acuerdo y en desacuerdo al mismo tiempo.

—Bueno, sí, ya entiendo que es justo la clase de idea absurda que habrían tenido vuestros padres, pero la diferencia es que ellos lo habrían hecho realmente, ¿no? —Pausa—. No sé si estoy más enfadada con él por haber pensado en ir o porque eso es todo lo que va a hacer. —Pausa—. Pero esa no es la cuestión. La cuestión es por qué no podría Ben dedicarle alguna atención a un bebé. ¿Por qué un robot? Ni siquiera sirve para nada.

Oí que a Amy se le quebraba la voz, y luego hubo otra pausa.

—Sí, claro que lo sabe. Se lo he dicho cien veces. —Pausa—. Pues no, no creo que le haya llegado a decir nunca: «Ben, ahora quiero un bebé, ¿qué te parece?», pero le he echado muchas indirectas. —Pausa—. Supongo que tienes razón. Tal vez debería habérselo dicho con toda claridad. —Pausa—. No, Bryony, ya es tarde. Hay demasiados problemas, la cantidad de tiempo que le dedica al robot es solo la última gota. —Pausa—. Bueno, como por ejemplo que nunca ha conseguido nada. Cuando le conocí, pensé: «Está estudiando veterinaria, debe de ser inteligente y amable», pero ¿qué pasó con eso? Nada. Y aún no ha arreglado la puerta. Esa idea estúpida de llevarse el robot a Estados Unidos se irá a paseo, como todo lo demás.

—Pausa—. Sí, ya lo sé, pero llevo esperando a que cambie desde que le conocí. En algún momento tiene que avanzar... tú has avanzado, ¿no? ¿Por qué no puede hacerlo él?

Amy estaba exponiendo y diseccionando mis defectos ante mi hermana. Me sentí avergonzado e inepto, pero también confuso. ¿Desde cuándo quería Amy un bebé? Cuando nos conocimos, solo le importaba su trabajo... acababan de ascenderle y decía que «nunca» tendría tiempo para hijos. Pensé que lo decía en serio, pero ahora comprendía que bromeaba. Ni siquiera sabía si yo quería hijos; simplemente no pensaba en ello. ¿Y si era un padre terrible?

Pero una de las cosas que había dicho me dolía más que el resto: «Nunca ha conseguido nada». Tenía razón. No lo había hecho. Había llegado el momento de hacerlo.

3

Cinta americana

Amy me dejó un sábado por la mañana. Yo estaba en mi estudio, por una vez sin Tang, cuando sonó el teléfono. Minutos después apareció Amy en el umbral.

—Ha llamado Bryony —dijo.

—Ah, sí, ¿qué ha dicho?

—Ha dicho que le va bien a cualquier hora, siempre que sea a partir de las once, porque Annabel y ella no volverán de los establos hasta entonces. Georgie está en su clase de tenis y el vuelo de Dave aterriza a las tres.

Mi hermana Bryony es una máquina, abogada como Amy, y las dos parecen disfrutar comentando mis defectos. Soy un veterinario fracasado. Llevo doce años intentando sacarme el título y me despidieron de mi último empleo por un problema con un anestésico para perros y unos antibióticos para conejos. Además, Bryony disputa carreras de caballos con el equipo de Berkshire, tiene dos hijos (un niño y una niña, por supuesto) y lleva años felizmente casada con un piloto comercial. Bryony es el hijo que mis padres nunca tuvieron.

—No sabía que fuésemos a ir hoy —respondí.

—Es que no vamos. Soy yo la que va.

—Bien, pues dale recuerdos.

—También me ha preguntado si ya tienes trabajo. Le he dicho que estás demasiado liado tratando de ser el hombre que susurra a los robots.

Hubo un breve silencio.

—Hay otra cosa… —empezó.

Levanté las cejas.

—Bryony y yo pensamos que deberías quedarte la casa. Al fin y al cabo, tus padres te la dejaron a ti, y ni ella ni yo la necesitamos. No como tú.

—¿A qué te refieres con que me quede la casa? Ya tengo la casa. ¡Ya tenemos la casa!

—En el divorcio, Ben. Sería injusto por mi parte quedarme con ella. Podría hacerlo, pero no lo haré.

—¿El divorcio? ¿Quién se divorcia? No te entiendo.

—Nosotros —dijo en voz baja—. Voy a dejarte, Ben. Me quedaré con Bryony un tiempo, hasta que encuentre algo que comprar.

Exhalé despacio.

—Cómo no.

En ese momento su compasión y su serenidad desaparecieron, y puso mala cara.

—¿Lo ves? Eso es exactamente lo que pasa. No te tomas nada en serio. Nada te importa, salvo ese puñetero robot.

—Tang no tiene la culpa de que no sepamos de dónde viene ni qué hacer con él.

Amy se fue, cerrando la puerta de un portazo. Cuando me levantaba para ir tras ella, la oí soltar una palabrota. En el pasillo, Tang estaba sentado en el suelo de parquet junto al elegante equipaje de Amy. A sus pies había un charco de aceite.

—Y ahora Tang está disgustado —le informé.

Amy soltó un grito, se echó la gabardina sobre los hombros, sacó la maleta por la puerta principal y dio otro portazo. Y eso fue todo. Se había marchado.

Esa noche me senté ante la barra de desayunos a oscuras, bebiéndome la mejor botella de champán de nuestro mueble bar en la taza favorita de Amy. Bryony y Dave nos habían regalado esa botella por nuestro cuarto aniversario. Nos compraban una cada año. Nos habíamos bebido las otras, pero esta llevaba más de un año criando polvo.

—Si vuelve alguna vez —le dije a Tang—, se enfadará mucho.

Levanté la taza a la luz de la luna que entraba por la ventana y di otro trago.

Tang estaba sentado en un extremo, con la cabeza desplomada encima de la barra. Volvía a parecer deprimido y sus brazos colgaban patéticamente junto a los costados del cuerpo. Los míos estaban estirados delante de mí, sobre la barra, aunque yo también tenía apoyada la cabeza. Me pregunté si Tang comprendía lo que estaba sucediendo. ¿Acaso comprendía algo?

Al cabo de un rato se incorporó y dirigió una de sus pinzas hacia sí. El movimiento hizo que se le abriera la tapa, y la cerró antes de preguntar:

—¿Yo?

—¿Tú?

—¿Amy… yo? —dijo, volviendo a señalarse a sí mismo.

—Oh, no, Tang, no te preocupes. No es por ti, para nada. Hacía mucho tiempo que las cosas iban mal. Todo es culpa mía.

Tang no dijo nada, aunque pareció más tranquilo.

—En realidad no, no todo es culpa mía. No puede ser. No es culpa mía ser un veterinario de mierda. Sí lo es no haberme esforzado como debía, pero no puedo evitar ser penoso.

»A Amy todo le resulta muy fácil. Nunca ha tenido que afrontar que algo se le diese mal. Yo siempre fui el segundo hijo que nunca estaba a la altura del primero. Luego, cuando mis padres murieron en el accidente, era demasiado tarde para demostrarles que se equivocaban… ¿y qué se supone que he de hacer ahora?

»Quizá yo podría haber sido mejor marido. Quizá ella podría haber sido mejor esposa. ¿Alguna vez se le ha ocurrido eso? Seguro que me dirá: «Oh, Ben, aún te quiero, seamos amigos». Y una mierda. No la necesito. Ni a Bryony, ni a los demás. Te tengo a ti, ¿verdad?

Tang me miró parpadeando más deprisa que de costumbre, alargó el brazo y me agarró la manga con su pequeño puño.

—¿Sabes qué, Tang? ¡A la mierda! —dije, poniéndome de pie con gesto inseguro. El taburete cayó al suelo detrás de mí, aterrizando con estrépito contra el parquet de roble. Me quedé mirando mi mano izquierda durante unos instantes y luego volví a gritar—: ¡A la mierda!

Y arrojé mi anillo de casado dentro del cajón de los cubiertos.

—¿Y sabes otra cosa, Tang? Nos vamos a California. Nos vamos mañana.

Borracho de champán, decidí darles una lección a todos y marcharme de viaje con un robot roto.

Pasaron un par de días antes de que empezara a hacer el equipaje. Perdí uno por culpa de la resaca y otro analizando las guías de viaje de mi estudio e intentando decidir si debía llevarme alguna. Confieso que desde el accidente de mis padres me sentía un poco reacio a volar y lo evitaba en lo posible.

Tang se pasó la mayor parte de ese intervalo entrando y saliendo del jardín, mirando los caballos.

Estaba en nuestro… mi… dormitorio observando la maleta colocada sobre la cama y se me ocurrió que llevar una maleta era una idea estúpida para la clase de viaje que tenía en mente. Puede que tuviese más de treinta años, pero decidí que ir de mochilero no tenía nada de malo. El problema era que no tenía mochila, y acabé perdiendo mucho tiempo para elegir y pedir una por internet. Le dediqué a la tarea más horas de las que esperaba, y Tang estaba tan aburrido de que le apartase mientras recorría imagen tras imagen de mochilas que se marchó para volver a mirar los caballos.

Mientras esperaba la llegada de mi nueva mochila decidí establecer un presupuesto diario y un itinerario. Descarté lo primero porque resultaba aburrido, y lo segundo... bueno, lo segundo era un riesgo, ya que no tenía ninguna prueba de que Micronsystems fuese el lugar que estábamos buscando. Decidí intentar sacarle información a Tang otra vez. Iba a tener que empezar desde el principio.

—Tang, ¿me estás escuchando?

—Sí.

—Estupendo. ¿Cómo llegaste a mi jardín?

Tang me lanzó una mirada al estilo de las de Amy y se encogió de hombros.

—Sí, ya sé que te he preguntado eso antes, docenas de veces, pero ahora tienes que contestarme.

Estábamos en el salón. Me levanté, cogí una vieja chaqueta de punto gris del respaldo del sofá, abrí las cristaleras que daban al jardín y salí a la terraza que Amy había insistido en encargar «para recibir». Con un estruendo metálico, Tang vino a reunirse conmigo. Me agaché delante de él, apoyando las manos en sus pequeños hombros de metal.

—Estabas justo ahí, junto al sauce, hace menos de cinco semanas. ¿Te acuerdas?

Tang levantó y bajó su cuadrada cabeza.

—¿Cómo llegaste allí?

Seguía sin entender la pregunta, así que eché a andar hacia la verja lateral.

—¿Entraste por esta verja?

Volvió a asentir con la cabeza.

—¿Y abriste la verja o estaba ya abierta?

—¿A-bier-ta?

Se puso a darle vueltas a la palabra... parecía ser nueva para él, aunque no debía de ser así. Yo sabía que conocía esa palabra. Empezaba a preguntarme si en ocasiones se mostraba deliberadamente obtuso.

Abrí la verja a modo de demostración. Sus bisagras chirriaron y rechinaron por el esfuerzo de moverse en la gélida atmósfera de octubre.

—¿Así?

—Sí.

Al fin y al cabo, era culpa de Amy.

—Ven conmigo, Tang —dije.

Crucé la verja con determinación y rodeé la casa hasta llegar al jardín delantero, una gran expansión de césped bien segado con un pequeño macizo de rosas en el centro. Al cabo de unos minutos, un zumbido metálico me indicó que Tang estaba dando la vuelta para reunirse conmigo.

—¿Dónde estabas antes de llegar aquí?

Por fortuna, pareció que Tang le pillaba el tranquillo a aquel juego, y levantó una pinza para señalar la parada del autobús, en la carretera.

—¿Viniste en autobús? ¿Por qué?

Me miró con los ojos desorbitados por el pánico y empezó a balancearse de un pie al otro. De pronto apareció un charco de aceite a sus pies.

—¡Oh, Tang, cuánto lo siento!

Bajó la mirada. Hurgué en los bolsillos de mi pantalón y encontré un pañuelo cubierto de pelusa que apenas había utilizado. Sus pliegues mostraban una suciedad indeleble a causa de los años que había pasado languideciendo en mi bolsillo. Limpié la pierna de Tang, donde el chorro de aceite había dibujado una diagonal. Entonces oí toser. Alcé la vista y me encontré con mi vecino, el señor Parkes, en su propio jardín delantero. Parecía preocupado por lo que yo pudiera hacerle al robot a continuación e intentaba detenerme antes de que ocurriera para no tener que ser él quien lo viera.

—Señor Parkes, cuánto me alegro de verle. Qué buen tiempo hace para la estación.

Mientras hablaba, mis palabras formaron una nube de vaho ante mi cara, pero el señor Parkes no captó la ironía. El hombre, que llevaba un chaleco de jardinería con acolchado en rombos, aspiró por la nariz y levantó la cabeza para contemplar las nubes. Era esa clase de nubes que solo aparecen en otoño y que indican niebla y guantes. El señor Parkes se ajustó el sombrero de vejestorio, de fieltro con estampado de pata de gallo, y se cambió de mano una tijera de podar Felco. Sabía que era Felco porque Amy me obligó a comprarle una cuando le dio por la jardinería. No quería que la vieran en el jardín delantero con la vieja podadera oxidada que habíamos heredado de mis padres junto con la casa, la misma que mis abuelos habían utilizado probablemente antes que ellos.

Sonreí a mi vecino y, con un pequeño gesto de la mano, reanudé mi tarea de limpiar a Tang. El señor Parkes volvió a toser.

—Vino en el número treinta —me informó—. Lo vi bajar. Hasta miró a los dos lados antes de cruzar la carretera. Luego entró directamente en su jardín. Pensé que lo estarían esperando, pero ahora me doy cuenta de que no.

¡Me entraron ganas de darle un beso al señor Parkes! Harley Wintnam, o más concretamente la parada de la carretera, era una de las pocas que interrumpían el trayecto del autobús número treinta entre Basingstoke y Heathrow.

Mi mochila llegó al día siguiente. Olía a nueva y contenía una cantidad excesiva de pequeños paquetes de gel de sílice. A medida que yo iba metiendo cosas dentro, Tang las iba sacando otra vez. Cada artículo despertaba su interés y curiosidad durante unos diez segundos y luego lo descartaba. Hasta que encontró mis gafas de sol.

—Tang, ten cuidado que pueden romperse.

Sin hacerme caso, continuó haciéndolas girar y cambiándoselas de pinza.

Traté de quitárselas, pero apartó el brazo fuera de mi alcance mientras su cuerpo se movía deprisa y con brusquedad. Cuanto más me irritaba, más divertido le parecía el juego.

—Tang, ¿quieres parar de una vez?

Le arrebaté las gafas y las guardé en su funda. No pretendía gritar, y me sentí culpable inmediatamente cuando enfurruñado se dejó caer sobre la alfombra con un golpe sordo que le abrió la tapa. A modo de disculpa, alargué el brazo y la cerré por él. Se abrió de nuevo.

—Vamos a tener que hacer algo con esa tapa. No puede ser bueno para tus tripas; se te ensuciarán. Además, no creo que nadie quiera verte el mecanismo.

El cuerpo de Tang se levantó un poco y volvió a bajar. Al mismo tiempo salió de su boca un leve siseo, como el de una vieja tetera o una olla a presión; un suspiro, desde luego. Cerró la tapa y dejó la pinza sobre ella.

Se me ocurrió una idea.

—Quédate aquí, enseguida vuelvo.

Bajé al garaje lo más deprisa que pude y rebusqué en mi birriosa caja de herramientas. Vi un paquete de plástico sellado que contenía un par de brillantes bisagras nuevas para la verja. Fruncí el ceño y las arrojé a un lado, cogí un rollo de cinta americana y subí otra vez al dormitorio. Encontré a Tang en el rellano, yendo hacia la escalera.

—Te he dicho que te quedaras donde estabas, Tang.

Me miró como si no me entendiera. Mmm. Me arrodillé y corté un trozo de cinta americana.

—Más vale que nos llevemos esto —le dije.

Me disponía a cerrar la tapa y a sellarla cuando observé que el cilindro situado junto al corazón, que estaba lleno la primera vez que lo vi, solo contenía dos tercios de líquido. Además, la grieta del vidrio parecía haberse agrandado.

—Tang, ¿para qué sirve ese fluido?

El robot no podía verse, así que le sostuve un espejo de mano y le señalé el cilindro. Levantó las pinzas para indicar que no lo sabía, aunque su mirada inquieta me hizo dudar que me estuviera diciendo la verdad.

—¿Es importante? —insistí.

Parpadeó unas cuantas veces.

—Sí —dijo.

Cerró la tapa y dejó la pinza sobre ella.

—¿Qué pasará si no queda fluido?

Se balanceó de un pie a otro.

—Se para.

Evalué la situación.

—¿Quieres decir que si se vacía el cilindro dejarás de funcionar?

—Sí.

Me entró el pánico. Y yo liado con las mochilas…

—Dios, Tang, tenemos que encontrar a alguien que te arregle.

No obstante, sin más información acerca de su origen, el mejor y único procedimiento era seguir con mi plan original: acudiríamos a Micronsystems. Me comportaría como un hombre y volaríamos a San Francisco en el primer avión al que pudiéramos subir.

4

Primera clase

Mentiría si dijera que no fuimos objeto de algunas miradas curiosas mientras nos dirigíamos a los mostradores de facturación. Aunque había más gente con androides, por supuesto, no había nadie que, como yo, cruzara con desgana el aeropuerto seguido de un trabajo de ciencias sujeto con cinta americana. Al pasar capté unos cuantos comentarios: «Vaya, tendría que sustituirlo», dijo un joven estudiante; «¡Jesús!», exclamó una abuela. Incluso oí: «¿Será para la tele?».

Avancé con falsa dignidad y con la cabeza alta, dando grandes zancadas con mis náuticos, hasta la cola de facturación. Tang vino tras de mí arrastrando los pies mecánicamente y se detuvo a mi lado con un zumbido. Se puso a rascar la cinta americana.

—Es por tu propio bien, colega —le dije.

Tang me miró parpadeando y bajó la vista, dejando caer los brazos.

—Y no te molestes en suspirar, que no funciona.

Mientras hacíamos cola pasamos junto a un estante con formularios para los pasajeros con equipaje voluminoso. Aprovechando que Tang se había fijado en un brillante carrito para maletas, rellené uno a toda prisa. Cuando estaba en ello, noté que el móvil me vibraba en el bolsillo. Hice caso omiso.

Al llegar al mostrador, le pasé el formulario a la empleada y aguardé al tiempo que le lanzaba una ojeada. Me puse a toquetear el espacio que hasta hacía pocos días ocupaba mi anillo de casado.

—Entonces, ¿el robot va en la bodega?

La empleada se asomó por encima del mostrador, miró a Tang con expresión disgustada y asintió con la cabeza.

Oí el zumbido fuerte y claro de un robot sacudiendo la cabeza vigorosamente.

—Sí —dije, ignorando a Tang—. También llevo una mochila. Es nueva.

Noté un tirón en la manga de mi camisa.

—Ro-to.

—¿Qué está roto?

—Tang.

Con la emoción de salir de viaje, casi había olvidado su finalidad. Tang me miró con los párpados inclinados en diagonal. Parecía un cachorro herido. Sentí que me fallaba la determinación. Sin embargo, persistí:

—Mira, colega, no puedes sentarte en el avión conmigo, hay una zona especial para seres humanos y una zona especial para... para robots. Será mejor para ti viajar ahí dentro.

Ni yo mismo me lo creía, y cuando miré a la empleada vi claramente que Tang se había ganado su apoyo.

—Hay una zona del avión en que los asientos se convierten para agrandarse. Serían perfectos para él. Están en primera clase.

Al oír eso, Tang abrió unos ojos como platos y empezó a saltar de un pie a otro. Fulminé con la mirada a la empleada, pero ella se limitó a sonreír, inescrutable.

—No puedo justificar dos asientos en primera clase, Tang. Tendrás que ir en la bodega con el resto del equi...

—Pues yo llevo a mi Cybervalet en el avión conmigo —comentó con tono alegre un tío que hacía cola detrás de mí—. El vuelo hasta San Francisco es muy largo, y me parece inhumano dejarlo solo en la bodega.

—¿Inhumano? ¿No se tiene que estar vivo para ser víctima de la inhumanidad?

Un hombre de negocios y una familia joven que hacían cola empezaron a protestar y a sacudir la cabeza. Oí que alguien chasqueaba la lengua.

—Tang, escucha, colega…

De pronto, Tang soltó mi camisa de cuadros y estiró los dos brazos hasta rodearme los muslos, aferrándose a mí como si su vida dependiera de ello. Saltó de un pie a otro y emitió un penetrante grito:

—Tang… Tang… Tang… Ben… Tang… sentar… Tang… Tang… Ben… Tang… sentar… Ben…

Al robot le encantaba ir en primera clase. Cuando traté de sentarme junto a la ventanilla, cogió otra rabieta hasta que le dejé quedarse con el asiento. Comprendí que al ceder en el mostrador de facturación no había evitado una escena incómoda, sino que me había limitado a enseñarle una valiosa forma de manejarme. Por eso, decidí comportarme con sensatez y pedí varios gin-tonics gratuitos, tal vez en menos tiempo del que resultaba estrictamente necesario. Mientras me dormía, dejé que Tang mirara por la ventanilla.

Me desperté varias horas más tarde con la fría pinza metálica de Tang tocándome la mejilla.

—Ben… Ben… Ben… Ben… Ben… Ben… Ben…

—¿Qué?

—Ben… Ben… Ben… Ben…

—Deja de tocarme, Tang. ¿Qué quieres? —dije sin abrir los ojos.

Tang no respondió.

Abrí el ojo izquierdo y le miré. La pinza que no me tocaba la mejilla señalaba la pantalla situada delante de él.

—Es una tele, colega, déjame dormir.

Cerré el ojo abierto y me arrebujé en la manta de vuelo. Tang apartó la pinza de mi mejilla, y por una décima de segundo pensé que iba a obedecerme. Entonces regresó la pinza, esta vez con mayor intensidad, golpeándome la mandíbula con más fuerza sin duda de lo que él pretendía.

—¡Ay, Tang! ¿Qué c...?

Me observó sin parpadear, giró la cabeza y se quedó mirando la pantalla. Luego se volvió de nuevo hacia mí.

Ah, la pantalla táctil.

Me pasé una hora desplazándome por la amplia gama de telebasura del programa de entretenimiento a bordo hasta que Tang encontró algo que quisiera ver durante más de treinta segundos. Daban una película de dibujos animados sobre un mundo habitado por robots que se parecían a él, y como era de esperar eligió aquello. También salían androides, pero se les consideraba raros y diferentes, y eso a Tang le pareció maravilloso. Supongo que la moraleja de la historia iba de ser fiel a uno mismo y de que ser diferente no es malo, o algo así, pero él no se enteró y yo opté por no aclarárselo. Para mí, lo importante era que estaría callado durante los siguientes noventa minutos más o menos, bajo los auriculares de espuma extragrandes que trajo la azafata especialmente para él. Cerré los ojos agradecido.

Al cabo de noventa minutos desperté con una sensación de *déjà vu*.

—¿Y ahora qué?

—¡Otra vez! —exclamó, señalando su pantalla.

—¿Estás seguro? Acabas de verla. ¿No quieres otra cosa?

Tang bajó los párpados un poco confuso y acto seguido empezó a parpadear con un solo ojo. Fue como si la sugerencia le resultara incomprensible.

—Otra vez.

Le puse la película de nuevo.

—Entonces, ¿te ha gustado?

No contestó.

Levanté uno de los auriculares.

—Que si te ha gustado. La película.

—Sí —dijo, apartando mi mano del auricular.

A continuación volvió a colocarlo sobre el agujero cubierto de malla que componía la mitad de su aparato auditivo.

—¿Qué tiene de especial?

Levantó otra vez el auricular.

—Los robots buenos luchan contra los robots malos —dijo.

Tenía que ser la frase más larga que le había oído pronunciar.

—¿Por qué son malos?

—Robots malos son malos con robots buenos. —Se señaló a sí mismo y luego señaló la pantalla—. Robots buenos son malos con robots malos.

Conque era eso: le gustaba la película porque le mostraba un mundo en el que los de su especie eran los amos y al parecer se vengaban de los androides por malos tratos anteriores. Vacilé entre abordar el tema y no hacerlo. Una cosa era segura: estaba demasiado borracho o demasiado sobrio para tratar de explicarle que dos errores no hacen un acierto. Le di unas palmadas en el hombro de metal y lo dejé con lo suyo.

5

Pedantería

Aterrizamos en San Francisco en plena noche. Al reservar el vuelo no había tenido en cuenta la diferencia horaria, ni que en California las noches de otoño podían ser gélidas aunque los días fuesen aún cálidos. Mientras atravesaba el vestíbulo de llegada arrastrando los pies deseé haber llevado una sudadera, unos vaqueros y unos calcetines gruesos en lugar de unas zapatillas de lona y camisa y pantalones de algodón.

Nos situamos ante la cinta transportadora de equipajes en espera de que apareciese mi flamante mochila a través de las cortinas de goma y se deslizara hacia mí. De pronto me acordé de la llamada perdida. Era de Bryony. Fruncí el ceño, configuré la opción de «no molestar» y guardé el móvil en el bolsillo. Me planteé la posibilidad de desconectarlo del todo, pero al menos así podría seguir utilizando internet.

Tang se había sentado en el borde a pesar de mis protestas y pasaba la pinza por la cinta transportadora. Tenía que levantarla y moverse cada pocos segundos para no verse arrastrado.

Al final me acerqué, apoyé mis blandas manos en su frío cuerpo metálico y lo aparté hasta situarlo a una distancia segura de la cinta. No quería tener que ir a objetos perdidos a las tres de la mañana después de un vuelo de larga distancia y explicar que había perdido mi robot porque no se le podía decir «no».

Cuando por fin vino hacia mis pies, mi mochila pesaba más de lo que yo recordaba. El cansancio había mermado un poco mi euforia inicial acerca del viaje, y lo mejor que podía hacer era alquilar un coche y llegar a un hotel. Aunque resultara increíble, todas las oficinas de alquiler de vehículos estaban cerradas. ¿Estaba en un aeropuerto internacional y no podía disponer de un coche en plena noche? No pensé siquiera en coger un taxi. En cambio, dije:

—Vamos, Tang, tomaremos el autobús.

—¿Autobús?

—Sí. Por aquí.

Eché a andar en la dirección que indicaba el letrero, dejando que Tang corriera tras de mí tan rápido como sus tubos de secadora se lo permitiesen.

Sombras informes daban vueltas a la tenue luz artificial de la estación de autobuses, y de vez en cuando una puerta rota de una de las altas taquillas que cubrían la pared se abría de golpe y volvía a cerrarse de un portazo. En un rincón, un vagabundo con un abrigo lleno de manchas no perdía de vista mi mochila nueva.

Un androide dedicado a vender billetes estaba sentado en un minúsculo puesto de venta, tras un cristal blindado. Llevaba un chaleco antimetralla. Si un androide necesita protección, sabes que el sitio es chungo. A menudo les asignan trabajos como ese, tareas que ningún ser humano quiere hacer pero que una sencilla máquina no es capaz de llevar a cabo.

Por alguna razón, era importante para mí no quedar mal delante de Tang, así que intenté mantener la compostura y me fui derecho al puesto, dejando que él me siguiera a su propio ritmo.

—Disculpa, ¿conoces esta compañía?

Levanté mi móvil, donde había guardado el nombre de la empresa que creía haber hallado en la parte inferior de Tang.

—Señor, no deje a la vista su teléfono móvil, por favor —dijo el androide con tono categórico.

Miré a mi alrededor y lo entendí. Hasta el sonido de mi voz había llamado la atención de un par de sombras cercanas, y levantar un reluciente móvil era toda una provocación. Me lo guardé en un bolsillo interior.

Para entonces, Tang me había alcanzado y se agarraba con fuerza a la manga de mi camisa. Le repetí al androide el nombre de la empresa, y esta vez demostró más interés.

—Sí, señor. Está en mis bancos de datos. Micronsystems: creadores de lo último en tecnología humanoide de asistencia doméstica. Una empresa incluida en la lista Fortune 500, ganadora del Premio de Tecnología en Acción durante tres años consecutivos. Presidente ejecutivo...

—Vale, vale, ya entiendo —dije, y cambié de estrategia—: gracias por la información, pero lo que necesito saber en realidad es cómo llegar allí.

—Estoy programado con una amplia gama de conocimientos para satisfacer sus necesidades —replicó sonriente.

—¿Y bien?

—Me temo que no comprendo, señor. ¿Puede decirme a qué se refiere al decir «¿Y bien?»?

—Estoy esperando a que respondas a mi pregunta. Sobre Micronsystems.

—¿Qué pregunta, señor?

—Sobre cómo llegar allí.

—Señor, una evaluación de nuestra conversación sugiere que no ha hecho ninguna pregunta sobre la ubicación de Micronsystems.

—¡Oh, por el amor de Dios!

Maldito androide. Esa era exactamente la clase de gilipolleces pedantes por las que no quería tener uno en casa. Puede que Tang no tuviera imaginación, pero al menos resultaba divertido. Le pregunté si podía decirme dónde se encontraba Micronsystems.

—Sí.

Suspiré.

—¿Y dónde está? Bueno, no, no me contestes. Mejor dime esto: ¿hay un hotel cerca?

—Sí, señor. Existen varios hoteles en la zona. Tiene usted uno justo enfrente —dijo, señalando.

—No, quiero decir cerca de Micronsystems.

—Sí, señor. Existe un hotel a un kilómetro y medio de distancia de Micronsystems que cumple sus requisitos.

—¿Mis requisitos?

—Sí, señor. Considero que precisa usted una habitación porque está falto de energía. Tiene necesidad de un hotel que esté abierto a esta hora, y preferiría uno con punto de venta de alimentos para poder comprar combustible. Existe un hotel en las proximidades de Micronsystems que encaja con esos parámetros. Tenga información impresa, señor.

El androide giró la cintura ciento ochenta grados y me dio un folleto.

Le di las gracias. Tang lo observó desde debajo del puesto de venta. Me soltó la manga y agarró el folleto.

—Suéltalo, Tang. Lo necesito.

El robot se limitó a apretar con más fuerza el folleto y se puso a golpearlo reiteradamente contra el costado del puesto de venta.

—Tang, te he dicho que me lo devuelvas.

Me miró rabioso y se alejó con el folleto en la pinza. Me volví hacia el androide para pedir otro ejemplar.

—¿Qué hotel es? —pregunté, mirando la lista del folleto.

—El Hotel California, señor.

—¿Hay algún autobús que pase por allí cerca?

—El número veintidós, señor. Puede subir a la derecha al salir de esta estación, allí —dijo, señalando—, y bajar en la misma puerta del hotel.

Le pregunté cuándo pasaba el siguiente.

—Dentro de veinte minutos, señor. El trayecto durará

exactamente quince minutos. Por desgracia, para un trayecto de esa duración no hay aseo ni servicio de restauración a bordo. Sin embargo, en el caso poco probable de que se produzca un accidente de tráfico recuerde que hay extintores y botiquines en la parte anterior y posterior.

Di las gracias al androide y pedí dos billetes de autobús.

—Sí, señor. ¿Dos billetes de adulto?

—Sí, uno de adulto y un… y un… —Agité una mano en dirección a Tang, que se dirigía a las taquillas—. Tang, no vayas muy lejos.

—No —dijo sin volverse.

Reanudé el diálogo con el androide.

—¿No tendréis por casualidad una tarifa especial para robots?

—Tenemos tarifas especiales para niños, para la tercera edad, para personas con movilidad reducida, para Cybervalets registrados y para androides de asistencia. Para robots no.

—¿En serio?

No me extrañaba que a Tang no le gustaran los androides.

—Lo siento, señor, no entiendo su pregunta. Repítala, por favor.

Volví a pedirle dos billetes de adulto. Luego miré a mi alrededor en busca de Tang. Estaba alargando el brazo para probar una de las puertas de las taquillas.

—¡Tang, deja en paz las taquillas! Vuelve, ¿quieres?

—Sí —me dijo, pero se quedó exactamente donde estaba.

No me entusiasmaba la idea de pasar otro minuto en la estación de autobuses, y menos aún veinte, pero en aquel momento no había opciones más rápidas. Tendríamos que sentarnos muy juntos y esperar que un inglés flaco y un robot aburrido no llamasen la atención. Con el corazón en un puño, tomé asiento en una silla de plástico y volví a mirar a mi alrededor en busca de Tang. Ahora daba golpes con una pinza contra la puerta de una taquilla haciendo un fuerte ruido, toc, toc, toc.

De repente se abrió una puerta cerca de nosotros y apareció un hombre pálido y canoso que llevaba un chándal gris. Apartó a Tang de un empujón y abandonó corriendo la estación de autobuses. El robot se tambaleó, recuperó el equilibrio y abrió mucho los ojos. Luego volvió conmigo arrastrando los pies y se puso a rascarse la cinta americana.

Contemplé en el reloj de la estación cómo pasaban los minutos. Igual que en el reloj de pared de un aula de examen, cada segundo que transcurría sonaba más fuerte que el anterior. Me desplomé en mi asiento lo mejor que pude y me pasé las manos por el pelo. Hasta el momento no se me había dado muy bien cuidar de Tang y de mí mismo. Me imaginé a Amy levantando una ceja y comentando que si yo tuviera más sentido común aquello no habría ocurrido. Y habría tenido razón.

Amy solía planear nuestras vacaciones, por lo que nunca nos quedábamos atrapados en una estación de autobuses en plena noche. Lo más cerca que estuvimos de que nos ocurriera algo así fue cuando nuestro automóvil se averió junto a una parada de autobús en Dordoña en unas vacaciones en coche, pero Amy telefoneó al servicio de grúa local y les pidió, en francés, que vinieran a buscarnos. Al cabo de una hora estábamos en una preciosa casa rural tomando chocolate caliente.

Se oyó un aviso procedente de una puerta situada detrás del vendedor de billetes.

—El autobús hacia el centro de San José saldrá en cinco minutos. Tengan sus billetes preparados.

Oh, gracias a Dios. Antes de que el conductor del autobús acabase de hablar siquiera ya estaba de pie.

—Venga, Tang. Vámonos.

Tang subió con dificultad los escalones del autobús y tuve que empujarle desde atrás con las palmas de las manos contra las placas de su parte posterior. El autobús en el que había viajado cuando apareció en mi jardín trasero era un vehículo bajo adaptado para personas con discapacidad, pero aquí no hubo esa suerte. Los escalones ya eran un desafío, pero luego estaba el estrecho pasillo del propio autobús. Tang lo recorrió con muchos apuros, golpeando el codo de los pasajeros dormidos, así que no puede decirse que entráramos con buen pie.

Por fortuna, los asientos traseros estaban libres. Eso significaba que Tang podía sentarse en el centro y tener mucho espacio. Botábamos sobre la suspensión del autobús, él mirando al frente con sus ojos redondos mientras yo permanecía con la cabeza apoyada contra la ventanilla fingiendo echar una cabezada, pero sin perderlo de vista en ningún momento. No quería preocuparlo abriéndole la tapa constantemente para mirar el cilindro, pero por otra parte no tenía la menor idea de cuánto tiempo nos quedaba. Quizá debería haber tratado de encontrar a alguien cerca de casa que pudiera arreglarlo. Quizá aquello fuese una idea estúpida. O quizá… quizá todo acabase bien. No tenía modo de saberlo.

6

Servicio de habitaciones

Tal como el androide había dicho, el autobús nos dejó en la puerta del Hotel California. De espaldas a la orilla, contemplamos los primeros rayos de sol del amanecer que empezaban a brillar detrás del edificio medio derruido. Los tonos rosados, grises y azules del alba daban a la zona un aspecto mucho más atractivo del que por desgracia debía de tener en realidad. A pesar de que estábamos solamente a un tiro de piedra de la playa, la carretera que pasaba por delante de aquel hotel no era el típico centro de moda de Santa Mónica, sino todo lo contrario. Delante de mí había una destartalada marquesina de autobús. Miré a mi alrededor con atención y vi unos preservativos usados que bloqueaban varias alcantarillas y más de una jeringuilla gastada debajo de los bancos que se alineaban en la acera. La perspectiva de la luz del día contribuyó mucho a animarme; eso y la idea de un café y una superficie blanda y plana en la que poder dormir. Decidí que incluso la peor clase de hotel podía ofrecer esto último. Y así era. Sin embargo, no podían alojar a Tang, como dejó bien claro el propietario del California.

En cuanto cruzamos el umbral, oí:

—Eh, tú... sí, tú, el del pelo lacio.

Parecía uno de esos personajes secundarios de las películas de gángsteres que siempre estorban: el dueño de una casa de empeños fuera del horario de trabajo, con un chaleco de rayas, una gorra de plato verde y un arma debajo del mostrador.

Mientras me aproximaba, dijo:

—Aquí no atendemos a los de su especie.

E indicó a Tang con un dedo gordo.

Traté de responder, pero me interrumpió:

—Solo a androides. ¿No has leído el cartel?

Señaló un letrero apoyado en la caja de madera que hacía las veces de mostrador de recepción. Decía: NO SE ACEPTAN ROBOTS. SE PAGA POR ADELANTADO.

Tang hizo un ruido parecido al gruñido de un perro y empezó a dar fuertes pisotones en el suelo.

—Será solo durante unas horas, mientras duermo un poco... acabamos de bajar de un avión.

—¿Estás sordo? He dicho que nada de robots.

—Pero es que está roto y también necesita descansar —intenté explicarle.

—Y menos robots rotos.

—De acuerdo. Nos iremos a otra parte.

Me volví y di un paso hacia la puerta.

Entonces dijo:

—Eh, oye, ¿dices que solo quieres dormir?

Inspiré hondo.

—Sí. He venido en un vuelo de larga distancia. Mi mujer me ha dejado, estoy cansado, me dirijo vete a saber adónde y han estado a punto de atacarnos en la estación de autobuses en varias ocasiones. No estoy de humor para discutir con nadie, así que nos iremos.

—A estas horas no hay ningún otro sitio abierto. Y en ninguno van a dejar que te registres solo por unas horas, colega. Nadie más que nosotros. Escucha, puedo darte una habitación en la planta baja, pero no digas nada. Yo dirijo un establecimiento respetable y nadie puede saber que acepto robots, ¿me oyes?

Tal como acababa de decirle, me sentía demasiado cansado para discutir, y también me sentía demasiado cansado para cumplir mi amenaza y marcharme de allí.

En ese momento no se me ocurrió preguntar qué diferencia había entre los robots y los androides. Sencillamente le pagué unos dólares por la habitación y seleccionó una llave de la barra con ganchos que estaba colgada detrás de él. Dejó la llave sobre el mostrador y dijo que si queríamos podíamos tomar el desayuno pagando un suplemento y que este se servía «de siete a diez». La idea del café suscitó mi interés, pero antes necesitaba dormir. Le di las gracias al hombre y me dirigí hacia nuestra habitación.

Mi breve cabezadita acabó durando doce horas. Me desperté justo antes de las cinco de la tarde, aún vestido y tumbado como una estrella de mar encima de una descolorida colcha rosa que cubría un colchón mugriento. No tengo la menor idea de lo que hizo Tang entretanto, y me sentí aliviado al verle tumbado en el suelo más o menos en la misma postura que yo y con los ojos cerrados, dormido, en modo de espera o lo que fuese. Digo «más o menos» porque, aunque la mayor parte de su cuerpo estaba en el suelo, tenía uno de los brazos en el aire y la pinza parecía descansar sobre el lado de la cama. Al mirar más de cerca, me di cuenta de que la «muñeca» de su brazo de tubo de secadora se había quedado atrapada en un hilo suelto de la colcha que colgaba, impidiéndole moverse. Si había pedido ayuda, estaba claro que yo dormía como un tronco y no le había oído. Desenganché su brazo y lo apoyé suavemente a su lado.

El rato que pasé durmiendo no había estado libre de interrupciones. Extraños ruidos como de golpes habían penetrado en mi cerebro durante las fases más ligeras del ciclo del sueño. Los atribuí a unas tuberías antiguas, pero no podía estar seguro. Los ruidos de golpes eran una cosa, pero también oí chillidos y sonidos metálicos, como los que haría un hervidor discutiendo con una tetera. En un momento dado, juro que incluso oí el sonido de un resorte, seguido del de un Slinky bajando la escalera.

Me incorporé, me froté la cara con las manos sucias y miré a mi alrededor. En la penumbra que encontramos al llegar no me había fijado en ningún detalle de nuestra habitación. Ahora, a la luz decreciente aunque adecuada de una tarde de otoño, el precio que había pagado por una cabezadita, aunque fuese larga, parecía muy, muy alto.

Las cortinas, de fina gasa, colgaban muy bajas en los puntos donde faltaban ganchos, por lo que resultaban prácticamente inútiles para cumplir su cometido. El papel pintado, de un oscuro tono verde oliva, estaba enmohecido en las esquinas y presentaba manchas dispersas de una extraña pátina oscura. Además, el ambiente impregnado de humedad olía como un sótano descuidado.

No había moqueta. Las tablas de madera sobre las que Tang yacía tumbado estaban cubiertas con pequeñas alfombras que casi parecían alfombrillas de baño. Tenían los bordes curvados hacia arriba, como si trataran de apartarse en lo posible del suelo. De pronto me sentí muy mal por Tang. No me había esforzado demasiado por encontrarle una cama. Claro que no estaba seguro de que su cuerpo metálico fuese capaz de apreciar las cosas blandas.

Había pasado despierto el tiempo suficiente para quitarme el reloj antes de irme a dormir, y cuando me incliné hacia la mesilla de noche para cogerlo mi mano aterrizó en una zona húmeda. La aparté bruscamente.

—¡Puaj! ¿Qué demonios es eso?

Me olí los dedos. Aceite. Extraño. Muy extraño. Sobre todo para ser un hotel que no aceptaba robots. Alargué el brazo de nuevo para coger mi reloj, y entonces, sin motivo alguno, decidí mirar en el cajón de la mesilla. Esperaba o más bien confiaba en ver una Biblia de los Gedeones, algo que le diera normalidad a ese lugar. Pero cuando abrí el cajón vi toda una gama de pilas, triple A, doble A y de nueve voltios. Las había incluso de más potencia. Mi vista se fijó en algo que estaba medio escondido debajo de la cama, así que me incliné más para ver qué era. Una batería de coche. Y unos cables puente.

Optando por no especular, volví a meterlo todo donde estaba y cerré el cajón de la mesilla de noche. Me levanté de la cama hundida y cubierta de polvo y caminé haciendo el menor ruido posible hacia una puerta. Supuse que era un baño. El propietario nos había dicho que todas las habitaciones lo tenían porque sus clientes lo necesitaban. Luego, inexplicablemente, me había guiñado un ojo.

De pie en el baño, mientras orinaba, estuve observándolo todo. Encima de la cisterna del inodoro había una gamuza y un par de guantes reforzados de jardinería. Aquello me pareció un tanto extremo para un cuarto de baño. Luego atisbé detrás de la cortina de la ducha. En el rincón de la bañera, donde suelen ponerse los frascos de champú y otros artículos de higiene personal, había una lata de WD-40. Junto a ella se encontraba un frasco de gel para cabello y cuerpo. La bañera parecía muy sucia, y decidí que no me hacía tanta falta ducharme.

Cuando acabé de lavarme las manos con lo que parecía ser una pastilla de jabón hecha de cera, Tang se había levantado del suelo. Al abrir la puerta del baño, me recibió aplaudiendo con sus pinzas.

—¿Vamos ya?

—No podemos, Tang. Lo siento mucho. Hemos venido para hablar con alguien muy cerca de aquí, pero he dormido más de lo que quería, así que me parece que ya se habrá ido a casa. Tendremos que esperar hasta mañana.

Al oír mis palabras, Tang hizo un mohín sacando la mandíbula de metal y se puso a rascar la cinta americana.

—Suelo duro.

De pronto me sentí muy culpable: el robot roto no había

podido echarse en una cama, y al dormirme yo había aplazado la posibilidad de que lo arreglaran.

—Ya lo sé. Lo siento. La próxima vez lo haré mejor. Solo estaba cansado, eso es todo.

—¿Ben no cansado ahora?

Le di las gracias por su interés y dije:

—Podríamos averiguar si hay algún otro hotel por aquí. Vamos a echar un vistazo.

El sol del atardecer luchaba denodadamente por abrirse paso entre la bruma y fracasaba en gran medida. Mientras caminábamos por la acera en busca de una alternativa para el excéntrico lugar en el que nos habíamos alojado ese día, mis pies y los de Tang despertaban un eco amortiguado contra la acera, y cuanto más andábamos más apagados sonaban. El propietario del hotel tenía razón: no parecía haber absolutamente ningún otro lugar en el que alojarse. Vimos toda una serie de tiendas y negocios cerrados, con planchas de aluminio clavadas sobre los escaparates, y solo parecía haber un visitante: la basura. El Hotel California era el único edificio abierto que distinguía en la fría niebla.

Me volví hacia mi amigo.

—Mira, Tang, creo que vamos a tener que volver a ese hotel. Por aquí no se ve nada más, y hay demasiada niebla para ir muy lejos.

He de reconocer que Tang no armó ningún escándalo, aunque lo vi un poco abatido. A veces podía ser un pelmazo, pero cuando una situación era desesperada lo comprendía.

Regresamos a nuestra habitación en el Hotel California. Al menos llevaba la llave en el bolsillo, una triste victoria. En realidad, lo único que había hecho era volver a fastidiarla.

Tang se dejó caer en una silla desvencijada junto a la ventana y apartó la cortina de gasa para asomarse a las tinieblas. Busqué la carpeta de rigor con información del hotel y la hallé en el cajón de la otra mesilla de noche.

Esa carpeta me informó que el mismo restaurante que servía desayunos también ofrecía «cenas íntimas». La carta consistía en menús con nombres cómicos como «tuercas y pernos» y «pescado aceitoso». Reflexioné sobre el empeño temático de un hotel con aversión a los robots. Entonces recordé que no había comido desde el vuelo y me sentí invadido por un hambre canina. Y seguía sin haber tomado café; el síndrome de abstinencia me estaba dando dolor de cabeza.

No estaba seguro de querer abandonar la habitación y aventurarme en la zona de comedor, ni de hecho en ninguna otra de las zonas comunes del hotel, así que encargué uno de los platos especiales del servicio de habitaciones. Pedí un café, pero me informaron de que la máquina estaba rota.

—¿No pueden hacerme uno instantáneo?

—Señor, aquí no servimos esa clase de café... somos un establecimiento de alta calidad.

Hice una pausa.

—Bien. Entonces, ¿podrían traerme una cerveza?

Un androide vestido de camarera francesa trajo la comida. No sé quién encontró aquello de peor gusto, si Tang o yo. La camarera se apoyó una mano en la cadera y se inclinó hacia un lado, sosteniendo en la otra la bandeja con mi cena.

—¿Quiere que pase para servirle, señor? —dijo, y me guiñó un ojo.

Rehusé sus servicios y le contesté que podía servirme yo mismo.

Ella volvió a guiñarme el ojo.

—Sí, señor. Lo entiendo, señor. Si quiere que venga, solo tiene que telefonear a recepción y volveré enseguida.

A continuación se fue con aire desenfadado.

—¿A qué demonios ha venido eso? —me pregunté en voz alta.

Sin embargo, Tang me miró y encogió un poco sus pequeños hombros metálicos.

Tang y yo guardamos un silencio huraño mientras yo cenaba, y luego matamos el tiempo tratando de encontrar una película decente en el viejo televisor. Al cabo de un rato nos rendimos, y decidí que lo mejor que podíamos hacer era acostarnos temprano. Me moví hacia el borde de la cama para que Tang pudiera quedarse con la otra mitad. Era una cama de matrimonio más bien pequeña, por lo que debido al volumen de Tang me pasé la noche entera a punto de caerme al suelo.

A la mañana siguiente, los pasillos y el vestíbulo del hotel aparecieron llenos de personas que iban y venían, todas seguidas de un androide. Tras dormir mal y sin mi dosis de cafeína yo no estaba de humor para desafíos, pero una mirada a Tang, que caminaba muy cerca de mí mientras giraba la cabeza nervioso, me indicó que él se sentía aún más incómodo. De camino hacia el vestíbulo, resultó evidente que tanto los seres humanos como los androides volvían la cabeza para mirarnos divertidos.

Llevaba mi mochila, pues había pasado el tiempo suficiente en el hotel y en la zona en general para pensar en dejarla sin vigilancia mientras íbamos a desayunar. La coloqué junto al mostrador y pulsé el timbre de recepción que se hallaba ante mí. La recepcionista del turno de mañana era una mujer mayor delgada, con demasiado maquillaje y unas uñas mucho más largas de lo que resultaba práctico.

Le pregunté cortésmente por dónde se iba al comedor.

—Por ahí —me dijo, señalando con un brazo de arpía hacia el otro lado del vestíbulo.

Pagué la cuenta y eché a andar en dirección al desayuno, y al café, cuando se me ocurrió una cosa.

—Disculpe otra vez, pero ¿no sabrá por casualidad por qué nos mira la gente?

Sus finos labios pintados dibujaron una sonrisa de suficiencia.

—Porque va acompañado de un robot. Piensan que es... bueno, que es extraño. Y, si me permite decirlo, un poquito perverso.

—¿Perverso?

—Mire a su alrededor. ¿Ve a alguien más aquí dentro con un tipo bajito como el suyo?

A aquellas alturas estaba acostumbrado a ser el único que llevaba un robot como Tang, pero al mirar a mi alrededor tomé conciencia de un hecho alarmante. Todos los androides eran femeninos, y cada uno de ellos iba vestido, como la camarera del servicio de habitaciones, con una indumentaria llena de coquetería, totalmente inapropiada para el mundo exterior.

Entonces caí en la cuenta: suponían que Tang era mi «compañero». Cogí mi mochila.

—Venga, Tang, nos vamos.

7

Cristal

Después de tirarle las llaves a la recepcionista, salí del hotel con paso decidido, tan deprisa como pude. Tang me siguió con un estruendo metálico, esforzándose por no quedarse atrás.

—Ben... Ben... Ben... Ben... Ben... para... ¡Ben!

Cuando llegamos a la parada del autobús en la que nos habíamos bajado el día anterior, me detuve. Al cabo de un minuto llegó Tang. Sus ojos desorbitados me miraban con rabia.

—Lo siento, Tang, pero es que quería alejarme lo más posible del hotel.

Asintió con la cabeza.

—Pero... Ben... ¿café?

—Me lo tomaré en otra parte.

—¡Ah!

—Tenías razón, Tang, deberíamos habernos marchado ayer. Nos vamos ahora mismo —dije, pero cuando miré el horario, tapado por capas y capas de grafito, averigüé que el siguiente autobús en la dirección que nos interesaba pasaría cuarenta minutos más tarde—. ¡Joder, es mejor que cojamos un taxi!

Al cabo de cinco minutos conseguí parar uno, empujé a Tang al asiento trasero y subí detrás de él.

—¿Adónde? —preguntó el taxista.

—Esto... a Micronsystems, ¿la conoce?

Levanté mi móvil para mostrarle la dirección.

Me miró como si fuese un roedor muerto que hubiese encontrado en su motor.

—Sí, la conozco. Tendría que habérmelo imaginado.

—¿Por qué lo dice? —pregunté mientras el taxista aceleraba.

—Eres el típico tío que está en el Hotel California pero al día siguiente se va a trabajar a un edificio grande y reluciente.

—¿El típico tío?

—Sí, limpio y aseado, pero en busca de algo que no le dan en casa. En ese hotel hay muchos como tú, aunque, la verdad, nunca había visto un acompañante como el tuyo. Suelen... bueno, suelen parecer más humanos.

—Sí, eso tengo entendido —contesté—, pero se equivoca conmigo. Con nosotros.

Vi en el retrovisor que levantaba una ceja.

—Si tú lo dices, colega...

—Lo digo —dije, intentando dejar claro que la conversación había terminado. Comenzaba a estar harto de oír lo que las gentes de por allí pensaban de Tang y de mí.

El taxi atravesó la bruma y nos dejó en la puerta de una gran construcción de cristal en forma de parque de patinaje, con dos laterales altos que descendían hacia una depresión situada en el centro. Había una zona pavimentada delante del edificio, y unos árboles enanos muy bien cuidados flanqueaban el camino hasta la entrada como las luces de una pasarela de emergencia. Tang y yo recorrimos la avenida simétrica, yo en silencio y él en medio de un gran estrépito. No pareció que nos estuviésemos acercando hasta que llegamos. La fría bruma que envolvía el edificio producía la extraña sensación de que se encontraba entre las nubes.

El vestíbulo era exactamente como el exterior prometía, con árboles similares en macetas y varios sofás de cuero resistentes cerca de las puertas que daban a la calle. Al fondo se hallaba un alto mostrador de recepción. La distancia de las puertas al mostrador era tan inmensa que tanto la recepcionista como el visitante se veían obligados a sufrir un incómodo intervalo hasta que el segundo llegaba a la primera. Tuvimos suerte, porque la chica rubia y menuda sentada detrás del mostrador estaba al teléfono y por lo tanto distraída mientras nos dirigíamos hacia allí. Aparte de nosotros dos, no había ningún visitante en todo el vestíbulo.

Me encontré caminando casi de puntillas a través del silencioso espacio vacío, pero los pies de Tang armaban tanto jaleo cuando el metal golpeaba el mármol que nuestra llegada nunca habría pasado inadvertida. Miré con atención el cuerpecillo compacto del robot en busca de algún signo que revelase que reconocía el lugar en el que estaba.

—¿Conoces este sitio, Tang?

—No.

—¿Estás seguro?

—Sí.

—Entonces, ¿no es el lugar del que procedes?

—No.

Justo cuando la agradable voz de la recepcionista ponía fin a la llamada telefónica, Tang y yo llegamos al mostrador.

—¿Puedo ayudarle, señor? —preguntó sonriente.

—Sí, eso espero. Encontré el nombre de esta empresa en internet. Me preguntaba si habría alguien disponible que pudiera hablar conmigo sobre un robot.

La recepcionista rodeó con los dedos el lazo enorme de su elegante blusa.

—¿Un robot?

—Sí, este —dije, indicando a Tang con un gesto.

Se levantó y se asomó a mirarlo por encima del mostrador.

—¿Tiene cita?

—Me temo que he venido sin más. Estoy tratando de averiguar quién lo fabricó, y lleva una placa metálica en la parte inferior que dice «Micron...». Pensé que podía tener algo que ver con su empresa. Como fabrican robots...

—Fabricamos androides, señor.

—¡Ah!

—No creo que este sea uno de los nuestros.

Hice una pausa.

—¿Puedo ayudarle en algo más, señor?

No estaba dispuesto a fracasar ante la primera dificultad.

—¿Hay alguien que pueda entender de robots viejos, o de este tipo, aunque ustedes no lo hayan fabricado?

Ella frunció el ceño y se dio unos golpecitos en los dientes con sus uñas con la manicura francesa.

—Supongo que podría hablar con Cory. Está en el departamento de juegos, pero sé que es aficionado a los robots.

—Me parece fantástico.

—Si toman asiento en la zona de espera, veré si puedo avisarle.

Tang y yo nos miramos y luego nos volvimos para observar los sofás que había en el descomunal vestíbulo de mármol.

—Gracias, pero para cuando lleguemos hasta allí será hora de volver de nuevo aquí —dije con una risa.

Sin embargo, la recepcionista no compartió mi diversión. Me rasqué la cabeza un poco para disimular la incómoda pausa y noté que mi oscura mata de pelo ya empezaba a rizarse en las puntas. Cuando nos conocimos Amy decía que le gustaba, que era muy mona. Cuando se marchó le ponía de los nervios. Decía que parecía un estudiante.

La recepcionista tecleó algo en el reluciente y fino ordenador portátil que se hallaba ante ella y luego sonrió. A continuación volvió a teclear y acabó con un breve toque en la tecla de retorno.

—Ahora baja.

Cory nos hizo esperar mucho rato. Me inquietaban los niveles de aburrimiento de Tang y las paredes de cristal que nos rodeaban. Cuando el robot acabó perdiendo la paciencia, optó por tomarla con el suelo y no con las ventanas. Al ver su reflejo apagado en el mármol, se agachó para mirar más de cerca y resbaló.

Le dije que no se hiciera daño.

—No.

Movió un pie hacia delante con precaución y abrió unos ojos como platos por la sensación de moverse encima del mármol. Luego se volvió y echó a correr. Comprendí horrorizado lo que iba a ocurrir. Tang chilló a voz en cuello mientras patinaba sobre la superficie lisa.

—Tang, vuelve —traté de sisear en voz baja.

Sin embargo, no había posibilidad alguna de silencio en un vestíbulo que parecía un hangar de aviones. El chillido de Tang y mi reprimenda resonaron contra todas las ventanas. La recepcionista se puso de pie.

—Por favor, señor, dígale a su robot que permanezca con usted. No queremos que cause ningún daño.

La miré con el ceño fruncido y llamé a Tang, que volvió patinando.

—Necesito alguna clase de rienda para ti —dije.

—¿Nieva? —preguntó Tang, señalando el cielo con una pinza.

—He dicho «rienda». Como las de los caballos.

Se le iluminaron los ojos.

—¿Los caballos de Ben?

—No son míos, Tang, pero sí, como las de esos caballos.

—A Tang le gustan los caballos de Ben.

—Sí, a mí también. ¿Puedes quedarte ahora donde estás?

Tang suspiró, se tiró al suelo y se puso a rascar la cinta americana.

Diez minutos después, el sonido penetrante de una puerta de cristal girando sobre sus goznes nos obligó a mirar a nuestra derecha. Se acercaba un hombre alto; la clase de hombre que me hacía sentir inferior, de hombros anchos y bronceado, aunque no demasiado, con camisa de diseño y unos elegantes pantalones cortos que no debían de ser adecuados para la oficina pero que en él resultaban completamente apropiados. Parecía un candidato improbable para ser aficionado a los robots. Me tendió la mano, exhibiendo una sonrisa de dientes perfectos y unas suaves mejillas con hoyuelos.

—Cory Fields, me alegro de conocerte.

—Ben Chambers.

—Kaila dice que has traído un robot para que lo mire. ¿Estás pensando en vender?

Tang me rodeó la pierna con las pinzas.

—En absoluto. Está roto, ¿sabes? Necesita ayuda. Tengo que encontrar a alguien que lo arregle.

Trataba de mostrarme desenvuelto, pero al escucharme hablar supe que no lo conseguía.

—Ven por aquí y le echaré un vistazo —dijo Cory con otra sonrisa.

Cruzamos la puerta por la que había venido y entramos en un soleado corredor de cristal que resultaba invisible desde el vestíbulo gracias al uso hábil de unos prismas o algo parecido. Cuando habíamos dado unos pocos pasos, Cory giró de repente a mano izquierda y atravesó una pared. Al llegar a su altura, vi que me sostenía abierta otra puerta de cristal.

Era una sala de reuniones, con un dispensador ecológico de agua fría y diversas sillas extravagantes de aspecto incómodo que rodeaban una gran mesa de conferencias, también de cristal. Cory se sentó y me invitó a hacer lo mismo antes de llamar a Tang:

—Ven aquí, pequeñajo. No te haré daño.

Tang me miró en busca de aprobación y asentí con la cabeza. Se situó delante de Cory. Entonces, para mi sorpresa, el hombre sacó unas gafas. Por lo que había oído de California, pensaba que los defectos visuales eran ilegales.

—Mi mujer —dijo, agitando las lentes—. Yo quería operarme, pero ella opina que las gafas dan un aspecto distinguido. Como si fuese una especie de cerebrito o algo así. —Miró a Tang—. Desde luego, es curioso, al menos para los tiempos que corren.

—Pues sí. Lo que está roto es el cilindro, detrás de esa tapa.

Acto seguido, retiré la cinta americana de Tang para explicar a qué me refería.

Cory asintió con la cabeza al ver la grieta del vidrio. Luego hinchó los carrillos, soltó el aire y dijo:

—Kaila tiene razón, no es uno de los nuestros, ni siquiera de cuando empezamos. No es nuestro estilo. Ignoro por completo dónde podría conseguirse una pieza así, y en caso de tenerla cómo encajar el cilindro. Supongo que se podría encargar, pero no sé a quién ni cuánto tardaría.

—¡Oh! —exclamé, preocupado.

Sin embargo, el siguiente comentario de Cory contribuyó bastante a tranquilizarme:

—De todos modos, yo no me preocuparía mucho. Diría que aún le queda cuerda para rato. Que le sustituyan el cilindro en cuanto sea posible, pero no está a punto de morirse si eso es lo que temes.

Noté que bajaba los hombros y solté el aliento, aunque no era consciente de estar conteniéndolo.

—¿Puedes decirme para qué es el fluido del cilindro? —pregunté, pero Cory negó con la cabeza.

—Lo siento, sinceramente no lo sé. Pueden ser muchas cosas: lubricante, refrigerante, combustible... Incluso podría ser algo para el equilibrio, ya sabes, como el fluido que tenemos en el oído. —Se encogió de hombros—. Lo que creo que tienes aquí es un robot hecho por alguien que necesitaba hacerlo deprisa, pero que sabe mucho más de lo que aparenta de inteligencia artificial. Mira esto. —Señaló el punto en el que el brazo de Tang se encontraba con el cuerpo—. Puede parecer un simple tubo, pero el creador lo ha hecho por algún motivo. Supongo que no disponía de todo lo que normalmente le habría gustado utilizar, así que recurrió a lo que tenía. Usar un tubo como este significa que tu robot tiene una buena amplitud de movimientos. Si hubiese empleado piezas fijas de metal y las hubiera soldado, no podría hacer la mitad de las cosas que hace. El cuerpo del robot es una caja fija, como puedes ver, pero los movimientos del brazo lo compensan. Las piernas también. Quien lo montó sabía lo que se hacía. Lo mejor sería que encontraras al tipo que lo fabricó.

Le eché un vistazo a Tang, cuyos ojos estaban muy abiertos pero cuyos sentimientos eran imposibles de discernir. En aquel momento no parecía estar de acuerdo ni en desacuerdo con la sugerencia de Cory.

Este se frotó la barbilla.

—Hasta te diría que creo que lo que ha hecho es casi deliberado.

—¿Deliberado?

—Sí, el creador. Ya sabes, como cuando hicieron la torre Eiffel y se suponía que no iba a mantenerse mucho tiempo en pie, pero aún se aguanta.

—No te sigo…

—No creo que el cuerpo de este tipo bajito estuviera destinado a durar. Creo que fue diseñado para ser temporal, incluido el cilindro.

—¿Por qué iba alguien a hacer eso?

Cory se encogió de hombros.

—Como te he dicho, quizá tuviera prisa. Quizá no dispusiera de las piezas que necesitaba. Quizá pretendiera mejorarlo cuando tuviera ocasión.

—¿Te refieres a mejorarlo en el sentido de hacerse con uno nuevo, o mejorarlo en el sentido de reconstruirlo?

—Cualquiera de las dos cosas.

Asentí con la cabeza y guardé silencio unos instantes.

—Tengo otra pregunta.

—Dispara.

—¿Por qué estás tan seguro de que lo hizo un hombre?

Cory sonrió y se arrellanó en la silla, levantando el dedo índice.

—Esa es una buena pregunta. La respuesta es que no estoy del todo seguro, más bien tengo una seguridad del noventa por cien. He visto mucha inteligencia artificial, y al cabo de un tiempo acabas reconociendo distintos tipos de trabajo. Es cuestión de experiencia. Ya sabes que en la mayoría de los casos puede saberse si una escritura pertenece a un hombre o a una mujer, ¿no? Pues viene a ser lo mismo. No puedo explicarlo mejor, parece… hecho por un hombre. Literalmente. Es muy masculino.

Estuve de acuerdo con él.

—Cuando lo conocí supe que era un robot chico. O sea, ya sé que su voz es masculina, pero es más que eso.

—Es curioso que les asignemos cualidades humanas. Se les puede llegar a coger mucho cariño. En esta misma calle hay un cementerio para androides.

—¿Estás de broma?

Cory negó con la cabeza.

—¡Qué va! Para algunas personas son como mascotas útiles. De todos modos, sé lo que estás pensando: solo en California, ¿vale?

Hice un gesto de protesta, pero había acertado: era más o menos lo que estaba pensando.

—En cualquier caso, sobre tu viaje, misión o lo que sea, aunque yo no pueda ayudarte tengo una colega que tal vez sí pueda. Bueno, es una amiga de internet, llamada Kittycat9835, en realidad la doctora Lizzie Katz.

—¿Hace robots?

Negó con la cabeza y se quitó las gafas para frotarse los ojos con los dedos limpios.

—Pues no. Trabaja en un museo de Houston, Texas. Es historiadora de robots, y me figuro que te será útil, Ben. —Me miró a los ojos—. Deberías mejorar, ¿sabes? Podría dejarte a buen precio uno de nuestros nuevos modelos. Comprobarás que pueden hacer muchas más cosas. Y, obviamente, no vienen rotos.

Soltó una carcajada jovial y me dio una palmada en el brazo.

Tang, que se había mostrado muy paciente hasta ese momento, osciló violentamente de un pie a otro y me agarró tan fuerte que me hizo daño. Se me encogió el corazón; que tuviera que oír aquello hizo que me sintiera culpable. Era consciente de dar una impresión muy rara yendo por ahí con él, pero estaba tan acostumbrado a él que olvidaba lo inferior que resultaba respecto a los androides. No era tan viejo. No debía de tener ni seis años, aunque, claro, eso debía de considerarse viejo en términos de inteligencia artificial.

—Esto, no, gracias. Me quedaré con este.

Cory se encogió de hombros.

—Tú verás. Aquí tienes mi tarjeta, por si cambias de opinión. —Luego se inclinó hacia mí y me susurró fuerte al oído—: Yo no me preocuparía demasiado por ofender al robot, Ben. Todo el mundo acaba mejorando y, como ya está roto, bueno… lo entenderá.

Hablaba como Amy. Yo no creía que Tang fuese a entenderlo, pero no lo dije. Le agradecí el tiempo que me había dedicado y sus consejos. Antes de marcharme, tenía una pregunta más para él:

—No tendrás por aquí una máquina de café, ¿verdad?

8

Born To Be Wild

Mientras pedía un taxi que nos llevara a la agencia de alquiler de coches más cercana, empecé a sentirme humano. Ello se debía enteramente al maravilloso sabor de la taza de café caliente que me había proporcionado Cory Fields, mi nuevo mejor amigo.

Tang y yo discutimos por el camino.

—No, Tang, déjalo ya.

Señaló el cielo.

—Primera claaaaaaseee.

—No, Tang, ya te lo he explicado: es demasiado caro.

En el mismo momento en que lo decía, supe que estaba mintiendo. La verdad era que, al comentar que el robot tenía «cuerda para rato», Cory me había dado una excusa para elegir la opción lenta... para evitar volar.

Debería habérselo dicho a Tang cuando empezamos a discutir otra vez, pero era muy orgulloso.

—Pri...

Levanté el índice con determinación en dirección a Tang. Él me miró y se rascó la cinta americana. Había logrado mostrarme firme. Al menos esta vez no me estaba haciendo chantaje emocional el producto de una estimación de chatarrería.

Recuperé el control durante unos veinte minutos, el tiempo que transcurrió hasta que el representante de la agencia de alquiler de coches me preguntó:

—¿Qué clase de coche tiene en mente?

Tang se colgó de mi pierna, pellizcándome con sus pinzas e insistiendo en que el coche fuese de chasis bajo para que él pudiera subir, un auto deportivo, en definitiva, a ser posible un Mustang. Me negué a alquilar un Mustang. Tang no me convertiría en un cliché. El empleado, que se puso de mi parte, nos ofreció un vehículo para personas discapacitadas, con un elevador que podíamos utilizar para meter a Tang. Este no se dejó impresionar.

Alquilamos un auto deportivo.

El empleado, que parecía demasiado joven incluso para tener permiso de conducir, reunió la profesionalidad necesaria para pasar por alto la actitud mandona de mi robot. Le di una generosa propina por decirnos que se les habían acabado los Mustang, y le puso al coche, un Dodge Charger, algo de combustible extra, lo suficiente para que saliésemos de la explanada delantera, pero aprecié el gesto.

Tang se subió con un zumbido al asiento del copiloto y se puso a toquetear y a pulsar todos los botones que encontró. A medida que se desplazaba por las emisoras de radio con un regocijo creciente, tras el rock de California vinieron unas baladas canadienses y un canal religioso.

—Tang, apaga eso.

Retiró el brazo y se dejó caer hacia atrás, rascándose la cinta americana.

—Perdona. Pondremos lo que quieras cuando cojamos velocidad, ¿de acuerdo?

Sus piernas se agitaron arriba y abajo delante de él, un gesto que opté por considerar de conformidad.

Emprendimos el viaje. Al dejar atrás San José el terreno montañoso empezó a allanarse, dejando un amplio cielo azul claro con estelas de vapor sobre una tierra arenosa salpicada aquí y allá de arbustos verdes y poco más. Había sombras de montañas a lo lejos, pero la carretera nunca parecía alcanzarlas, como si formasen parte de un paisaje pintado que alguien moviese siempre para alejarlo de nuestro alcance.

Tang se puso enseguida a buscar entre las emisoras de radio. Tardó un rato en decidirse. Para cuando por fin encontró algo que le gustaba, estábamos en mitad de una vasta extensión vacía, circulando por la Interestatal 5. Oí la canción que sonaba en la emisora elegida y se me cayó el alma a los pies.

Hasta hacía poco me encontraba en mi cómodo hogar sin hipoteca, haciendo felizmente lo que me gustaba, y tenía una esposa que me amaba. Bueno, visto lo visto quizá no fuese así, pero estoy convencido de que por lo menos me apreciaba. Tal vez en algún momento. Ahora conducía un Dodge Charger a través de California, pasando junto a plantas carnosas cubiertas de polvo y otras especies rodadoras, sin esposa, sin trabajo y sin idea alguna de adónde demonios me dirigía. También tenía un robot retro que, de todas las emisoras, había decidido escoger la que emitía *Born To Be Wild*.

Mirando el parabrisas con el ceño fruncido, alargué el brazo hacia los mandos de la radio. Sin embargo, Tang bajó el puño de metal contra mi mano tendida y tuve que retirarla con una mueca de dolor. Me miró con dureza. Resultaba evidente que a él le agradaba la canción. Bajó su ventanilla, se desplomó como pudo y apoyó uno de sus brazos metálicos sobre la puerta del coche, soltando un chillido de deleite al notar la corriente de aire que entraba y le hacía cosquillas en los ojos. Inclinó fuera del coche la cabeza y la parte superior del cuerpo tanto como le fue posible. Su cinta americana se agitaba con fuerza al viento, causando un zumbido como el que haría una mosca en una botella de cerveza.

—¡Tang, cierra la ventanilla! ¡Hace demasiado ruido! —vociferé sin lograr resultado alguno—. ¡Tang! —insistí, dándole un sonoro golpe—. ¡Cierra esa ventanilla! ¡Te estás perdiendo la canción!

Señalé la radio del coche. Se apoyó en el respaldo y subió la ventanilla.

Se quedó sentado unos minutos, meneando uno de los pies al ritmo de la música. El meneo se convirtió en un movimiento definido. Instantes después empezó a mover el otro pie y luego los brazos, y al poco rato estaba expresando su amor por la canción con su propio y brusco estilo de baile. Me eché a reír. Él se dio cuenta de que me reía y se puso a agitar las piernas arriba y abajo lleno de felicidad. Sin embargo, mientras la melodía continuaba sonando, mi ánimo se fue ensombreciendo. Tang tenía mucha personalidad, y no paraba de crecer. No obstante, no había «nacido para ser rebelde», como decía la canción. Había… «nacido para ser servil». Y al pensar además en la fuga del cilindro y en que tarde o temprano se le acabaría el tiempo me puse triste.

La monotonía de la Interestatal 5 acabó dejando atrás la extensión urbana de Los Ángeles y se convirtió otra vez en una llanura con montañas inalcanzables. De todas formas, vimos una granja eólica que Tang se quedó mirando embobado, haciendo minúsculos círculos con la cabeza para intentar seguir el movimiento de las turbinas. Cuando quedaron atrás, se dio la vuelta como pudo y las contempló mientras se desvanecían en el paisaje.

Me pasé horas y horas conduciendo. El coche estaba equipado con controlador electrónico de velocidad, y era una suerte, porque me resultaba difícil concentrarme con tan pocos cambios que estimularan mi visión. Me puse a pensar en Amy. Me pregunté qué estaría haciendo en ese momento y qué diría si estuviera con nosotros. Seguramente que me concentrase en la conducción y dejara de darle vueltas a la cabeza.

Sin darnos cuenta habíamos entrado en Arizona, y nos dirigíamos a Nuevo México cuando un tirón de la mano-pinza de Tang en mi manga remangada me arrancó de mis pensamientos. Había aminorado la velocidad para cruzar un pueblo, y el robot me indicaba con un gesto algo que estaba detrás de nosotros.

Miré en el espejo retrovisor y no vi nada.

—Guau… guau —dijo Tang—. Guau.

Al verme confuso frunció el ceño.

—¿Qué dices, colega? Pareces un perro.

Se apoyó de nuevo en el respaldo, chilló y pateó.

—¿Eres un perro? ¿Por qué?

—Sí. Perro.

Le pregunté por qué un perro.

—Perro. Perro. Perro. Perro… —repitió, señalando otra vez hacia atrás.

Esta vez bajé mi propia ventanilla y me asomé hacia la parte trasera del coche. Junto al maletero, demasiado cerca para verlo en el espejo retrovisor pero visible detrás de nosotros como él decía, había un perro salchicha.

Me volví de nuevo hacia delante. Lo que pretendía era ignorar por completo a aquel perro diminuto que nos perseguía por la carretera. Quería mirar al frente y atravesar sin incidentes esa población aparentemente desierta. Pero el destino intervino a través de mi vejiga. Suspiré y miré en el retrovisor lateral a tiempo de ver que el chucho aparecía detrás del coche y desaparecía de nuevo de la vista. Nos seguía zigzagueando de un lado a otro, siguiendo el coche sin quedarse atrás.

—Perro… perro… perro… —decía Tang a intervalos, cada vez que el chucho aparecía en su lado del coche.

—Cállate, Tang, ya sé que es un perro.

Pero mientras lo decía sabía que iba a tener que detenerme para averiguar lo que quería el chucho.

—De todas formas, necesito ir al servicio.

Salí de la carretera y me detuve al lado de la acera, delante de una corta serie de ferreterías, licorerías y tiendas de comestibles, todas ellas cerradas. Miré a uno y otro lado de la calle. Al parecer, todo estaba cerrado: puertas, ventanas y persianas.

—¿Qué pasa aquí? —pregunté, pensando en voz alta—. ¿Es día festivo? ¿Ha habido una invasión de zombis?

Noté un pequeño empujón en la pierna. Bajé la mirada y vi la estrecha cara del chucho, que me miraba fijamente. Tenía todo el cuerpo rojo anaranjado y los ojos verdes y vidriosos. Le faltaba media oreja, y exhibía, como debe hacer todo perro salchicha, un pañuelo rojo de lunares. Me agaché para darle unas palmaditas en la cabeza y miré la chapa del collar.

—Se llama Kyle, Tang. Kyle... ¡es muy gracioso!

Tang bajó del coche y dio la vuelta para reunirse conmigo. Tocó al perro en un costado. El chucho reaccionó olisqueando las piernas y el armazón inferior de Tang. Acto seguido levantó una pata corta y orinó contra el robot. Este soltó un chillido y trató de quitarse al perro de encima, pero el animal era persistente y miró sin parpadear la cara del robot. Como es lógico, Tang parecía enfadado, y tampoco ayudó que yo lo encontrara divertido.

—Vamos, Tang, solo intenta ser simpático.

—Simpático —dijo, sopesando la palabra—. Ben simpático. Perro no simpático.

Espanté al chucho con el pie y miré a mi alrededor en busca de algo con que limpiar a Tang. Lo único que encontré fue una gamuza en el maletero del coche.

—Ir ya —exigió Tang.

—Has cambiado de opinión. Hace unos minutos querías que parara.

—No hay gente en el pueblo, solo perro —explicó—. Y el perro es defectuoso... tiene un escape. Así que el pueblo es defectuoso.

No pude discutir su lógica, pero seguía teniendo que hacer mis necesidades. El perro daba vueltas y más vueltas alrededor del coche trotando sobre sus pequeñas patas, olisqueando las ruedas y la rejilla del radiador.

Recorrí de un lado a otro la calle principal en busca de un café o bar, cualquier sitio con un baño que yo pudiera utilizar, pero no había nada abierto. Al final, oriné detrás de un contenedor en un callejón. De reojo veía a Tang observándome. Cuando acabé, volví a buen paso a la calle mayor para reanudar mi exploración.

—¡Qué sitio tan raro! —exclamé, pensando otra vez en voz alta.

El pueblo era poco más que aquella calle, pero no había una sola tienda abierta, ni tampoco una casa o un piso que no tuviera las persianas bajadas. En algún momento debíamos de haber tomado la dirección equivocada, aunque no estaba seguro de que eso fuese posible en las grandes y anchas autovías estadounidenses.

Un barniz de polvo del desierto cubría cada superficie, y al mirar a mi alrededor me topé con un cartel sujeto con chinchetas en el interior de un escaparate. Decía: CERRADO HASTA QUE NOS PERMITAN VOLVER. Caminé hasta que se terminaron las tiendas. Ante la última casa de la calle había un poste con un trozo de cinta de plástico rota que se agitaba al viento. Sobre la cinta amarilla, en grandes letras mayúsculas, pude leer las palabras «PRECAUCIÓN» y «RADIACIÓN».

Horrorizado, volví zumbando al Dodge, tan deprisa como pude. Tang me miraba confuso.

—¡Tang! Vuelve al coche. ¡Nos marchamos!

Kyle seguía husmeando en torno a las ruedas. Le pasé una mano por la blanda tripa y lo eché sobre el asiento trasero.

Entonces Tang pareció aún más confuso. Sus ojos empezaron a volverse hacia dentro.

—No te preocupes, Tang, pero tenemos que marcharnos

ahora mismo. Y Kyle tiene que venir también. Aquí no está seguro.

Vi que Tang ponía mala cara, igual que hacía Amy. Giró la cabeza para mirar a Kyle, que se abalanzó hacia él y le lamió la cara. El gesto provocó un alarido de pánico y un movimiento descontrolado de los brazos. Tang me fulminó con la mirada y se dejó caer contra el respaldo.

He de admitir que la idea de viajar a través del desierto en un Dodge Charger con un robot retro y un perro salchicha radiactivo no es algo que yo me hubiese imaginado que haría. Pero la vida nos lleva a veces en direcciones peculiares, y en esas ocasiones lo único que se puede hacer es tomárselo con buen humor y dejarse llevar. Además, hay peores formas de pasar un otoño. Por ejemplo, ir de puntillas por una casa en mitad de un matrimonio que hace aguas. Sí, aquello era infinitamente más agradable.

Llevaba mucho tiempo conduciendo e incluso había dormido en el coche en el arcén, pero solo estábamos llegando a Texas y aún nos encontrábamos muy lejos de Houston. La carretera por la que viajábamos parecía interminable e inmutable, y daba la sensación de que los únicos vehículos que nos adelantaban eran enormes camiones cisterna y camionetas, una de ellas con un caballo muerto en la parte trasera.

Tenía hambre y estaba harto, así que me detuve en la primera gasolinera que vi, llené el depósito y entré en la tienda para pagar y comprar comida. Elegí un perrito caliente de microondas, unas lonchas de queso y otras delicias gastronómicas. El empleado que estaba detrás del mostrador era un hombre grueso con cara de guardar granadas en el sótano de su casa, así que no me entusiasmaba pararme mucho. Sin embargo, al entregarle el dinero resultó que no pude librarme de una conversación.

—¿Se ha perdido, amigo?

—Esto… no, no creo.

—Sí que se ha perdido.

—¿Por qué dice eso?

—Porque está aquí y viene de por allí. Todo el mundo sabe lo que hay por allí.

—¿El pueblo sin gente?

—Ya le digo. Solo hay un perro, y no deja de ir de acá para allá.

—¿De acá para allá?

—Ya le digo —repitió con determinación. Estaba claro que no conseguiría más información sobre Kyle, pero él continuó en otra dirección—: No es el primero que se pierde por aquí y ni siquiera lo sabe. —El empleado extendió un mapa sobre el mostrador y señaló con un dedo rechoncho el punto en el que nos encontrábamos—. Estamos aquí —dijo, y luego movió el dedo a un sitio diferente—. Y supongo que es ahí donde usted tiene que estar. No entiendo cómo llega aquí la gente, pero si sigue por esta carretera llegará a un cruce, y tiene que girar a mano derecha. Así volverá a su camino.

Miré el lugar que señalaba. Efectivamente, la carretera llevaba hasta Houston. Aunque digo «llevaba hasta», seguía estando a varios cientos de kilómetros de distancia, pero aquello era Texas.

—¿Puedo preguntarle qué pasó con el pueblo?

—Fuga de radiación —me explicó, metiendo mi perrito caliente en el microondas que estaba detrás del mostrador—. Todo ese pueblo se construyó para dar servicio a los trabajadores de una planta cercana. Y por eso estoy yo aquí también. Pero yo no soy tonto. No quería sentarme encima de un reactor nuclear, así que me instalé aquí, a cierta distancia.

—Muy inteligente —dije—, visto en retrospectiva.

—Ya le digo. En fin, lo que hacían allí salió mal, así que fueron, se llevaron a todo el mundo y cerraron la planta.

El empleado se percató de mi inquietud.

—No se preocupe. Hace muchísimo tiempo de eso. No le pasará nada. Yo sigo aquí, ¿verdad?

Creo que esas palabras pretendían hacer que me sintiera mejor, y supongo que en cierto modo lo consiguieron. Estuve a punto de preguntar cuánto tiempo era «muchísimo tiempo», pero decidí que en realidad no quería saberlo.

Le di las gracias al empleado y volví al coche con mi perrito caliente blando y humeante.

—¿Bien? —preguntó Tang.

—Claro. No te preocupes, amigo —dije, aparentando mayor confianza de la que sentía.

Estaba decidido a no inquietarlo, aunque solo fuera porque había pagado un depósito por el coche que seguramente perdería si el asiento se manchaba de aceite. Además, era consciente de la cuestión urgente del cilindro roto de Tang, que me preocupaba cada vez más.

Un resoplido junto a mi oreja me hizo dar un bote. Me volví y me encontré a Kyle intentando rodear mi perrito caliente con los morros. Estaba tan acostumbrado a no tener que alimentar a Tang que no había considerado la posibilidad de que el animal pudiera estar hambriento. Arranqué la punta de mi bocadillo y se la di. No parecía desnutrido, pero seguía siendo un perro, y despachó la comida como si nunca hubiese comido algo tan bueno, así que abrí una bolsa de patatas fritas y le ofrecí unas cuantas en la palma de la mano.

En cuanto acabé de comer nos fuimos a toda prisa porque, a pesar de lo que había dicho el empleado, seguía queriendo alejarme lo más posible de OneDog. Sin embargo, ahora llevábamos un perro en el coche, y no sabía muy bien qué hacer con él.

—Tang, puede que tengamos que pasar algo más de tiempo por aquí. Vamos a tener que buscar a los dueños de Kyle.

Averiguamos muy pronto que Kyle no necesitaba ni quería ningún dueño. Ya fuese por la terrible comida basura que le había dado o porque Tang no paraba de volverse para pinchar a Kyle en la oreja con una pinza o pellizcarle las patas, cuando paré en el siguiente pueblo para ir otra vez al servicio y cenar algo, el perro bajó del coche de un salto por propia iniciativa. Esperaba que me siguiera al baño, pero se quedó sentado con su pequeño trasero sobre el asfalto caliente. Me alejé varios pasos antes de volverme y llamarlo.

—Déjalo —dijo el robot desde el coche.

—Eso no está bien, Tang.

Regresé junto a Kyle, me agaché pese a mis rodillas anquilosadas y le tendí la mano. La lamió y me rozó los dedos con el hocico para que le acariciara la cabeza.

—¡Eh! ¡Kyle, colega! —exclamó una voz a mis espaldas.

Me volví y vi que un tío atractivo con camisa de cuadros y vaqueros claros se acercaba pavoneándose. Se inclinó junto a Kyle y levantó la mano delante de la cara del perro. Este alzó la pata.

—¿Lo conoce? —pregunté.

—Ya le digo, todo el mundo lo conoce. Viene mucho por aquí.

—¿De quién es?

El hombre se echó a reír, mostrando un par de dientes inesperadamente deslumbrantes.

—No es de nadie. No hay una familia en este pueblo que no haya intentado adoptarlo, pero no le van las restricciones. Le dan de comer allá adonde va, pero nunca se queda más de unas horas. Le gusta volver a casa.

Le pregunté dónde estaba su casa.

—En un pueblecito que hay por allá —contestó, haciendo un gesto en dirección al lugar del que veníamos—. No vive nadie, solo el perro. Supongo que eso es lo que le gusta. No me malinterprete, no es un solitario; simplemente le gusta tener libertad. No quiere ser la mascota de nadie.

—Pero lleva collar…

—Ya le digo. Nadie sabe quién se lo puso, debieron de ser los dueños que tuvo hace tiempo, cuando ese pueblo tenía vida.

—¡Ah! Acabo de traerlo de allí. He pensado que se había perdido. Se ha puesto a perseguir nuestro coche.

—Ya le digo. Es un cabroncete.

Kyle soltó un breve ladrido y dio un bote en el aire como para secundar la afirmación del hombre.

—¿Debería haberlo dejado? No pretendía apartarlo de su casa.

El hombre descartó mi pregunta con un ademán.

—¡Qué va! No se preocupe, le gusta que lo lleven. Le sorprendería saber cuánta gente se pierde en esta carretera. A veces aprovecha para venir. En fin, tengo que irme. —Me estrechó la mano y volvió a chocarla con el perro—. Nos vemos luego, Kyle. No hagas nada que yo no haría.

Mientras se alejaba recordé la conversación con el empleado de la gasolinera.

«Va y viene», había dicho. Al parecer, Kyle nos había utilizado como lanzadera, y por lo visto no era la primera vez.

Se abrió una puerta detrás de mí, y Tang apareció a mi lado.

—¿Lo dejamos? —sugirió.

—Esto… sí, supongo que podemos dejarlo.

Tang saltó de un pie a otro, chilló y me rodeó las piernas con su pinza.

—Ben y Tang —dijo—. Ben y Tang.

—De acuerdo, Tang, ya lo pillo.

Lo aparté y nos fuimos a buscar un restaurante barato.

9

Todas las criaturas de Dios

Se estaba haciendo tarde cuando paramos en el motel que habíamos elegido, un edificio de una sola planta en forma de herradura, cerca de Fort Stockton, en la Interestatal 10. Había elegido el motel porque parecía estar limpio y razonablemente bien mantenido, y sobre todo porque no daba la impresión de estar dirigido por un asesino. La última suposición se basaba por completo en mi evaluación de las dos primeras, aunque supongo que si fueras un psicópata y tratases de atraer motoristas a tu establecimiento quizá lo tendrías limpio y con un aspecto agradable. Pero entonces no pensé en eso.

Salimos de la carretera y cruzamos el aparcamiento; la gravilla arenosa que lo cubría crujió y rechinó bajo las ruedas. Mientras pasábamos despacio junto al cartel de neón parpadeante del motel que decía ¡ALÓJESE AQUÍ!, Tang clavó los ojos en él como si fuese una lechuza. Su luz azul y amarilla parecía encantarle, y cada vez que se apagaba y volvía a encenderse gritaba como si fuese lo mejor que había visto jamás.

Los chillidos de Tang anunciaron nuestra presencia, y un hombre alto y corpulento salió caminando pesadamente de una oficina prefabricada que se hallaba a un lado del motel. Era el típico texano, desde su sombrero de vaquero y su combinación de barba y bigote hasta su camisa de cuadros y el rifle apoyado como un loro en su hombro. Sin embargo, cuando mi vista llegó a sus rodillas se encontró con una pierna auténtica cubierta de denim gastado y una de metal que brillaba como un Cadillac a la luz del atardecer.

Al verla, Tang abrió unos ojos como platos. Para él, ese hombre no era la víctima de un desgraciado accidente o, lo que era más probable, un veterano de guerra. Para él, era un hombre biónico, un mestizo de los que salen en los cuentos de robots.

—¿Busca una habitación, amigo?

—Sí, por favor. Los dos... camas individuales.

El hombre levantó una ceja pero asintió. Ladeó la cabeza hacia su oficina y echó a andar, así que fuimos tras él.

—Tiene usted un buen bicho. Un clásico. Sí señor.

Miré de soslayo a Tang. No me habría extrañado que le salieran de la cabeza burbujas en forma de corazón. Para aquel hombre, Tang no era un robot oxidado ni una antigualla, sino un clásico. Es más, el texano era, aparte de Kyle, el chucho, el primer ser vivo con el que nos tropezábamos que no se nos quedaba mirando a mí y a mi viejo modelo. Demonios, yo mismo empezaba a enamorarme de él.

—Sí lo es, gracias. La mayoría de la gente lo ve solo como un espécimen obsoleto.

—¡Qué va! Tiene usted un pedazo de ingeniería que vale su peso en oro.

Le eché un vistazo a la cinta americana de Tang.

—Ya le digo. Desde luego, ya no los hacen así.

—Bueno, eso es muy cierto.

Para entonces habíamos llegado a la oficina y el texano pasaba el dedo por una hilera de llaves colgada de la pared.

—Aquí tiene. Habitación 8. Hay dos camas individuales y una está rota, así que es más baja que la otra. Puede que al pequeñajo le sea más fácil subirse.

Le di las gracias.

—No hay de qué. La habitación tiene televisor, agua caliente y fría, ducha y demás. El Lavabot pasa cada día al anochecer. Si necesita algo más llámeme. Que pasen buenas noches.

No sé si fue por la cama rota o si simplemente Tang le cayó en gracia y decidió tratarnos bien, pero nos ofreció un precio muy razonable.

Cuando volvía al coche a por nuestras cosas vi mi reflejo en la ventanilla. Necesitaba una ducha. Y no era mala idea limpiar algunas prendas con un Lavabot. Se empleaban mucho en hoteles y moteles como la forma más eficaz de ofrecer a los huéspedes un servicio de limpieza. En general no veía cómo podía ser provechoso un androide, pero los Lavabots eran un poco diferentes. Eran muy prácticos. Y solían ser educados. También resultaban fáciles de usar, pues lo único que había que hacer era echar la ropa sucia dentro del cuerpo del androide y meter unas cuantas monedas. Entonces se iba. Bueno, se iba a murmurar para sí en un rincón mientras te lavaba los pantalones… no se marchaba literalmente con tu ropa a menos que funcionase mal. Pero eso era muy poco frecuente. Los modelos más nuevos casi nunca lo hacían.

Solo tenía una experiencia con un Lavabot, y había sido muy mala. Amy tuvo que hacer un viaje de negocios a Ginebra hace unos años, cuando aún disfrutábamos de nuestra mutua compañía. Fui con ella y nos alojamos en un hotel precioso que daba al lago. Pagaba la empresa de Amy, y no escatimaban en gastos. El establecimiento ofrecía tantos servicios que habría podido divertirme sin problemas durante toda nuestra estancia sin salir siquiera del edificio. Pasé la primera noche con Amy, pues su conferencia no empezaba hasta el día siguiente y sus colegas no habían llegado todavía. Fuimos a cenar a uno de los restaurantes del hotel, y en mitad del segundo plato me las arreglé para tirar una copa llena de vino sobre la mesa y encima de Amy. En milésimas de segundo el vino le empapó el vaporoso vestido de color crema, naturalmente su favorito, y nos estropeó la velada. No nos quedamos a tomar postre.

—Lo siento mucho, Amy, mañana pediré que un Lavabot le eche un vistazo.

—Pero eso no sirve de nada ahora, ¿verdad? Para entonces estará estropeado. Hay que ocuparse enseguida de él. Tendré que dejarlo en remojo toda la noche.

—Pues deja que lo lleve a recepción a ver si funciona en el hotel algún Lavabot a estas horas.

De vuelta en la habitación, se puso el pijama y me entregó el valioso vestido para que solucionara el problema.

En recepción me informaron que todos los Lavabots se estaban utilizando o recargando.

—Ayúdeme, por favor. Es el vestido favorito de mi mujer, está muy enfadada conmigo y no quiero que esté sin hablarme toda nuestra estancia en Ginebra.

—*Pardon, monsieur*, pero no tenemos ningún Lavabot disponible tan tarde. ¿Le reservo uno para que acuda a su habitación a primera hora de la mañana?

Le dediqué a la recepcionista mi mejor mirada de cachorro inglés de pelo lacio.

—Por favor… ¿de verdad no puede hacer nada?

Hizo un mohín mientras reflexionaba unos instantes.

—Bueno, acabamos de sustituir todos nuestros Lavabots y tenemos unos cuantos de los viejos guardados en el sótano. Hace algún tiempo que no se usan y solo hablan francés, pero puedo comprobar si hay alguno con la carga suficiente para venir a verle.

—Gracias —dije, soltando un profundo suspiro de alivio—. Muchas gracias.

Al rato apareció un empleado de mantenimiento seguido de un Lavabot que arrastraba los pies. El androide parecía un poco confuso y polvoriento.

—*Monsieur* —dijo el empleado de mantenimiento secamente.

Con un ademán, señaló el Lavabot, que me miró parpadeando. Acto seguido el hombre se disculpó y me quedé a solas con el androide.

—*Parlez-vous Français?* —preguntó el Lavabot.

—*Non* —respondí.

Era más o menos capaz de pedir dos cervezas, pero eso no resultaría útil en aquella situación. El androide y yo nos miramos fijamente. Aunque ya era tarde quedaban algunas personas en recepción, así que decidí llevarme el Lavabot a otra parte para evitar hacer el ridículo. Encontré un corredor cerca de la piscina de hidromasaje y me senté en una silla. Perfecto. El Lavabot se puso en cuclillas frente a mí, en espera de la ropa sucia. Suspiré y señalé el vestido.

—Esto. Delicado. Lavado suave. ¿Sí?

El androide me miró parpadeando y empezó a emitir un tictac. Me incliné hacia delante en la silla para leer una placa en la parte anterior. También estaba en francés, pero había debajo una breve traducción al inglés que decía:

1 - normal
2 - rápido
3 - lleno
4 - fibras naturales
5 - ropa blanca

No estaba seguro de lo que significaba «lleno», pero probablemente no era lo que yo quería para el vestido. Tampoco sabía de qué material estaba hecho, aunque un vistazo a la etiqueta me indicó que era mitad seda y mitad otra cosa de la que nunca había oído hablar. Después estaba «rápido», lo cual parecía buena idea, porque Amy había dicho que era urgente. Levanté dos dedos ante el Lavabot.

—*Deux?*

—*Oui.*

A continuación el androide dijo otra cosa en francés que

interpreté como una indicación para que introdujese el vestido y el dinero correspondiente. Lo hice. Lo único que tenía que hacer entonces era sentarme, esperar y confiar en que todo saliera bien.

Cuando hacía unos veinte minutos que se había iniciado el ciclo, el Lavabot se levantó de repente y se marchó.

—Esto... ¿perdona? Mmm... ¿adónde vas?... ¡Oh, maldita sea!

Lo perseguí y traté de cerrarle el paso, pero me apartó de un fuerte empujón y continuó adelante. Presa de la impotencia, empecé a seguirlo como el inglés ignorante que era. Para mi gran alivio, el Lavabot regresaba a recepción. Al menos allí podría suplicar la intervención de la recepcionista.

—¡Se marcha con el vestido de mi mujer! Ayúdeme, por favor. ¡Párelo!

La recepcionista lanzó un grito ahogado y le gritó algo en francés al androide, que se detuvo al instante y volvió la cabeza hacia ella. Tuvo lugar una discusión entre mujer y Lavabot que al principio parecía ganar el androide. Al final, la recepcionista le dio un sonoro puñetazo en la cabeza, se oyó un chasquido y se abrió la puerta de la cuba de lavado. El vestido de Amy, que tenía un espantoso tono verde negruzco, cayó al suelo envuelto en agua jabonosa.

—*Merde* —dijo la recepcionista.

El androide de la colada pasó al anochecer, tal como había dicho el hombre del motel. Tang estaba echado como una estrella en su cama rota y yo me estaba duchando cuando oí que llamaban suavemente a la puerta.

—Tang, ¿te puedes ocupar, por favor?

Silencio.

—La puerta, Tang, la puerta.

—¿Ocupar... puerta?

—Quiero decir que la abras; que mires quién es. Por favor.
—Hubo una pausa y luego una leve corriente se coló en el
baño, agitando la cortina de la ducha—. ¿Quién es?

—Androide —dijo Tang con tono de reprobación.

—¡Ah! ¿Es el Lavabot?

—Sí.

—¿Puedes decirle que espere?

—¿Que espere?

—Sí, tengo ropa sucia.

—Androide se marcha —me informó Tang.

—¡Tang! ¡Te he dicho que le dijeras que esperara!

Cerré a toda prisa el grifo de la ducha y me até una toalla
en la cintura. Volví a la habitación a tiempo de ver cómo Tang
despedía al Lavabot.

—Tang, ¿qué le has dicho?

—Vete ya.

—O sea, justo lo contrario de lo que te he dicho que dijeras.

—Sí.

—¿Por qué?

—Ben no necesita an-droide. Ben tiene a Tang.

—Oh, mira, Tang, sí, te tengo a ti, pero también necesito
ropa limpia. ¿Lo entiendes?

Bajó la mirada y se rascó la cinta americana.

—Mira, a veces los androides son necesarios. Además, él
no te ha hecho nada, ¿verdad?

—No.

—Bueno, pues eso.

Salí corriendo en la templada noche de Texas detrás del
Lavabot, vestido solo con la toalla, y le traje de regreso a la
habitación. Observé con alivio que el androide era un modelo
nuevo. Quizá el motel tuviese camas rotas, pero en cuestión
de inteligencia artificial el propietario sabía lo que se hacía.
Metí en la cavidad pectoral del androide varios pantalones

cortos, ropa interior y unas cuantas camisas. Introduje unas monedas. Se quedó donde estaba, con la mirada perdida, mientras sus tripas trabajaban en mi colada.

Tang se sentó en la cama y obligó al androide a apartar la vista. La diferencia entre los dos era muy pronunciada. Tang estaba formado por dos cajas cuadradas apiladas una encima de otra, abolladas, con arañazos y un poco oxidadas. El Lavabot era un equipo elegante, curvado y lustroso que funcionaba silenciosamente y desempeñaba sus actividades con sencillez y precisión.

Cada vez que el ciclo de lavado cambiaba de fase, el androide se despertaba un poco. Cuando eso ocurría, le devolvía la mirada a Tang con igual fuerza, como si estuvieran en la calle principal de un pueblo del Salvaje Oeste.

Hecha la colada, el androide me agradeció la confianza que había depositado en él, se levantó y se fue. Tang me miró de mal humor, pero al instante se sintió más cómodo.

—Dime por qué no te gustan los androides.

—No.

—¿Es que tienes celos?

Transcurrieron unos momentos antes de que Tang respondiera:

—No.

—¿Por qué, entonces?

Tang guardó silencio.

—No seas obstinado, Tang. Háblame.

—Dormir ahora.

Me senté con un suspiro en una silla coja de madera que había en un rincón y cerré los ojos.

—De acuerdo, muy bien, como tú quieras.

Esa noche me costó conciliar el sueño. Estaba tumbado en mi cama, completamente vestido, mirando cómo se encendía y se apagaba el cartel de neón a través de un pequeño hueco en las cortinas. Puntos claros se filtraban hasta la pared como un puré de auroras boreales y relojes digitales.

No paraba de pensar en Amy. ¿Qué estaría haciendo ahora? ¿Dónde se alojaba? ¿Estaba con alguien? ¿Era feliz? Durante nuestra relación la había considerado irracional y retrógrada, pero estaba saliendo a la luz algo que antes ocupaba el fondo de mi mente, algo que me decía que la culpa era en parte mía. Amy quizá habría podido amarme si yo hubiera sido menos... frustrante.

En torno a la medianoche decidí salir en busca de un bar nocturno. Tang estaba fuera de combate con los brazos sobre la cabeza. Cuando dormía emitía un suave tic-tic-tic, lo cual resultaba muy gracioso, pero me impedía dormir. Indicaba que estaba en modo de espera durante la noche, así que no me pareció peligroso dejarlo.

Atravesé la noche cálida y densa hasta llegar al pueblo más cercano, parecido en tamaño a OneDog pero más animado, donde encontré un bar abierto.

En una pantalla colgada en una esquina, cerca del techo, daban un combate de boxeo, y de vez en cuando la clientela ofrecía sus consejos a los contendientes. Cuando abrí la puerta de madera, el camarero, que estaba limpiando un vaso, me saludó con un gesto de la cabeza y se volvió de nuevo hacia el combate. Me senté en un taburete de la barra.

—¿Qué le pongo? —preguntó con los ojos fijos en la pantalla.

Tras recorrer los estantes con la mirada, opté por una cerveza. Destapó una Bud y la dejó delante de mí. Luego regresó al combate, lo cual me pareció muy bien.

Estuve sentado en silencio un buen rato, bebiendo cerveza fría. La primera botella entró muy bien, compensando la sensación desagradable de sudor y polvo que había cubierto mi piel en el breve tiempo transcurrido desde que salí del motel.

Pedí otra cerveza. Tras unos cuantos tragos largos de la segunda botella comprendí que también me la acabaría en un momento si no me andaba con cuidado. A ser posible, quería volver con el Dodge al motel. No pensaba ir haciendo eses por la carretera para que me detuviera un guardia de gorra marrón. Además, tenía que cuidar de un robot, ¿y qué le sucedería si me metían en chirona?

Al cabo de un rato me sentí observado. Aventuré un tímido vistazo a ambos lados y descubrí a un anciano de bigote canoso que me contemplaba desde el otro extremo de la barra, el único cliente aparte de mí que no estaba viendo el combate. Mirarle fue mala idea: lo interpretó como una invitación. En cuanto se percató de que le había visto, se deslizó a lo largo de la barra apartando los taburetes como si fueran bolos. Comprendí que ya lo había hecho otras veces y que estaba bastante borracho. Cuando se situó a mi lado pude verle mejor. Tenía la punta de los dedos índice y corazón de la mano izquierda amarilla por el tabaco, y llevaba una camisa con manchas de bourbon.

—Soy Sandy.

Me tendió la mano. La noté húmeda y huesuda.

—Ben.

—¿Sabes qué dicen de los que arrancan la etiqueta de la cerveza? —dijo, indicando mi botella con un gesto de la cabeza.

Era justo lo que yo estaba haciendo solo un momento antes. Dije que no lo sabía.

—Creen que significa que necesitas una chica.

—Tengo una chica. Bueno, la tenía.

—Ajá.

—Ahora tengo un robot.

Pausa. Sandy levantó una poblada ceja blanca.

—O sea, estoy cuidando de un robot... No tengo tiempo

96

para una chica. Estoy tratando de que lo arreglen… me refiero al robot.

Sandy frunció el ceño y arrugó su larga nariz sin saber qué contestar.

—Bueno, yo… es una buena profesión.

—No tan buena como la de veterinario —continué.

Hubo un destello de esperanza en sus ojos (aunque fuesen vidriosos).

—Bueno, hay mucho que decir a favor de los veteranos, pero no olvides que sufren mucho. —Se dejó caer en el taburete y se quedó con la mirada fija hacia delante como si leyera unas letras pequeñas en la pared—. Ya te digo, nunca olvidas las cosas que has visto.

—Oh… no, he dicho «veterinario».

—¿Cómo? ¿Qué has dicho?

—He dicho que… da igual.

Pero Sandy no se rendía.

—¿Y dónde está tu… robot?

Al decir la palabra marcó la «r» con su bocaza y sus dientes flojos. Resultaba agradable oírla pronunciar con aquel profundo acento texano.

—Está en el motel, durmiendo. Mejor dicho, en modo de espera.

—¿Se encuentra a salvo?

—¿A qué se refiere?

—Sin ti allí… ¿no le pasará nada?

—¿Por qué iba a pasarle algo?

—Bueno, has dicho que estabas cuidando de él, pero estás aquí, bebiendo conmigo. Así que me pregunto si se encuentra a salvo.

Me entraron ganas de contestarle que yo no diría que estábamos «bebiendo juntos», pero no lo hice. En cambio, dije:

—Es un robot, ¿qué va a hacer?

—Supón que se despierta y tú no estás. ¿No se asustará? Te

contaré una historia. Me pasó trabajando en mi rancho, cuando mis manos funcionaban como es debido y mi querida Ginny aún vivía. En fin, tenía un robot pequeño, un humanoide de un metro y medio más o menos —se puso la mano a la altura del pecho—, y solía llevármelo cuando iba a extraer oro.

Mientras continuaba su historia, empecé a preguntarme si se lo estaba inventando todo. ¿Era soldado, ranchero o minero? Daba la impresión de que no acababa de decidirse.

—… Así que un día soleado se me ocurrió echarme una siesta debajo de un árbol, y cuando me desperté mi pequeñajo se había ido. Lo busqué por todas partes, ese día y parte de la noche, y también al día siguiente. Supuse que no podía haber ido muy lejos. Al cabo de unos días lo encontré. Caminé río abajo y allí estaba, en un recodo.

—¿Estaba bien?

—¡Qué va! ¡Para nada! Me lo encontré boca abajo, en el río. Se acababa de morir. —Representó con la mano y un silbido al robot cayendo boca abajo en el río y terminó dando una palmada en la barra—. Traté de secarlo, pero ya sabes, una vez que se mojan no van a arreglarse con secadores, hornos ni bolsas de arroz.

—Eso es muy triste —le dije.

—Sí, sí lo es. Así que vuelvo a preguntarte: ¿va a estar bien tu robot si tú no estás?

Hice una pausa. De pronto, el miedo me contrajo el pecho. Tenía mis dudas acerca de la validez de su historia, pero lo que había dicho me había inquietado y conmovido inesperadamente. Si Tang se despertaba en mi ausencia, ¿qué pensaría? ¿Saldría de la habitación y se pondría a buscarme por ahí? ¿Y el cilindro roto? Me di cuenta de que llevaba algún tiempo sin comprobar el nivel de fluido.

—Tengo que irme —dije de pronto, levantándome del taburete.

—Así es —convino Sandy.

Estreché su mano por segunda vez.

—Ha sido un placer conocerle, Sandy. —Desplegué unos cuantos billetes de mi cartera y los coloqué sobre la barra, mientras llamaba al camarero—. Esto es para pagar mi cuenta, y un poco más por lo que este caballero se tome después.

Sandy se quitó la gorra y me saludó, y yo salí del bar prácticamente corriendo mientras mis piernas trataban de seguir el ritmo de mi corazón.

Me apresuré a subir al Dodge y volví al motel lo más deprisa que pude sin jugarme la vida, dado que había tomado unas cuantas copas. Cuando entré en el aparcamiento quedó claro que ocurría algo malo. Unas luces azules iluminaban el edificio del motel, y una pequeña multitud se había concentrado alrededor de la entrada de mi habitación, seguramente todo el personal y algún que otro huésped. Se me hizo un nudo en el estómago y las palmas de mis manos empezaron a sudar. Aparqué de cualquier manera, me precipité fuera del coche y recorrí a la carrera los últimos metros. El propietario de la pierna metálica me vio y me obligó a apartar la vista. Tenía las manos apoyadas en las caderas.

—Es usted. No tiene derecho. ¿Qué clase de monstruo es?

—¿Puede decirme alguien lo que ha pasado? ¿Puedo entrar en mi habitación? ¿Tang? ¿Estás bien, colega?

No lo veía. La pequeña multitud resultó sorprendentemente sólida cuando traté de apartarla a empujones.

—Debería darle vergüenza —continuó Pata Metálica.

Encontré a Tang sentado en su cama rota y envuelto en una manta. Había un agente de policía agachado junto a él, dándole palmaditas en el pequeño hombro de metal. Cuando crucé la puerta a toda prisa todos se volvieron para mirarme.

—¿Es este su robot?

—Sí. Tang, ¿estás bien?

—Sí —respondió con voz apagada.

Me agaché y lo estreché entre mis brazos tan fuerte como pude, tirando la manta al suelo. Él alargó el brazo para cogerla.

—Manta. Manta. Manta. Manta.

—Vale, vale. Aquí la tienes.

Volví a rodearle los hombros con la manta, y él la agarró con sus pinzas como si fuera a caerse de nuevo.

—¿Qué ha pasado, Tang? Dímelo.

Sin embargo, antes de que él pudiera hablar, el policía me dio su informe:

—Me ha avisado el propietario en torno a las doce y media, diciendo que oía gritos procedentes de esta habitación...

Pata Metálica prosiguió con el relato:

—He traído mi rifle y he tirado la puerta al suelo de una patada... he visto a su amiguito gritando y armando jaleo como si se fuera a acabar el mundo. Daba vueltas por la habitación, gritando: «¡Ben! ¡Ben! ¡Ben! ¡Ben! ¡Ben!». Así que he llamado a la policía.

Empecé a respirar con más calma.

—Entonces, ¿no le ha pasado nada? He visto la manta y he pensado que se había caído a algún río.

—¡Qué va! Simplemente se ha asustado al verse solo. Debería darle vergüenza dejarlo así. ¿Y si se hubiera marchado?

Pensé en contestarle que no se habría marchado de una habitación cerrada con llave a menos que alguien hubiese tirado la puerta abajo, pero estaba de acuerdo con lo que decía.

—Asustado —dijo Tang.

—Ya lo sé, colega, lo siento mucho.

Y para sorpresa de todos, incluido yo, me incliné y besé su fría cabeza.

—Señor...

—Chambers.

—... señor Chambers —dijo el policía mientras me levantaba del suelo entre crujidos de rodillas—, aquí nos tomamos muy en serio la crueldad contra los robots. No sé a qué se dedica ni de dónde viene, pero aquí son trabajadores y hay que cuidarlos.

Desde el fondo de la multitud que había ocupado mi habitación, un viejo saltó:

—Sí, señor. De lo contrario te dejan tirado y entonces no hay cosecha.

—Puede que no sea uno de esos androides pijos —continuó el policía, sacudiéndose el uniforme—, pero es una criatura de Dios. Y no lo olvide.

—Ya te digo —coreó el viejo, mientras la que parecía su mujer y un par de tipos recién llegados asentían con la cabeza.

—Sea como fuere, creo que no puedo arrestarle por nada, así que me voy. Pero se lo advierto…

Estaba hecho polvo por la vergüenza y el asco hacia mí mismo. Le dije al policía que no volvería a ocurrir.

—De eso puede estar seguro —intervino Pata Metálica. Se agachó hasta ponerse a la altura de Tang—. ¿Por qué no te quedas aquí conmigo, colega?

Me invadió un temblor frío y repentino. Pero Tang giró la cabeza para mirarle y luego la movió a izquierda y derecha, dando una clara señal negativa.

—Ben —dijo en voz baja, y alargó la pinza para coger mi mano.

—Está bien —Pata Metálica se volvió hacia mí—, pero quiero que se largue de mi propiedad a primera hora de la mañana, ¿me oye? No puedo consentir que haya gritos en este motel; es malo para el negocio.

El agente de policía desapareció por la puerta y los curiosos salieron de mi habitación tras él. Me sorprendía la intensidad de los sentimientos de aquella gente y me ofendía que no supieran cuánto había empezado a importarme Tang. No obstante, quizá no lo había demostrado, y mi afecto hacia él me habían tomado por sorpresa. Cuando se hubo marchado el último espectador comprobé el cilindro de Tang. Cory había sido optimista: aunque aún quedaba una cantidad decente de fluido allí dentro, el nivel era mucho más bajo que en California.

Por la mañana temprano nos despedimos del motel, Tang lleno de autoridad moral y yo adecuadamente escarmentado.

10

Pieza de museo

Recorrimos la última distancia desde el motel hasta Houston, solo siete horas, en un silencio cordial. Tang parecía haberme perdonado, aunque yo aún me sentía avergonzado. Puse su emisora de radio favorita y él se quedó mirando por la ventanilla cactus tras cactus, moviendo el pie al ritmo de la música.

Un buen rato después de almorzar llegamos a los suburbios de la ciudad. Hacía un sol radiante. Decidí comprar algo de comida y luego fuimos directamente al museo.

El Museo Espacial de Houston era un vetusto edificio de la NASA con un aire industrial, un viejo almacén de ladrillo y metal al que acudían de excursión los escolares para aprender cosas sobre la Última Frontera del siglo XX. A pocas personas les interesaban ya los viajes espaciales, y pensé que el vestíbulo era más grandioso de lo que le correspondía al museo, con cohetes en miniatura y una maqueta del sistema solar colgada del techo. Numerosas puertas en cada pared marcaban la entrada a diversas exposiciones, y una escalinata metálica subía por el centro hasta un entresuelo con una hilera de puertas similar. Unos carteles en forma de flecha montaban guardia delante de cada puerta para orientar al visitante, aunque desde el vestíbulo no pude ver qué ponía. Como no éramos turistas sino que buscábamos a un miembro del personal, me dirigí con paso seguro al mostrador de información y pregunté por la doctora Lizzie Katz.

—Me... nos está esperando.

Había tenido una breve conversación con ella por correo electrónico mientras veníamos de California; cada interacción había tenido lugar cuando parábamos para comer.

—Un momento, por favor. —Hubo una pausa al llamar la chica a la doctora Katz—. Enseguida baja. Tome asiento, por favor; si le apetece, puede beber agua.

Miré a mi alrededor en busca de asientos, y al no encontrar ninguno me metí las manos en los bolsillos y esperé. Cuando vi que la doctora Katz no bajaba «enseguida», llené un vaso de agua en la fuente cercana. Entonces me di cuenta de que Tang se había ido. Volví a mirar a mi alrededor pero no lo vi, y una ojeada a la empleada, que se limaba las uñas y hojeaba su revista, me indicó que probablemente tampoco lo veía.

—Cuando baje la doctora Katz, dígale... dígale que enseguida vuelvo. Por favor, no deje que cancele mi cita.

Sin esperar una respuesta, decidí cruzar una de las puertas que conducían a las exposiciones. No me molesté en subir la escalinata. Justo cuando entraba en la sala, oí un estruendo procedente de otra. Me dirigí patinando hacia el ruido que había sonado en una sala contigua, y allí estaba Tang con una de sus pinzas extendida hacia delante. Al otro lado de un cordón vi la maqueta de un androide desmontada en el suelo.

Se quedó paralizado al verme.

—¿Qué estás haciendo, Tang? ¿Lo has roto tú?

—No...

—Tang, creo que lo que acabas de decir es mentira.

—¿Mentira?

—Es cuando dices algo incorrecto y lo sabes, algo que no es verdad. ¿Es verdad que has tocado la maqueta y se ha caído?

Tang reflexionó. Retiró la pinza despacio y con cuidado, y entonces vi que sostenía un dedo de plástico. Me descubrió mirando y lo dejó caer al suelo, donde rodó un poco antes de pararse junto a los dedos de mis pies.

—Tang, ¿es verdad?

—Sí —contestó, bajando la mirada.

—Bueno, me alegro de que hayas sido sincero... al final. ¿Por qué estabas tocando la maqueta?

Tang no pudo responder, porque detrás de mí cruzó la puerta la doctora Lizzie Katz.

La historiadora de robótica se mostró sorprendentemente simpática, teniendo en cuenta que solo llevábamos allí diez minutos y ya habíamos destrozado una de sus piezas. En el despacho de la doctora Katz, Tang se sentó en una vieja butaca agrietada de cuero verde mientras ella observaba el interior de su cilindro. Para mi alivio, vi que el nivel de fluido no era mucho más bajo que la última vez que lo había comprobado. La doctora cerró la tapa y volvió a colocar la cinta americana con sus largos dedos delicados. Acto seguido se puso a mirar a Tang con gran detalle. Le levantó un brazo y luego el otro, y a continuación empezó a moverle los pies en círculos hasta que él soltó una risa. Lizzie tenía el cabello rubio y rebelde, recogido en una cola de caballo; llevaba una blusa de algodón morada y unos pantalones de pata ancha a juego. No tenía para nada el aspecto que yo imaginaba en una conservadora..., de hecho, se parecía un poco a Amy.

Me miré, con mis pantalones por la rodilla de color beis, mis sandalias y una camisa blanca. Parecía el típico turista. Aunque estábamos en otoño, para ser exactos en Halloween, la temperatura seguía siendo alta. En Texas podían estar acostumbrados al calor, pero yo no lo estaba. Cohibido, me llevé una mano a la coronilla. Tenía el pelo espeso y ondulado, y aún negro como el de mi madre, aunque empezaba a encanecer como el de mi padre.

Pero si la doctora Katz se fijó en lo que llevaba puesto no dio muestras de ello. Contemplaba absorta el artículo de época que yo le había traído. Le expliqué que, aunque estaba buscando principalmente a alguien capaz de arreglar el cilindro de Tang, también trataba de encontrar cualquier información que pudiera darme sobre él. Le dije que había aparecido en el jardín. Por alguna razón, no mencioné a Amy.

—Es increíble —dijo.

Dije que, en efecto, lo era.

—¿Y dice que apareció sin más? Dios mío, ¿cómo supo adónde llevarlo?

—Gracias a un proceso de eliminación. Y a mucha suerte. Y a Cory.

Ella asintió con la cabeza.

—Conozco a Cory de un foro de debate. Aficionados a la inteligencia artificial. Y antes de que me mire raro reconoceré que soy una nerd. Cory diseña juegos supuestamente realistas para adolescentes en una empresa que fabrica androides, y yo me aseguro de que esos chavales no olviden cómo llegamos hasta aquí… más o menos.

Detecté una nota de envidia en su voz. Se sentó detrás de su mesa sin dejar de mirar a Tang.

Tang y yo nos miramos de soslayo.

—Estoy pensando —dijo ella al cabo de un rato.

Desde su butaca, Tang meneó los pies con aire ausente sin interrumpir. Inesperadamente, la doctora sonrió y de pronto se levantó.

—Lo siento, no puedo decirle nada sobre él… y no puedo arreglarlo. No reconozco ninguna de las piezas que tiene dentro. Es único. —Vio mi cara de preocupación y se apresuró a añadir—: Pero creo conocer a alguien que podría ayudarle. Se llama Kato Berenjena. Le conocí en la universidad. Regresó a Tokio hace unos años.

—¿Berenjena?

—Es un apellido raro, ¿verdad? Es lo que significa su apellido en japonés. Cuando vino aquí nadie sabía pronunciarlo, así que lo tradujo a una palabra que entendiéramos. Hace mucho tiempo que no nos vemos, pero es alucinante. Podrá ayudarle.

—¿Qué le hace pensarlo?

Me sentí desanimado ante la perspectiva de ser enviado a otro lugar. Además, temía que se nos estuviera acabando el tiempo con el cilindro de Tang. Pero al menos había un siguiente paso.

—Porque después de la universidad llegó a ser uno de los mejores cerebros en inteligencia artificial y trabajó con la gente más importante; consiguió la clase de empleos con que sueña todo amante de los robots. Si hay algo que no sepa es que no vale la pena saberlo. Tuvo un gran éxito con un proyecto secreto sobre androides, pero no duró. Perdió su puesto. Debió de ser hace unos... ocho años. Eso es todo lo que sé.

Me sentí esperanzado.

—¿No tendrá por causalidad sus datos de contacto?

—Perdí el contacto con él —dijo, bajando la vista y retorciéndose los dedos. Tenía la voz teñida de pesar. Luego se animó inesperadamente—. Pero tengo una dirección de correo electrónico, por si le sirve de algo.

Garabateó algo en una nota adhesiva y me la entregó. Era una calle y un número.

—¿Qué es esto?

—Es la dirección de mi casa. La necesitará para saber adónde ir a cenar esta noche. No llevo encima el correo electrónico de Kato. Tendré que buscarlo en casa.

Durante unos instantes no debí de dar muestras de entenderla, pero ella me devolvió la mirada con una media sonrisa. Entonces me ruboricé y ella sonrió del todo.

—Bueno, ¿sabe qué? Iba a invitarle a cenar por ahí, pero he supuesto que le resultaría difícil con el robot, así que he pensado que por qué no invitarle a mi casa.

—Pero no me conoce, podría ser un hombre peligroso.

—Esperemos que así sea.

Y me dedicó una amplia sonrisa misteriosa.

Tang y yo volvimos a subir al coche, pero pasaron unos minutos antes de que pudiera hacerme a la idea de conducir.

—¿Qué acaba de pasarme? —me dije.

—Hemos visto señora del museo.

—Gracias, Tang. Me refiero a... da igual.

Encendí el motor y salí del aparcamiento del museo, aún desconcertado.

—Debe de ser el acento —pensé en voz alta.

Yo tenía un excelente acento de locutor. Era una de mis pocas virtudes. A Amy siempre le había gustado cómo hablaba.

El siguiente vuelo a Tokio no salía hasta la mañana del día siguiente, así que busqué un motel para pasar la noche. Recogimos las llaves en el mostrador de recepción y nos instalamos en nuestra habitación. Encendí la tele y le di a Tang el mando a distancia para que tuviese algo que hacer mientras me duchaba y me arreglaba para la cena. Acababa de salir del baño cuando llamaron a la puerta.

—Por favor, Tang, mira quién es.

Tras el incidente con el Lavabot le había explicado a qué me refería al decir «ocuparse de la puerta», pero aún no parecía seguro, así que moderé mi lenguaje. Se levantó de la cama y se dirigió a la puerta.

Al abrirla soltó el alarido más penetrante que yo había oído en mucho tiempo y se alejó tan deprisa como pudo para meterse en el armario. Luego trató de cerrar las puertas.

—¿Qué demonios ocurre? Tang, ¿qué pasa?

Me precipité hacia la puerta medio abierta.

Había una bruja de metro cuarenta, con su escoba y su

gato de peluche. Llevaba un cubo plateado que me tendió ladeando la cabeza.

—¡Truco o trato!

Maldito Halloween.

—Has asustado a mi robot —dije—. ¡Pírate!

—¡Truco o trato! —repitió la bruja.

—Ya te he oído la primera vez, ahora vete. ¡Vamos, lárgate!

Señalé hacia la calle con lo que esperaba que fuese un gesto autoritario, y pareció funcionar. Dio media vuelta y se marchó corriendo. Al cerrar la puerta, oí unas risitas y una serie de golpes sordos. Cuando volví a abrir, vi que la bruja y algunos de sus amigos arrojaban huevos contra el Dodge.

—¡Eh, vosotros, pequeños monstruos! ¡Fuera de aquí, ese coche es mío! ¡Por eso nunca quisimos uno de vosotros! —les grité mientras huían.

Era cierto, pensé un cuarto de hora más tarde, mientras pasaba vigorosamente por el Dodge una esponja jabonosa. Al principio de nuestra relación, Amy y yo habíamos hablado de niños y de Halloween, y habíamos acordado que vernos libres de la necesidad de buscarles un disfraz menos cutre que el de sus amigos y acompañarlos mientras acosaban a los vecinos pidiendo dulces era una razón muy buena para no tener hijos. No obstante, en algún momento Amy había cambiado de parecer: en el último Halloween me había dicho que resultaba mezquino negarse a abrirles la puerta a los críos.

—Simplemente se comportan como niños, Ben.

—Has cambiado de opinión. Pensaba que tú también detestabas todo este rollo de Halloween.

—Y lo detesto… Es que… Creo que es…

—Vale, tú sabrás.

No entendí el cambio de actitud, y no se me ocurrió preguntar a qué venía.

Tardé mucho en limpiar de huevo el Dodge, aunque lo había cogido antes de que se secara. Para cuando volví a la habitación ya llegaba tarde a mi cita, pero el mayor problema era que Tang seguía en el armario y se negaba a salir. Aunque se las había arreglado para meterse entre los cajones y las perchas, era demasiado poco profundo para que cupiera entero su cuerpo cuadrado, así que las puertas no se habían cerrado del todo. Se veía un trocito de Tang a través del hueco entre las puertas, revelando a un robot desdichado y asustado. Traté de abrir las puertas, pero las pinzas de Tang aparecieron desde el interior para sujetarlas.

—Vamos, Tang, no pasa nada. Solo era una cría haciendo el tonto. No era una verdadera bruja. Sal, amigo.

—No.

—Por favor, Tang. Tenemos que irnos ya, de lo contrario llegaremos tarde a casa de Lizzie. ¿Te acuerdas de Lizzie, la señora de antes?

—Sí.

—Vamos, Tang, por favor. La bruja se ha marchado ya, se han ido todos. Hace mucho. Seguramente estarán en su casa con dolor de barriga por todos los dulces que se han comido.

—¿Ben está seguro?

No del todo.

—Claro. Por completo. Te lo prometo. De todas formas, esta noche no estaremos aquí, y no es probable que vuelvan más tarde. Estarán en la cama.

Tang abrió las puertas y salió. Su cabeza daba vueltas y más vueltas como si yo hubiera escondido a un zombi o un asesino con hacha en el baño. Cuando quedó satisfecho, subió a su cama y se sentó contra la almohada.

—¿Ahora película?

—No, Tang, no podemos. Ya te lo he dicho: llegamos tarde a casa de Lizzie. Tenemos que irnos.

—¿Puedo quedarme aquí y ver película?

—Ni hablar. No pienso dejarte solo otra vez. Además, la doctora Katz, la señora del museo, te ha invitado también a ti, ¿no? Si no vinieras sería de mala educación —le dije.

Sin embargo, en secreto deseaba poder dejarlo allí. Le di vueltas a la idea, pero acabé descartándola.

—Vamos, Tang —volví a decir—, irás en el Dodge… eso será divertido, ¿no?

Sopesó mis palabras y luego bajó de la cama, rodando a medias y soltando una especie de gruñido o resoplido.

—Vale, Ben. Nos marchamos. Vamos. Ben llega tarde.

11

Gasóleo

Hola!… ¡hola!… oh… ¡hola!, ¿qué hay?… no, nada de «hola qué hay», ¿en qué demonios estoy pensando? ¿Hola de nuevo? Eh, ¿cómo te va? Hola. Sí. Solo hola. Eso servirá.

Estábamos en la puerta del edificio de la doctora Lizzie, en una calle muy transitada y animada, palpitante de vida nocturna típicamente texana.

—¿Por qué habla Ben con puerta?

—Porque estoy pensando qué decirle, por eso.

Antes de que tuviera ocasión de hacerme más preguntas, alargué el brazo para llamar al portero electrónico. Justo cuando mi dedo empezaba a pulsarlo, apareció una cara en la pantalla y sonó una voz alta y clara.

—Me preguntaba cuánto rato os ibais a pasar ahí. Entrad, ¿no? Segundo piso.

Cuando salimos del ascensor Lizzie nos estaba esperando. Igual que en el museo, vestía una blusa de algodón y unos pantalones de pata ancha, esta vez verde claro y azul. Las ondas de su pelo suelto bailaban a su propio ritmo cuando movía la cabeza. Se parecía mucho al de Amy. Aquella ropa de aire clásico mostraba un lado femenino que Amy también tuvo en algún momento, aunque se lo arrebataron en la sala de juicios a medida que progresaba su carrera profesional. Mientras estaba con ella no me había percatado de la transformación, y en ese momento me horroricé de mí mismo por no haberlo visto. Allí, delante de Lizzie, los cambios de Amy resultaban evidentes.

Esperaba tener un aspecto más presentable que esa mañana; al menos había encontrado unos pantalones decentes en mi mochila y me había planchado una camisa con la minúscula plancha de viaje del motel. Seguía teniendo el pelo canoso y un poco descontrolado, pero no podía hacer nada al respecto.

—¡Hola! —dije. Más bien pareció un grito.

Tang dio un pequeño bote. Lizzie Katz enarcó sus cejas oscuras y definidas.

—¡LO MISMO DIGO! ¡HOLA! —gritó ella a su vez, y luego se echó a reír.

Fui a darle un beso en la mejilla, pero ella me ofreció la otra.

Se agachó y le tendió a Tang una mano pequeña y pálida. Él me miró y yo asentí con la cabeza, así que le alargó una pinza, pero entonces ella se inclinó y lo besó también. El robot se llevó la pinza al punto de la cabeza donde ella lo había besado, y estoy seguro de que de haberle sido posible se habría ruborizado. Sin soltar la mano de Tang, Lizzie se volvió y nos hizo pasar, indicándome con un gesto que cerrara la puerta de su casa.

El apartamento de la doctora Katz era muy pequeño, cálido y acogedor, con una zona de estar enmoquetada en marrón junto a una cocina con suelo de vinilo. Hacía esquina, y sus ventanas daban a dos calles diferentes. Las luces de neón parpadeantes de los bares y restaurantes que había fuera iluminaban intensamente las paredes y el suelo. En el alféizar de la ventana se hallaba una calabaza pequeña con ojos triangulares y una sonrisa rectangular tallada en ambos lados. La luz del exterior la atravesaba y proyectaba sombras alargadas sobre la moqueta.

—¿Quiere algo de beber? —preguntó ella, tendiéndome las manos.

Entonces me di cuenta de que tenía agarrada una botella de vino que habíamos comprado de camino hacia allí. Al ver que no hacía ademán de entregársela me la quitó con suavidad.

—¿Es para mí?

—Sí, sí, es para usted.

—Gracias —respondió.

A juzgar por su expresión, pensaba que tratar conmigo iba a ser una ardua tarea.

—Lo siento —dije—. En general no soy… En general soy más simpático. Estoy nervioso.

—Ya lo supongo. ¿Por qué no se sienta y traigo un poco de vino?

En la zona de estar había un sofá y una butaca, ambos cubiertos con telas decorativas de felpilla de aspecto vagamente azteca, y una mesita baja con varias revistas, entre ellas *Museums Today* y *The Curator*. También tenía un ejemplar de *What 'Bot?* Escogí el sofá con la intención de que Tang se sentara a mi lado, pero él fue hacia la butaca y se subió, se reclinó y apoyó las pinzas en los brazos.

—Blando —dijo.

La doctora se mostró de acuerdo.

—Esa es mi butaca favorita. La utilizo cuando veo la tele.

Me sentí incómodo y traté de conseguir que Tang bajara de la butaca favorita de la doctora Katz.

—No, no, no pasa nada. Me sentaré aquí —dijo ella, dándome una copa de vino, dejando la botella sobre la mesita baja y situándose a mi lado—. Y creo que deberíamos tutearnos, por favor.

Dobló las piernas, apoyó el codo en el respaldo del sofá y probó su vino. Tenía que echarme hacia atrás para verlos a Tang y a ella al mismo tiempo, pero me daba miedo ignorar el robot por si se aburría y se iba a destruir algo. Lo cierto es que no tardó en descubrir sobre un estante una planta que colgaba por encima del borde de una maceta y empezó a darles golpecitos a las hojas como si fuese un gato con un ovillo de lana.

Empecé a ponerme nervioso, pero la doctora Katz se lo tomó con calma.

—Trato constantemente con escolares, de modo que estoy acostumbrada a tener paciencia. El robot no es muy distinto de ellos.

Tras un silencio, Lizzie se levantó del sofá y fue a la cocina.

—El asado está en el horno, pero tengo que pelar patatas —explicó.

Me ofrecí a ayudarla, pero no quiso.

Verla preparar las patatas me recordó a Amy y la primera vez que le hablé de mi idea de viajar con Tang. Se mostraba muy precisa al picar las verduras, muy decidida, feroz incluso. Lizzie manejaba el cuchillo como si bailara, con mucha más suavidad y fluidez.

Hubo un momento de silencio y sentí que me correspondía a mí pensar en algo ingenioso que decir, pero el arte de la conversación me había abandonado en algún momento, y me había dejado en la estacada. Tang agitaba las piernas arriba y abajo en su butaca y miraba alrededor, llenando el vacío con todos los síntomas que anunciaban alguna travesura. Efectivamente, bajó y cogió la calabaza de Lizzie.

—Ben, ¿qué es?

—Es una calabaza, Tang.

Mis palabras no le aclararon nada.

—¿Qué es cala-baza?

—Es una hortaliza, Tang. Se come.

Tang me clavó una mirada inescrutable, como si no me creyera.

—La parte que se come está en el interior, Tang —me ayudó Lizzie desde la cocina—. El exterior es para decorar. Para Halloween.

Al oír mencionar Halloween, Tang abrió unos ojos como platos y chilló:

—¡Bruja!

Dejó caer la calabaza y se lanzó directamente contra una pared para tratar de salir de la habitación.

—Pero ¿qué...? —dijo Lizzie, saliendo de la cocina para ayudarme a levantar a Tang.

Cuando lo devolvimos a su asiento, le expliqué lo de los niños disfrazados en el motel.

—Asustado —le aclaró Tang.

—¡Vaya, no pasa nada! —aseguró ella, dándole un breve abrazo—. Aquí no hay brujas. Mira, hasta esa calabaza que da miedo ha desaparecido —añadió, señalando la masa anaranjada del suelo.

—Lo siento mucho —me disculpé... otra vez.

—No es ninguna molestia, de verdad.

Se produjo otra pausa incómoda mientras Lizzie retiraba la calabaza. Me ofrecí a ayudarla, pero tampoco quiso esta vez. Más que nada para atajar aquel silencio, pregunté:

—¿Tienes los datos de contacto de Kato Berenjena?

Un poco desconcertada por el momento que yo había elegido para sacar el tema, descartó la pregunta con un gesto.

—¡Oh, luego te los busco! —me dijo, y añadió—: Te lo prometo.

Lizzie tiró la calabaza en un cubo, debajo del fregadero, y regresó a sus patatas, que echó en un cazo con movimientos eficientes. Se oyó el sonido suave de una llama de gas al encenderse.

Se secó las manos en un paño de cocina y volvió a sentarse junto a mí. Hubo otro silencio, y luego dijo de repente:

—¿Cuánto hace que lo dejaste con tu mujer?

Aquel giro repentino me tomó por sorpresa y no pude contestar.

—Tu mujer... Creo que lo dejasteis no hace mucho, ¿verdad? —repitió, esta vez con más suavidad.

Antes de que pudiera intentar una respuesta, alargó el brazo por encima de mis piernas y levantó despacio mi mano izquierda. El contacto inesperado de una mujer que no era Amy me provocó un cosquilleo en todo el brazo. No supe qué hacer con la sensación. Lizzie olía bien, a un perfume fresco pero también a comida, carne y cebollas doradas. Me entró hambre.

—Tienes una marca en el dedo donde llevabas el anillo. Aún se nota bastante, así que has debido de llevarlo hasta hace poco. Y supongo que si fueras viudo quizá seguirías llevándolo. —Hizo una pausa—. ¿Cuánto tiempo hace?

—Oh... unas cuantas semanas... o algo así. Eres muy observadora.

—Bueno, ya sabes, soy una chica soltera... He de andarme con cuidado. He de asegurarme.

Era mucho más lista y espabilada que yo. Aquella situación me venía grande. Estaba sentado en una habitación tomando vino con un robot y una mujer atractiva y segura de sí misma, no demasiado distinta de mi ex mujer. Me estaba entrando el pánico suficiente para plantearme la posibilidad de marcharme, pero eso habría sido de mala educación. Entonces dijo:

—¿Tenéis hijos?

—No —respondí. No pensaba añadir nada más, pero ante su mirada persistente me sentí obligado a hacerlo, así que dije—: Mi ex... Yo nunca creí que los quisiera, pero justo antes de que se mar... antes de que lo dejáramos me enteré de que en realidad sí los quería.

—¡Ah! —dijo ella en respuesta—. No me ha dado la impresión de que fueras padre.

Supongo que habría podido sentirme ofendido, pero no fue así.

—Lo comprendo. Siempre pensé que no se me daría bien, aunque tampoco tuve oportunidad de hacerme a la idea.

—No, Ben, no me has entendido. No estaba diciendo que no creyera que pudieras ser un buen padre. Al contrario, pensaba que seguramente no eras padre porque pareces un tío muy majo… si tuvieras hijos estarías en casa con ellos y no aquí conmigo.

—¡Oh!

Me callé sin saber cómo interpretar sus palabras. Lizzie se rió y pareció echarse un poco atrás.

—Si trabajas en un museo no sales mucho. O sea, no voy por ahí dándole mi dirección a cada tío que conozco.

En aquel momento parecía triste y un poco vulnerable.

—Entonces lo tomaré como un cumplido.

Sonrió y vi sus dientes pequeños y blancos.

—Más te vale.

Me sentí turbado, así que cambié de conversación buscando un tema más general.

—¿Y cómo es que trabajas en un museo espacial?

Al hacer la pregunta, me percaté de que Tang salía al pasillo. Hice ademán de ir a buscarlo, pero Lizzie me cogió la mano y me animó a dejarlo en paz.

La mano de Lizzie permaneció unos momentos en la mía. Luego la retiró y dijo:

—¿Y qué tiene de malo trabajar en un museo espacial?

Parecía ofendida, pero su falsa indignación sugería que ella misma pensaba que no estaba donde le correspondía.

—Nada —contesté, con una risa nerviosa parecida a una tos—. No pretendía… es que Cory dijo que eras historiadora de robots.

—¿Eso dijo? —Sonrió y se puso muy colorada, lo cual resaltó de repente sus ojos de un verde intenso—. Pues fue muy amable. Me gusta hablar de ellos en internet, eso es todo.

Le pregunté por qué no trabajaba en aquello.

—Solo es una afición, Ben. En la universidad, el que tenía mucho coco era Kato. De ningún modo habría podido seguirle, me refiero a seguir su camino. Puede que esté bien informada, pero no podría aplicar esos conocimientos en ninguna parte. Por aquí no hay ningún museo de robots. Tendría que trasladarme y, bueno, tengo familia cerca.

Se levantó de pronto y se acercó a la ventana, donde el sol del atardecer brillaba con fuerza. La habitación se encendió de improviso y pareció que todos los libros ardían en llamas.

—Lo entiendo —dije, pensando en mi hermana Bryony, que se había instalado en el pueblo que estaba justo al lado de la población en la que habíamos crecido—. Pero lo que no entiendo es por qué no tienes un androide propio.

Ella se volvió e hizo un gesto de indiferencia; sus delgados hombros casi le alcanzaron las orejas.

—¡Oh, es fácil! No puedo permitírmelo con mi sueldo. Hasta los de segunda mano son caros. Además, no tengo sitio. —Abarcó con un gesto la habitación, donde cada espacio estaba lleno y donde libros y revistas se apilaban en el suelo en espera de que Lizzie hallase una vivienda más grande—. ¿Dónde lo recargaría? Cuando me case con un millonario o gane la lotería tendré un montón de androides, y también robots si los encuentro. No sabes la suerte que tienes, Ben, ya no los hacen así… en realidad nunca los han hecho.

Hizo una pausa, como si se arrepintiese de lo que había dicho.

—Siento no poder arreglarlo ni decirte nada sobre él. Podría contarte la historia del diseño desde los primeros robots fabricados en serie hasta los androides que tenemos ahora, y quizá cómo serán en el futuro, pero no puedo decirte dónde encaja un ejemplar tan raro y bonito. De todos modos, Kato debería poder ayudarte. Es… —Se interrumpió y miró a Tang, que en ese momento volvía a entrar en la habitación; se había pintado la cara con un lápiz de labios—. En fin, lo lamento, pequeño robot, estamos hablando de ti cuando deberíamos estar hablando contigo. —Se agachó junto a Tang, agarró su pinza y le limpió la cara con un pañuelo de papel que se sacó del bolsillo—. ¿Estás pasando unas buenas vacaciones con Ben?

Tang se balanceó de un pie a otro, sorprendido al ver que le hablaban directamente.

—Sí.

—¿Cuál ha sido tu lugar favorito hasta ahora?

—Dodge.

Lizzie me miró levantando las cejas.

—Quiere decir que lo que más le ha gustado ha sido nuestro coche de alquiler. Es un Dodge Charger.

Me puse a contarle nuestro viaje hasta el momento: cómo alquilamos el coche, lo de Kyle y el pueblo radiactivo y lo del club de fetichistas de androides. Lizzie no paraba de reír, apoyada en el respaldo junto a mí.

—¡¿Una casa de putas androides?!

—¡Ya lo sé! Se podría decir que la situación en el Hotel California me venía grande.

—¡Me lo imagino! Nunca he oído nada semejante. ¿Y creían de verdad que estabas allí para…?

—Ya te digo.

—No te olvides de contárselo a Kato; se quedará horrorizado. Siempre era muy respetuoso con todo, incluso con la inteligencia artificial.

Por un momento Lizzie pareció triste, pero enseguida se animó y volvió a sonreírme con su preciosa boca.

—Perdóname, Ben, pero no pareces para nada la típica persona interesada en inteligencia artificial.

—Es cierto, no lo soy. Nunca quise un androide. Mi mujer… mi ex mujer sí, pero yo no.

Era agradable hablarle a Lizzie de Tang y ver cómo se divertía con su comportamiento en lugar de irritarse. Era muy diferente del último mes con Amy, que lo trataba como a un cubo de basura con patas y me trataba a mí del mismo modo por quererlo allí. Quizá la marcha de Amy hubiese sido para bien.

De todos modos, la actitud tranquila de Lizzie no le impedía tomarme el pelo.

—Seguro que también tienes aún un móvil viejo, ¿verdad? —dijo, cruzando los brazos.

Lo negué y saqué mi móvil para enseñárselo.

—Tiene cámara, linterna y todo lo demás.

Ella se dejó caer hacia atrás sin poder parar de reírse, y hasta se agarró los costados. Lo guardé para evitar más vergüenza.

—De todos modos, tienes razón sobre los robots, androides y demás. En general, prefiero las cosas vivas. Estudié algún tiempo para ser veterinario.

Se recuperó lo suficiente para oírme.

—¿Ah, sí?

—Sí. Pero no se me daba muy bien. Ahora me doy cuenta de que mis padres me brindaron su apoyo y tuvieron mucha paciencia. Luego murieron en un accidente y... me quedé atascado. Un poco perdido, supongo.

—Lamento oír eso. ¿Crees que volverás a estudiar?

—Quizá. Debería serenarme y buscarme alguna clase de trabajo cuando regrese a casa. —Inspiré hondo—. Aunque si eres un negado para todo al final dejas de intentarlo.

Ella hizo una pausa y luego dijo:

—Yo no creo que seas un negado.

—¿No?

—Para nada. Perder a tus padres es muy fuerte, Ben. Date algún tiempo. Además, mira lo lejos que has llegado con Tang, y tu buen trabajo te habrá costado.

No recordaba la última vez que me había alabado alguien, y sentí realmente que un cálido resplandor crecía en mi interior.

—Gracias —dije.

A continuación Lizzie cambió de tema, cosa que le agradecí. Hablamos con soltura y el tiempo pasó deprisa. Para cuando quise darme cuenta, llevábamos allí más de una hora. Aún no habíamos cenado, pero Lizzie lo tenía todo preparado. Desde la minúscula cocina dijo:

—¿Qué le gustaría hacer a Tang mientras cenamos?

—¿Hacer?

—Sí, o sea, ¿come? Y si no, ¿no se aburrirá viéndonos comer?

—Yo, esto... no lo sé —le contesté.

Jamás se me había ocurrido. Tang siempre me había observado lleno de fascinación mientras comía, o al menos daba esa impresión. O eso, o se ponía a mirar por una ventana, a ver la tele o algo así. Nunca le había preguntado qué quería hacer.

—Tang, ¿tú comes? —le preguntó Lizzie directamente.

—No —la informó Tang.

—Bueno, ¿y alguna vez necesitas beber? ¿Cómo funcionas?

—¿Funcionas?

Tang me miró, pero no pude ayudarlo; me interesaba tanto la respuesta como a Lizzie.

—¿Cómo te mueves? —preguntó, intentando reformular la pregunta.

Sin embargo, no sirvió de mucho. Yo sabía por experiencia que no iba a obtener la clase de respuesta que buscaba.

—No lo sé —dijo él. Y al cabo de un momento añadió—: Gasóleo.

—¿Qué? —preguntamos Lizzie y yo al mismo tiempo.

—A veces gasóleo. Es especial. Una o dos veces al año. No demasiado. Malo... y bueno.

Echó un vistazo alrededor de él y luego nos miró. Parecía incómodo, como si le hubiéramos arrancado un profundo secreto. Y supongo que así era.

Me senté junto a Tang, sobre la moqueta, y apoyé la mano en su hombro cuadrado.

—Tang, ¿por qué no me lo dijiste? Podría haberte dado un poco.

No obstante, Tang descartó la sugerencia con un movimiento de su pinza.

—No. No debo tomar… a menudo.

—Bueno, ¿has tomado este año? —preguntó Lizzie.

—No.

—Entonces, ¿querrías un poco ahora?

Luego me dijo:

—Puedo traer un poco del bidón que guardo en la parte trasera del coche. Está abajo, en el garaje… no es ninguna molestia.

—Quizá… —Tang volvió la cabeza para mirarme en busca de confirmación.

—Si quieres te daremos un poco, Tang. No te preocupes, nos aseguraremos de no darte demasiado.

Lizzie le sirvió a Tang un vaso entero. Al principio el robot dio unos tímidos sorbos, pero a medida que bebía se fue animando. Al cabo de varios tragos empezó a reírse tontamente, y para cuando nos acabamos el excelente asado de Lizzie él se había deslizado de la butaca al suelo y miraba el techo con una pinza en el asiento.

—¿Estás bien, Tang? —le pregunté.

—Sí.

—¿Seguro?

—Sí —dijo.

—Avísame cuando hayas tomado bastante gasóleo, ¿vale?

No hubo respuesta y me preocupé. Pero entonces oí el suave tic-tic-tic que le había oído hacer mientras dormía.

—¿Por qué crees que duerme? —le pregunté a Lizzie.

Ella se encogió de hombros, pero dijo:

—¿No dormirías tú si no pararas de aprender? Es como un niño que necesita dormir para asimilar todo lo que pasa a su alrededor. Puede que sus circuitos necesiten calmarse de vez en cuando.

Tang se removió un poco como si quisiera participar en la

conversación. Su pinza resbaló de la butaca y aterrizó en el suelo con un sonoro golpe.

—Creo que hemos emborrachado a mi robot.

—Está en buena compañía.

Comprendí que tenía razón. Habíamos acudido en coche a su apartamento, pero se me había olvidado que tendría que volver y me había bebido todas las copas de vino que ella me había ofrecido durante la velada. Tang y yo tendríamos que coger un taxi para regresar al motel y luego otro por la mañana para recoger el coche.

—Explícame una cosa —dijo Lizzie de pronto, interrumpiendo mis pensamientos y sentándose a mi lado; me entró un cosquilleo y sentí mariposas en el estómago—. Si no te interesa la inteligencia artificial, ¿por qué decidiste salir de viaje con un robot? ¿Qué tiene este de especial?

Miró a Tang, que estaba prácticamente en coma.

Reflexioné un momento antes de responder:

—Cuando apareció en mi jardín me dio pena y no pude evitar preguntarme cómo había llegado hasta allí. Sin embargo, cuanto más lo conozco... bueno, no es solo un robot retro y no se parece en nada a un androide. Aprende cosas, estoy seguro. No solo obedece órdenes; de hecho, pocas veces obedece órdenes. Es obstinado y siempre cuestiona lo que hago. Pero es... es cariñoso. Como tú dices: es especial.

Me paré a respirar, dispuesto a continuar ensalzando las virtudes de Tang. Entonces Lizzie me besó.

A la mañana siguiente me desperté en la cama de Lizzie. A mi lado encontré una nota que decía:

Ha sido fantástico conocerte, Ben, y también a Tang. Gracias por una noche estupenda, siento haberme echado encima de ti, supongo que fue culpa del vino. Si vienes por

Houston alguna vez pásate a tomar un café. Sírvete tú mismo el desayuno. Ya conocéis la salida. Que tengáis un buen viaje, espero que encontréis lo que buscáis.

LIZZIE

P.D.: Saluda a Kato de mi parte. ¿Me dirás cómo está, por favor?

Al lado había otro papel con la dirección de correo electrónico de Kato Berenjena. Me sentí aliviado. Lizzie nos había ahorrado el aplastante bochorno de la «mañana siguiente» y se había ido a trabajar sin despertarme.

Me quedé tumbado en la cama unos momentos más, reflexionando. Recordaba el sexo, así que por lo menos pude estar seguro de haber hecho un buen papel. Pero me sentía un poco avergonzado, preguntándome qué diría Amy si lo supiera. Me puse a toquetear el dedo que hasta hacía pocos días ocupaba mi anillo de casado. Lizzie tenía razón: la marca seguía allí.

Sentía que estaba empezando a asaltarme una extraña melancolía, así que me levanté. Tras salir de la cama de una mujer prácticamente desconocida, me pasé la mano por el pelo y luego busqué mis pantalones. Entonces recordé a Tang dormido contra la butaca y tuve un instante de pánico. Cuando entré en la salita para buscarlo continuaba allí y seguía dormido, aunque ahora estaba tapado con una manta.

—¡Qué buena persona! —dije para mí—. Amy nunca habría hecho eso.

Recordarme a mí mismo que Amy no era perfecta me resultó extrañamente reconfortante.

Tang no parecía inclinado a levantarse en breve plazo. Cuando le di unos golpes para tratar de despertarlo soltó un gruñido y me apartó con una pinza. Así que lo dejé y decidí fregar los platos de la noche anterior.

12

Seguridad

Desperté a Tang, dejé una breve nota para Lizzie que decía «Sí, gracias, yo también lo pasé muy bien» (no exactamente con esas palabras) y volví al motel para recoger nuestras cosas y dejar la habitación de manera oficial. Tang se quedó en el coche, con resaca y suspirando con la cabeza apoyada contra la puerta. Devolvimos el Dodge, reluciente y sin huevo, en la oficina que la empresa de alquiler de coches tenía en el aeropuerto de Houston. O, mejor dicho, yo devolví el Dodge, y Tang cogió un berrinche cuando comprendió lo que sucedía.

—Ya te lo he dicho: vamos a Tokio, a ver al amigo de la doctora Lizzie. Aunque yo preferiría viajar a Japón en coche en lugar de hacerlo en avión, no podemos llevarnos el Dodge.

—¿Por qué?

—¿Cómo que por qué? Te lo acabo de decir: pues porque vamos a ir en avión.

—¿Por qué?

—¿Por qué vamos a ir en avión, o por qué no podemos llevarnos el coche en el avión?

Tang no supo qué contestar. Ni siquiera él sabía a qué se refería. No acababa de entender el significado de «¿por qué?», y aún estaba muy lejos de asociarlo con la lógica. Era fácil superarlo a base de estrategia... de momento, aunque yo sabía que tarde o temprano me ganaría él a mí.

Guardó silencio hasta llegar a la agencia de alquiler, acariciando los embellecedores de la puerta del pasajero con una mirada de cólera. Tang no quería soltar el Dodge. Literalmente. Es sorprendente la fuerza que pueden tener un par de pinzas cuando rodean la maneta de la puerta de un coche. Del mismo modo, es sorprendente el montón de gente que se queda mirando cuando esas pinzas están unidas a un robot con forma de muñeco de nieve que chilla tanto como le permiten sus pulmones metálicos. O quizá no sea sorprendente. Tal vez «alarmante» sea la palabra adecuada. Alarmante e incómodo.

Esta vez ni siquiera se me ocurrió meter a Tang en la bodega. Mientras hacíamos cola ante los mostradores de facturación consideré mis opciones. No sabía muy bien cómo justificar otra vez dos asientos en primera clase. Tal vez nos quedasen muchos viajes por hacer y tenía que asegurarme de disponer de fondos. No parecía fácil tratar de negociar con mi banco por teléfono desde el otro lado del mundo para convencerles de que me traspasaran los ahorros de una cuenta bloqueada a una de acceso inmediato. Tang empezaba a ser un compañero de viaje tan costoso como Amy, que me había obligado a gastar más de lo previsto en diversas vacaciones. En una ocasión fue el cambio de una habitación de hotel a una suite; otra vez sobrevolamos las Maldivas en helicóptero en lugar de rodearlas en barco (cosa que no me entusiasmó precisamente). En realidad, seguía siendo más barato viajar con Tang. Si había que ir en primera clase, iríamos en primera clase.

—¿Cuántos asientos necesita, señor?

Tang se acercó más, y su pie metálico me pisó el dedo gordo del pie, expuesto por la sandalia.

—Dos.

El empleado exhibió una enorme sonrisa perfecta.

—Estupendo. ¿Y dónde quiere los asientos? Tenemos clase

turista, preferente económica, primera turista, turista de calidad, clase preferente de calidad, primera clase de calidad y primera clase preferente. También tenemos primera clase.

Le pedí que me explicara la diferencia.

—Hay numerosas diferencias, señor. Si quiere usted consultar el folleto a un lado y volver a ponerse en la cola cuando esté listo...

Rehusé la oferta y le pedí un asiento adecuado para un robot.

Miró a Tang por encima del mostrador.

—Le saldría más a cuenta poner a su robot en la bodega, señor.

Noté que Tang se agarraba a la pernera de mi pantalón.

—No quiero ponerlo en la bodega. Quiero saber cuál de sus asientos le vendrá bien.

El empleado se subió las gafas, que se le habían resbalado nariz abajo, y suspiró.

—Cualquiera de nuestras tres primeras categorías de asientos le vendrá muy bien.

Le miré con dureza.

—¿Y qué otras...?

—Nuestros asientos están diseñados para acomodar a una amplia gama de androides, señor. Estamos orgullosos de poder ofrecer asiento a todo el mundo, pero no solemos atender a robots. Y menos si son como el suyo. Únicamente nuestros tres primeros asientos tienen una inclinación lo bastante grande para eso.

—Para él —le corregí—. Es «él», no «eso».

—No cambia nada, señor. Aun así solo cabrá en uno de nuestros tres primeros asientos.

—Pues de esos cogeremos los dos más baratos, por favor.

—Estupendo. ¿Puedo preguntarle, señor, si lleva chip?

—¿Chip?

—Sí, señor.

Le dediqué una mirada interrogativa.

—Es una política nueva. Todos los robots que abandonen el territorio estadounidense en la cabina y no en la bodega deben llevar un microchip. Es como los pasaportes biométricos de los seres humanos. O eso, o debe ir incluido en su pasaporte. ¿Es así?

—No lo entiendo. Salimos del Reino Unido y llegamos a San Francisco, y nadie nos preguntó nada. Simplemente lo trataron como si fuese un billete adicional.

Traté de hacer memoria. En Heathrow provoqué un escándalo porque sugerí que Tang viajase en la bodega en lugar de ir conmigo en la cabina. Aquí lo miraban como si fuese basura y sin embargo nos ponían un millón de pegas para poder comprar siquiera los malditos billetes.

—Tal como le he dicho, señor, es una política nueva. Es posible que ahora se encuentre con lo mismo en Heathrow.

—¿Y si no tiene chip y no está incluido en mi pasaporte?

—Entonces no puede subir al avión, señor. O podría ponerlo en la bodega.

—¡Oh, es usted muy útil, gracias!

—De nada, señor. ¿Quiere ponerlo en la bodega?

—No, no quiero ponerlo en la bodega. Quiero que suba al avión conmigo.

—¿Tiene chip?

—La verdad, no creo…

De pronto noté un tirón en el bolsillo del pantalón, bajé la mirada y encontré a Tang sonriéndome.

—¿Qué pasa, Tang?

Extendió la pinza libre, la que no sujetaba mi pierna, y la alargó tanto como pudo alrededor de la parte superior de su cuerpo en dirección a la espalda. Se dio unos golpecitos en la zona posterior del hombro.

—¿Me estás diciendo que tienes chip? —le pregunté.

Asintió con la cabeza.

—¿Por qué no me lo habías dicho?

—Ben no necesitaba saberlo.

Suspiré.

—No te falta razón. —Me volví de nuevo hacia el empleado—. Al parecer, tiene chip.

—Estupendo —dijo, sacando un dispositivo manual inalámbrico de detrás del mostrador.

Tang se dio la vuelta para permitir que lo escaneara, aunque no pareció contento. Pude entender por qué. No le gustaba ser tratado como una mascota.

El empleado miró dos veces su ordenador y luego frunció el ceño.

—¿Hay algún problema? —pregunté.

El empleado me miró, miró a Tang, luego volvió a mirarme a mí y por último clavó la vista otra vez en el ordenador. Se pasó una mano por la frente sudorosa y se rascó el puente de la nariz. Acto seguido suspiró, sacudió la cabeza y nos dio nuestros billetes y tarjetas de embarque.

—¿De qué iba todo eso? —dije mientras nos alejábamos del mostrador de facturación.

Hablaba más para mí mismo que para Tang, pero el robot alzó sus hombros cuadrados en un gesto de ignorancia. De camino hacia las puertas de seguridad me arrodillé junto a Tang.

—Siento que te haya tratado así.

—Vale. Ben no lo ha hecho.

—Ya lo sé, pero…

—¿Ben? —dijo Tang, cogiendo mi mano con su pinza.

—¿Sí?

—Gracias.

—¿Por qué?

Cogió mi otra mano.

—Asiento.

Nos dirigimos a seguridad en silencio. Me pregunté si habríamos incumplido alguna otra política caprichosa que amenazase con dejarnos atrapados en Estados Unidos.

Cuando nos aproximábamos a las puertas de seguridad se me cayó el alma a los pies. Delante de nosotros había varias colas distintas. Un cartel me dirigió hacia un detector de metales con el rótulo SERES HUMANOS. Cerca, una fila de robots humanoides aguardaba para pasar por otra clase de detector denominado ANDROIDES. No tan cerca, más o menos apartado en un rincón, había un detector decrépito tras el que se encontraba una agente de seguridad tan decrépita como él, con el rótulo ROBOTS. Para ese no había cola.

Tang vio la situación al mismo tiempo que yo. Temiendo su reacción, apoyé la mano en su fría cabeza. Pero él continuó andando y se dirigió a su detector sin mirar atrás. Lo observé mientras pasaba junto a la fila de androides. Lo siguió un murmullo de lenguaje sintético. Los androides se burlaban de él. Se reían de él. Perdí la paciencia.

—¡Callaos ya, puñado de clones vanidosos! No reconoceríais un pensamiento original aunque os lo embutieran en el exoesqueleto de titanio. Concentraos en vuestra puñetera fila y dejad a mi amigo en paz. Tiene sentimientos, ¿sabéis?

Tang siguió andando.

—¡No te preocupes, amigo! —exclamé—. Estaré justo al otro lado; espérame allí... ¡No tardaré!

Tardé siglos. La fila humana era interminable, y Tang era el único robot de la suya. Vi cómo pasaba obedientemente por el detector. La anciana agente de seguridad le pinchó con el dedo y acabó abriéndole la tapa para atisbar el interior. A continuación le dijo algo y él me señaló. Tuve que contenerme para no pasar por encima de la gente y todos aquellos dispositivos.

Cuando llegué al otro lado eché a correr en busca de Tang, patinando en el suelo pulido. Estaba sentado en un banco, entre su detector y el mío, con la vista baja, aunque la alzaba cada vez que se acercaba alguien por si era yo. Cuando por fin llegué hasta él vi que su rostro se iluminaba. Se levantó de un salto y me rodeó la pierna con los brazos, apretando fuerte.

—Siento mucho haber tardado tanto.

—No culpa de Ben.

—¿Te ha dicho algo la mujer de seguridad?

—Sí.

—¿Qué?

—Por qué Tang en aeropuerto y con quién.

Se me ocurrió una idea. Si Tang tenía un chip, quizá hubiera una dirección en él.

—¿Ha dicho algo de tu chip?

—Sí.

—¿Qué?

—Ha dicho chip roto. Necesidades arregladas.

—Quieres decir que necesita arreglarse. Eso no me sorprende. Pero ¿te ha dejado pasar de todos modos?

—Sí.

Se habría compadecido de Tang y habría decidido que no era una bomba ni estaba lleno de cocaína. Entonces pensé en el empleado del mostrador de facturación y comprendí que probablemente había encontrado lo mismo al escanear a Tang y también había optado por no discutir. Al parecer, este sabía ganarse a la gente cuando quería. Como un cachorro.

—Ha sido amable —comenté.

—Sí. —Me cogió de la mano—. ¿Volar ahora?

—Claro, Tang, pronto nos iremos de aquí. Volaremos.

13

Altibajos

El vuelo hasta Tokio fue sumamente agradable, entre otras cosas porque habíamos dejado atrás la humillación del Aeropuerto Intercontinental George Bush. Ese había sido uno de los peores momentos del viaje, incluso teniendo en cuenta la experiencia aterradora en la estación de autobuses de San Francisco. Los acontecimientos del aeropuerto habían resultado muy degradantes, sobre todo para Tang, y hube de reconocer sorprendido que verlo feliz me hacía feliz a mí también.

Sujeto a su asiento en nuestro vuelo preferente elegante, elegante de calidad o lo que fuera, Tang me obligó enseguida a recorrer las opciones de su pantalla de entretenimiento, como en el vuelo anterior. Esta vez se pasó todo el viaje de trece horas jugando a un solo juego de lucha en el que se divertía controlando las acciones de una señora china bajita y delgada con enormes músculos en los muslos y una patada que se alzaba por encima de las cabezas de todos los demás jugadores.

Recurrí al truco de tomarme varios gin-tonics y me puse a dormir.

Los sueños que tienes en un vuelo son únicos y especiales. En la nube de ginebra que invadía mi cerebro vi a un perro robot de una sola pata, vestido con top y minifalda. El perro se convirtió en un vagabundo con abrigo y minifalda, que a su vez se convirtió en Amy… aunque ella, por desgracia, no iba en minifalda. Tang me tocó varias veces con su pinza para hacerme saber que estaba roncando, pero volví a dormirme.

Tang se disgustó cuando desconectaron su juego mientras el jefe de cabina anunciaba las maniobras de aterrizaje. Se puso a golpear los reposabrazos entre chillidos, y una vez más deseé que tuviera un interruptor de apagado.

En Tokio llovía «un poco», nos informó el piloto por el intercomunicador. Pero por lo que se veía a través de la ventanilla ovalada del avión más bien parecían grandes chorros de agua y no una lluvia normal. Tang abrió mucho los ojos con aprensión, y sus párpados descendieron en diagonal hasta cubrirlos a medias.

—No pasa nada, Tang, te buscaremos un paraguas.

Momentos después de salir al vestíbulo de llegada vimos un distribuidor automático de paraguas de plástico transparente que parecían recién salidos de los sesenta. A Tang le encantó su paraguas y lo abrió enseguida, dándole vueltas como si fuese un gimnasta. No entendió por qué le obligué a cerrarlo.

—Guárdalo para cuando salgamos, Tang. Es para eso.

—Tang… paraguas… ahora.

—No, Tang, aparte de todo lo demás, queda a la altura del cuello de la gente. Podrías golpear o clavárselo a alguien. —Él frunció el ceño, ignorándome—. Tang, ciérralo o te lo quito. Tú eliges.

Tang se lo pensó un par de segundos y lo cerró. Se lo metió debajo del brazo y las manos le quedaron libres para juguetear con la cinta americana.

—Mira, Tang, es por aquí; esa señal indica dónde se coge el tren bala.

Eché a andar hacia allí.

—¿Ba-la?

—Sí, Tang. Es un tren muy, muy rápido y nos llevará al centro de Tokio en un momento. Lo mejor es que parece que ni siquiera tendremos que salir.

—¡Oh! —exclamó Tang agachando la cabeza, dejando caer los brazos a los costados en un gesto de decepción y tirando el paraguas al suelo.

Aterrizó junto a los dedos de mis pies, calzados con sandalias. Lo recogí.

—Puedes utilizarlo cuando bajemos del tren, te lo prometo.

Tang se olvidó por completo del paraguas a bordo del tren bala, mientras atravesábamos a toda velocidad bajo la lluvia el hermoso paisaje que rodeaba Tokio. Disfrutamos juntos del panorama y yo le señalé algunas cosas: unas casas a la orilla del mar, los bosques que trepaban por las colinas con sus colores otoñales, dorado, marrón y anaranjado, y los campos llanos y cuadrados cubiertos de arrozales, hasta que al final nos sumergimos en la extensión urbana de Tokio. Le había enviado un correo electrónico a Kato Berenjena, pero aún no había recibido respuesta, lo cual me producía cierta inquietud al no saber cuál era nuestro destino exacto en Tokio. Lo mejor que podía hacer era elegir un hotel agradable y esperar a que él se pusiera en contacto conmigo.

Aproveché bien la última parte de nuestro viaje, y al llegar a la terminal había localizado un hotel en mi móvil y confiaba en saber encontrar la ruta hasta allí. Por su parte, Tang se pasó el viaje entero de pie en su asiento, con la cara y las pinzas apretadas contra la ventanilla, gritando «uiiiiiiiiiiii» mientras el entorno pasaba borroso por nuestro lado.

Resultó que sin querer había informado mal a Tang sobre la posibilidad de utilizar su paraguas. Cuando bajamos del tren bala quedó claro que tampoco necesitábamos salir de la estación para entrar en el impresionante laberinto que era el metro de Tokio. Tuve que prometerle que podría utilizarlo cuando llegáramos al otro extremo. Se puso de morros y maltrató un poco más su cinta americana. Habría que sustituirla. Tomé nota mentalmente de que debía hacerlo cuando llegásemos al hotel.

Una vez dentro del metro, Tang se distrajo con facilidad. Esta vez no tuvo nada que ver con la velocidad o las vistas, sino con un capricho exclusivamente japonés: el metro cantante. En cada parada sonaba por el intercomunicador una breve melodía tintineante, indicando la llegada del tren a la estación. En cada estación era una melodía diferente, y Tang, que encontró ese detalle divertido y delicioso, se puso a patear en su asiento dando chillidos. Yo le decía que bajara el tono, temiendo que molestara a los demás pasajeros, y él, como de costumbre, pasaba de mí, pero al parecer lo encontraron tan divertido y delicioso como él encontraba sus trenes. Al cabo de diez minutos escasos el robot estaba rodeado de una multitud formada por alumnas de uniforme y hombres de negocios de traje elegante que esperaban hacerse una foto con él. Yo, por mi parte, me hice con docenas de fotos de japoneses haciendo su habitual signo de la paz y Tang tratando de imitarlos en vano puesto que no tenía dedos.

No creo que entendiese realmente lo que ocurría, ya que no parecía captar el concepto de la fotografía, pero desde luego apreció la atención de que era objeto. Él y yo ya habíamos hecho bastante el ridículo, así que resultó agradable llegar a un país en el que Tang era apreciado por ser quien era. Decidí que Japón me gustaba mucho.

La cálida y agradable sensación que me produjo el país se vio levemente enturbiada cuando de camino al hotel empezaron a caernos encima unas tristes gotas de lluvia. A Tang le dio lo mismo: por fin utilizaba su paraguas, y al caminar contemplaba la lluvia a través de él, clavando la mirada en las gotas que chocaban contra el plástico. En un momento dado, un anciano diminuto y alegre se ofreció a llevarnos en su coche diminuto y cuadrado. Sin embargo, Tang no podía subir de ningún modo en un automóvil del tamaño de una pasa, así que rehusé. Reconozco que también había un elemento de pura obstinación. Se me había metido en la cabeza que la decisión de viajar a Tokio había sido mía, y que por lo tanto sería yo quien nos llevara a nuestro destino sin la ayuda de nadie.

El Sunrise era un hotel de negocios, y el personal de recepción se quedó un poco sorprendido al ver aparecer a un mochilero mojado y un robot bajito que blandía un paraguas. No obstante, sus modales fueron ejemplares, y al cabo de un cuarto de hora estaba en nuestra limpia y elegante habitación, tomando la ducha más larga de mi vida.

Esa noche, desde la ventana de nuestra habitación en la planta cincuenta y tres, contemplé la ciudad a mis pies. Un torrente de coches avanzaba por una autovía ancha y llena de tráfico junto a edificios de oficinas y amplios parques, templos antiguos y hoteles ultramodernos.

Removí mi cóctel old fashioned dentro de su copa esférica, disfrutando del sonido que hacían los cubitos de hielo, exquisitamente tallados, al chocar entre sí. Tang se hallaba de pie entre dos ventanas, con una pinza en cada una, apoyando la cara contra un cristal y luego el otro. Parecía estar viendo un partido de tenis, si no fuera porque su cabeza golpeaba la ventana con un ruido metálico cada vez que cambiaba de lado.

Supuse que Tang, igual que yo, nunca había estado en ningún lugar como Tokio. Por un lado me apetecía salir a explorar, pero por otro tenía miedo. Yo era un hombre pequeño de un pequeño pueblo, y Tang solo era pequeño, sin más. No estábamos a la altura de aquella ciudad asombrosa.

—Vaya —susurré.

—Sí —respondió Tang.

Permanecimos en silencio durante una hora más, dejando que nuestra mente viajara a donde quisiera.

Solo me había alojado en un hotel como aquel en otra ocasión: de viaje de novios con Amy. Cuando yo era pequeño nunca nos alojábamos en hoteles. Mi padre optaba sobre todo por hacer cruceros o ir a esquiar, o por lugares que contasen con centros de actividades para niños donde mi madre y él pudiesen dejarnos durante el día. Por eso le sugerí Nueva York a Amy y nos alojamos en el mejor hotel que podíamos permitirnos.

—Es bonito, ¿verdad? —había dicho ella.

—¿El hotel? Sí, es precioso.

—No, me refiero a poder alojarnos aquí y no preocuparnos por el dinero.

—Sí, supongo que tienes razón.

Yo nunca había tenido que preocuparme por el dinero, así que no acababa de entenderla. Para Amy aquello era todo un acontecimiento. No es que hubiera vivido una infancia pobre, pero siempre percibió que si no había mucho dinero la culpa era suya. Mi ex mujer, la menor de cuatro hermanos, creció oyendo que era «una boca más que alimentar». Su deseo de llegar a la universidad y convertirse en abogada sorprendió a toda su familia, y su éxito les intimidó. Amy decía que la consideraban demasiado arrogante desde que había empezado a trabajar en la City, y a excepción de una escueta postal por Navidad y de los obligados mensajes de cumpleaños dejaron de comunicarse. Siempre me ha parecido increíble que sea tan equilibrada. Es uno de sus puntos fuertes.

Entonces me encontraba de pie ante la ventana, contemplando Manhattan como ahora contemplaba Tokio. Amy se acercó y me abrazó desde atrás, un poco bronceada después de pasarse el día entrando y saliendo de las tiendas.

—¿Estás bien? —preguntó—. ¿Sigues pensando en tus padres?

—Sí... no... no tanto. En realidad, pienso en la casa.

—¿En la casa?

—Al volver tendré que cambiar la decoración. Todo está igual que cuando vivían ellos.

—No hace tanto tiempo, Ben. No hay ninguna prisa. Además, no hace falta que lo hagas tú. Llamaremos a alguien.

Al oír esas palabras sonreí, pero no dije nada. Me esforcé por librarme de la extraña melancolía que acababa de asaltarme. Estaba en la ciudad que nunca duerme con una joven bella, inteligente y segura de sí misma que me quería y a quien yo podría ofrecer una vida cómoda. En conjunto, había ganado más de lo que había perdido.

Un recuerdo llevó a otro. Ahora había vuelto a Harley Wintnam y la casa donde crecí. La casa que Amy había abandonado. Vagué por ella en mi mente, atisbando dentro de las habitaciones, abriendo armarios, comprobando que la puerta trasera estuviera cerrada, dándole unos golpecitos al barómetro del vestíbulo y cuerda al horroroso reloj de viaje retro que mi padre le había regalado a mi madre por su veinticinco aniversario de boda. Ni a Amy ni a mí nos gustaba, y sin embargo aquel maldito objeto seguía sobre la repisa de la chimenea de la sala, siempre necesitado de cuerda como un irritante juguete.

Entonces me percaté de una cosa: a pesar de haberle dicho a Amy que cambiaría la decoración de mi hogar, nunca lo hice. Quizá nunca tuve verdadera intención de hacerlo. Aunque Amy había renovado ciertas partes de la casa, como la cocina, casi todo se mantenía exactamente como cuando murieron mis padres. Exactamente como cuando Amy vino a vivir conmigo... y exactamente como cuando se marchó. Sin darme cuenta, la había obligado a vivir en mi infancia. Ni siquiera pensaba que mis padres me cayeran tan bien. Cuando murieron no sentí nada, nada salvo resentimiento por dejarnos a Bryony y a mí, por dejarme con mi vida a medias y sin su guía para alcanzar la madurez, aunque tenía veintiocho años cuando sufrieron el accidente.

Mientras mi mente se demoraba en la casa vacía sonó el teléfono en el estudio de mi padre. Recuerdo perfectamente el tono: un sonido agudo y doloroso. Mis padres no tenían teléfono en el salón; decían que no era necesario, ya que todos utilizábamos el móvil. Dicho esto, las líneas telefónicas fijas habían experimentado un renacimiento debido a la pésima señal que tenía la mayoría de la gente. Al menos con una línea telefónica fija podías estar seguro de mantener una conversación entera.

—¿Puedo hablar con Ben Chambers o Bryony Chambers?

Tras su boda, Bryony había conservado su apellido de soltera.

—Soy Ben. ¿Quién llama?

—Pertenezco a la Unidad de Coordinación Familiar de la Policía de Oxfordshire. Lamento muchísimo tener que decirle esto, pero se ha producido un accidente —dijo una voz femenina.

Durante unos instantes no me enteré de lo que me decía. Trataba de recordar cuál de nuestros amigos vivía en Oxfordshire. Entonces me acordé. Mis padres estaban en un rally de avionetas en el condado, volando en su propio aparato. No supe qué contestar.

—¡Oh! ¿Tengo que ir a algún hospital?

Hubo un breve silencio al otro lado del teléfono.

—Mmm... s... sí, tendrá que ir.

—¿Qué les ha pasado?

—Creo que será mejor que le dé la dirección del hospital y nos encontremos allí.

—Prefiero saber lo que sabe usted ahora, si no le importa.

Aquella mujer que evitaba ir al grano me había irritado de pronto. Sabía lo que iba a decir, porque si hubiera sido otra cosa ya la habría dicho.

—Bueno, no me gusta dar así esta clase de noticias, pero... las hélices de la avioneta de sus padres han fallado. Aún no sabemos exactamente qué ha pasado, pero... bueno, sus padres no se han salvado. Lo siento mucho.

—No pasa nada —le dije sin pensar.

—Señor Chambers, es natural reaccionar ante una noticia como esta de una manera y más tarde pensar de forma diferente. Usted o su hermana tendrán que venir a identificar los cadáveres, pero quiero que sepa que estoy a su disposición. Si tiene alguna pregunta o necesita algo, dígamelo.

Me dio el número de su oficina y la extensión, junto con el número de móvil en el que podía encontrarla. Mi sensación inmediata fue que no lo necesitaría. ¿Qué preguntas podía tener? Mis padres habían salido en una de sus alocadas expediciones, y esta vez no volverían. Era sencillo. Si el vuelo no hubiera acabado con ellos, lo habría hecho la herida causada por el colmillo de un elefante en Tailandia que les hubiese tomado antipatía, o el mordisco infectado de tétanos de un pingüino en la Antártida. Entendía lo que decía de pensar de forma distinta a medida que pasara el tiempo, pero no estaba seguro de expresar jamás mi pena tal como ella esperaba.

Bryony era diferente. Lloró. Se volcó en preparar el funeral. Lloró un poco más. Siguió adelante.

Ahora me daba cuenta de que Amy y yo apenas habíamos hablado de la muerte de mis padres. Ante una ventana en el centro de Tokio, tan lejos de casa, comprendí que les echaba de menos. Pero no quería seguir atascado en esa parte de mi vida; no era un recuerdo feliz. Necesitaba animarme.

—Venga, Tang. Vamos a salir.

—¿Salir?

—Estamos en una de las ciudades más interesantes del mundo; no podemos quedarnos aquí contemplándola a través de nuestra burbuja de cristal.

Los ojos de Tang miraron hacia arriba, como siempre que estaba preocupado. Se puso a rascar la cinta americana. Ya estaba hecha un guiñapo, así que aproveché para sustituirla.

—Todo irá bien —le aseguré mientras alisaba la cinta nueva sobre la tapa—. Cuidaré de ti. No te preocupes. ¿Qué es lo peor que podría pasar?

Resulta que lo peor que podía pasar fue que yo decidiera que visitar un bar de karaoke era una idea alucinante y arrastrara a mi pobre amigo robot conmigo. Tang manejó la situación bastante bien; mucho mejor que yo.

No pretendía emborracharme. Había decidido seguir con los old fashioned ya que había empezado con ellos, así que no sé muy bien cómo acabé bebiendo Sapporo, que, por cierto, es ahora mi cerveza japonesa preferida. Había dejado a Tang en un reservado, cosa que le gustó porque no había un verdadero asiento, solo una zona blanda donde sentarse a cada lado de la mesa. Mi amigo se limitó a dejarse caer. Mientras tanto fui a la barra a por una copa. En mi mente pedí un old fashioned, pero lo que oyó el camarero fue: «¿Cuál es vuestra mejor cerveza, buen hombre?», porque eso fue lo que me dio. Unas cuantas cervezas después me encontré retirando el micrófono del soporte en el escenario de karaoke, inspirando hondo y abriendo mis pulmones. Creo que ni siquiera sabía qué canción había seleccionado hasta que empezó. Luego, desde lo que parecía otro sitio, oí a un borracho gritar a voz en cuello la letra de *Total Eclipse of the Heart*.

Al cabo de treinta segundos un montón de parroquianos

japoneses rodeaban el escenario, animándome con sus tacitas de sake. Todos llevaban camisa elegante, corbata y pantalones bien cortados en contraste con mi combinación de vaqueros, camisa de flores y náuticos mojados. Alentado por mi evidente éxito, cuando acabó la canción y todos gritaron de entusiasmo les pregunté si querían oírla otra vez. No debí de entender bien la respuesta, porque cuando la canción empezó de nuevo todos aquellos hombres regresaron a sus mesas refunfuñando. Sin arredrarme por ello, continué hasta que vino un camarero para ayudarme a bajar de la plataforma y acompañarme a mi asiento. Me pareció un gesto de gran amabilidad. Me encontré a Tang con la cara aplastada sobre la mesa y los brazos colgando a los lados. No sabía cuál era el problema.

La culpa de las canciones y de mi estado cuando Kato entró en nuestras vidas fue de las múltiples cervezas que me bebí por accidente. Me encontró con la cabeza de lado sobre la mesa. Tang estaba apoyado contra la pared, rascándose la cinta americana con aire ausente, claramente harto. Se lo tomó todo muy bien. Me refiero a Kato... aunque supongo que lo mismo puede decirse de Tang.

—Hace un rato que le observo. Me han gustado mucho sus canciones.

—Gracias. Qué divertido —respondí antes de poder levantar la cabeza.

—Perdone, pero ¿puedo preguntarle de dónde ha sacado a su robot?

Si yo hubiera sido un hombre sensato, habría levantado una ceja y habría tomado un sorbo de una taza de sake sostenida en la posición correcta antes de decir:

—¿Por qué quiere saberlo, señor? ¿Siente un interés especial por los robots?

Y él habría cogido la taza de sake que yo le habría ofrecido y diría (lo sé, porque ahora le conozco):

—Sí, desde hace mucho tiempo siento interés por los robots. Soy un tanto… experto en inteligencia artificial. Tengo un don para descubrir robots insólitos en bares de karaoke.

Pero en esa ocasión no fui un hombre sensato, y eso no fue lo que ocurrió.

Cuando un japonés me preguntó por mi robot, alcé la mirada de la mesa y le observé entornando los ojos mientras él me miraba con expresión cortés.

—Es una larga historia. Bueno, no tanto. Una corta. Vino al jardín.

—¿Es… su jardinero?

—Noooooo… vino a mi jardín. Se sentó debajo del sauce. No me haga caso, tengo jet… jet… jet lag.

Entonces mi cerebro empezó a asimilar la conversación.

—Espere… espere… ¿por qué?

Levantó uno de los brazos tubulares de Tang.

—Porque yo conocía a alguien que hacía extremidades como estas. Hace mucho tiempo, y esta no es su mejor obra. —Se volvió hacia Tang—. Mis disculpas. —Me miró de nuevo—. Es inconfundible, aunque parece que hizo al robot a toda prisa.

—Bueno, pues resulta que estoy buscando a alguien como usted. Algo rojo… morado… bere… berenjena. No sé qué Hortaliza.

—¿Berenjena?

—¡Sí, exacto!

—¿Kato Berenjena?

—¡Justo! —Entonces esperé otra vez mientras mi cerebro asimilaba la información, cosa que acabó haciendo—. Espere… espere… ¿cómo lo sabe?

—Porque soy yo: Kato Berenjena.

—Mierda.

14

Secretos oficiales

Al día siguiente Tang y yo subimos en ascensor lo que parecieron cien plantas o más hasta el despacho de Kato, en un edificio también de cristal, como el lugar en el que trabajaba Cory en California. Al parecer, ese material resultaba obligado en la industria de la inteligencia artificial. Que estuviéramos allí ya era una especie de milagro, puesto que en Tokio había una oportunidad entre un millón de que nos encontráramos en el mismo bar. Pero resultó que su despacho no estaba lejos y que el bar era su local preferido. Como he dicho, una oportunidad entre un millón.

No recuerdo gran cosa de la conversación de la noche anterior, pero según Kato solté un exabrupto y le pregunté por qué no había respondido mi correo electrónico. Me dijo que sí lo había hecho, pero que yo no lo había visto. Al parecer, me pidió que llevara a Tang a su despacho al día siguiente a las once para que pudiera observarlo mejor. Luego me dio su tarjeta. Me pidió que no faltara a la cita porque en ese momento mi «mente no estaba en las preguntas que quería hacer», y de todos modos estaba «demasiado oscuro para ver bien a Tang» en el bar. No fue la última vez que Kato se mostró tan magnánimo.

El ascensor hacía un ruido sordo al subir, en el tono justo para que se me revolviera el estómago y la cabeza empezara a palpitarme por la resaca. Uno de los lados era también de cristal, y a Tang le encantó apretar la mejilla contra él y gritar «uiiii» mientras la calle se alejaba de nosotros. Yo, por mi parte, no soportaba mirar.

—Tang, amigo. Cállate, por favor. Me duele la cabeza.

Él me miró, volvió de nuevo la cabeza hacia abajo... y continuó. Me puse a frotarme la frente y a respirar de forma superficial.

Cuando el ascensor llegó a la planta cincuenta y tres sonó un timbre y salimos a un corredor que se extendía en las dos direcciones. Sin embargo, antes de que tuviéramos ocasión de preguntarnos hacia dónde ir se abrió una puerta a la izquierda y apareció la cabeza de Kato.

—Señor Chambers, venga, por favor.

Nos dedicó una sonrisa amplia y cálida, y me sentí aún peor por mi comportamiento de la noche anterior.

—Señor Berenjena... san —empecé, en un intento de respetar la etiqueta de la nomenclatura japonesa—. Permita que le ofrezca mis más humildes disculpas por el estado en que me encontró anoche. Por lo general no... bueno, no es así como soy normalmente.

Uní las manos e hice una reverencia, porque había visto disculparse así a alguien en una película japonesa. Luego confié en no estar ofendiéndole sin querer con mis modales. Pero Kato sonrió y me tendió la mano.

—Por favor, pasé mucho tiempo en Estados Unidos y he conocido a muchos ingleses en Tokio. Ya he visto otras veces... jet lag. Y, por favor, llámame Kato.

—Eres muy amable. —Me sentí sinceramente conmovido por su honorable forma de tratarme—. Por favor, llámame Ben.

—Venid por aquí, Ben y Tang-chan. Vamos a echarte un vistazo.

Más tarde me enteré de que añadir «chan» al nombre de Tang era una señal de afecto, y aunque en ese momento no me di cuenta, Tang sí, y le dedicó a Kato una amplia sonrisa mientras entraba en su despacho.

La sala era absolutamente preciosa. Estaba poco amueblada, y sin embargo todo tenía un lugar definido, con una caja de metacrilato contra una pared que contenía lo que parecía ser un brazo de metal. Había dos agujeros con un guante de goma en cada uno. Kato me vio mirando y me indicó con un gesto que me acercara.

—Últimamente lo que más hago es dar conferencias y asesorar, pero me resulta difícil renunciar a la robótica práctica. Son muchas las personas que dejan mi sector y en realidad nunca cambian. Siempre conservan una parte consigo, algo en lo que trabajar.

—¿A qué vienen los guantes? —pregunté, inclinándome para tocarlos con mi mano húmeda.

—Lo mejor es que el sujeto se mantenga libre de polvo.

—Ah, sí.

Había sido una pregunta tonta. He de decir en mi defensa que mi cerebro todavía no funcionaba a pleno rendimiento.

—¿Quieres té, Ben? Si lo prefieres, también puedo preparar café.

Tomar café resultaba tentador, muy tentador, pero vi una delicada tetera humeante sobre una bandeja lacada con dos tazas esperando a su lado.

—Es té verde japonés… muy bueno para el jet lag.

Me estaba tomando el pelo. Tal vez fuese un típico caballero japonés, pero tenía sentido del humor. Tenía que caerme bien.

Kato me dio una taza llena de un líquido claro de color amarillo verdoso y fue a agacharse delante de Tang. Llevó a cabo un ritual similar al que había realizado la doctora Katz: comprobar el cilindro, ahora lleno hasta menos de la mitad, y luego cerrar la tapa y levantar un brazo, pedirle a Tang que moviera un pie, etcétera. Sin embargo, Kato miró durante más tiempo cada extremidad, moviendo la cabeza.

—Hay una placa en la parte inferior con algo escrito. Se ha

desgastado con el tiempo, pero seguramente tendrá sentido para ti. Tang, ¿quieres tumbarte y dejar que el señor Berenjena te mire la placa?

Tang se encogió de hombros y se tumbó. No parecía molestarle mucho abrir las piernas. Kato lo observó, palpando sus pequeñas juntas metálicas. En muchos aspectos era la viva imagen de un japonés típico, con el cabello oscuro y corto, los ojos oscuros y un elegante traje, aunque en su despacho no llevaba puesta la chaqueta, que había colgado pulcramente de la puerta. Sin embargo, algo le diferenciaba de otras personas que había conocido en Tokio. Tal vez fuese su estatura insólitamente elevada.

Se levantó y ayudó a Tang a ponerse de pie. El robot se alejó de inmediato y empezó a meter las pinzas en los guantes de goma de la caja de metacrilato. Después abrió la puerta del despacho de Kato y salió. Lo llamé, pero Kato me aseguró que no podría ir muy lejos.

—¿Puedes arreglarlo? —pregunté, optimista.

—No. Me temo que no tengo la pieza correcta.

Dejé caer los hombros.

—¿Sabes para qué es el cilindro?

Kato negó con la cabeza y dijo más o menos lo mismo que Cory.

—Podría ser una pila de combustible, aunque yo esperaría un sistema más sofisticado. La buena noticia es que puedo decirte quién lo sabe. O al menos quién podría saberlo.

—¿Ah, sí?

—Sí —dijo—, es Bollinger.

—¿Bollinger?

—«Propiedad de B...» Mi viejo colega Bollinger, un inglés excéntrico. Fue un mentor para mí, la mente robótica más increíble que conoceré jamás.

Ahhh. Conque ese es B, me dije.

—¿Y esas palabras a medias? Pensé que alguna de ellas podía ser la empresa que lo había fabricado, pero hasta el momento no he llegado a ninguna parte.

—No son nombres de empresas, sino que forman parte de una dirección postal. La última vez que tuve noticias de Bollinger se había retirado a una isla remota en Micronesia... ahí tienes tu «Micron». Yo diría que «PAL» se refiere a Palaos. Tendrá allí un apartado de correos.

—Parece un buen lugar para retirarse.

—¿Verdad que sí? Pero creo que es más un... refugio que un retiro.

Le pregunté qué quería decir con exactitud.

Me indicó con un gesto que me sentara en una magnífica silla de madera de roble para las visitas y luego se sentó en otra giratoria a juego tras un escritorio pulcramente ordenado, también de roble.

—Conocí a Bollinger cuando empecé a trabajar para East Asia AI Corporation. Digamos que fue para mí una especie de golpe de efecto. Había seguido el trabajo de Bollinger, y la empresa iba a invertir mucho dinero en el proyecto en el que solicité mi puesto. Éramos más o menos una docena. Todos ganábamos un sueldo muy generoso y todos nos alojábamos en unos apartamentos especiales de las instalaciones. Estaban cerca de Osaka. Vivíamos bien allí, pero trabajábamos mucho.

—¿En qué trabajabais? ¿Cuál era el proyecto?

Kato hizo un gesto hacia la tetera y le di mi taza, que volvió a llenar. Tenía razón: el té era excelente para la resa... para el jet lag.

—Estábamos allí para investigar y desarrollar la sensibilidad en los robots. En concreto, estábamos allí para tratar de crear un prototipo que estuviera lo bastante «vivo» para recibir órdenes y evaluar el mejor método para llevar a cabo esas órdenes, pero que también pudiera juzgar si esas órdenes eran correctas o incorrectas. Nuestra investigación habría beneficiado a la tecnología bélica. Es lo que suele ocurrir.

Hablaba con naturalidad de esa posibilidad, pero igualmente parecía triste.

—¿Lo lograsteis? ¿Lograsteis hacer el prototipo?

—No. Bueno, sí y no. Teníamos que crear una sola entidad robótica humanoide a la que pudiéramos enseñar y proteger. En cambio, obtuvimos casi dos docenas de máquinas del tamaño de un adulto con más poder del que podían manejar. No podían distinguir entre lo correcto y lo incorrecto, así que el principal objetivo de nuestro proyecto no se alcanzó. Aquí es donde entra Bollinger. Aún hoy pienso que habríamos tenido éxito de no ser por su ambición. Llegó demasiado lejos, puso demasiada vida en el sujeto... los sujetos. Hizo más de uno, en contra de las instrucciones, y no tenían interruptor de apagado. Bollinger decía que hacerlos lo más humanos posible significaba no tener ningún medio para apagarlos excepto desconectarlos por completo. Deberíamos haberles enseñado a ser felices, pero no lo hicimos. En lugar de eso, estaban enojados.

—Espera un momento. Has dicho «desconectarlos por completo». ¿Te refieres a matarlos?

—Si quieres decirlo así... —Suspiró—. Fue un gran error. Hubo... hubo un accidente. Todos perdimos nuestro empleo. El proyecto se canceló. «Aconsejaron» a Bollinger que se retirase del sector y enterrase la cabeza en la arena en alguna parte. Supongo que se lo tomó literalmente.

Sonrió con pesar.

—Kato, ¿qué pasó con el accidente?

—Lo siento, Ben, pero no puedo decirlo. Bollinger era muy cuidadoso con sus diseños. No le gustaba pensar que sus ideas pudieran filtrarse fuera del proyecto. Nos obligó a todos a firmar un documento que nos prohibía toda comunicación al respecto. Ya he dicho más de lo que me permite la ley. Me pondría en peligro a mí mismo y también a mis colegas. Lo único que puedo decir es que en mi opinión es un estafador y un cobarde. —Se acercó a mí y dijo en voz baja—: No me has pedido consejo, pero me gustaría ofrecértelo de todos modos. Llévate el robot a casa. No vayas a buscar a Bollinger. Encuentra otro medio.

Comprendí lo que decía Kato. Había idealizado a ese tal Bollinger, y él había acabado arruinando su vida. Le preocupaba que a mí me sucediera lo mismo. Pero ¿tan malo podía ser ese hombre? Después de tanto tiempo, bien debía de merecer el perdón, ¿no? Además, si yo hubiera tenido otro recurso lo habría utilizado, pero no tenía elección: si ese era el hombre que podía arreglar a Tang, debíamos ir a verle.

15

Hacia delante

Cuando nos levantamos para irnos tuve una idea. Aunque el cilindro de Tang nunca estaba muy lejos de mi mente, el siguiente vuelo a Palaos estaba previsto para más tarde esa misma semana, así que aún nos quedaban varios días en Tokio. Me volví hacia Kato.

—Kato, has sido muy útil y también muy paciente conmigo. Me gustaría agradecértelo. Quisiera invitarte a cenar esta noche.

—Gracias, sería un honor... siempre que no hablemos de Bollinger.

—Trato hecho.

Me recomendó un restaurante cercano que visitaba a menudo y quedamos en su despacho a las ocho en punto.

—Estoy deseando que llegue el momento —dije.

Nos despedimos y regresamos al hotel. Habíamos hecho un amigo, y con eso en mente la ciudad parecía menos aterradora.

De vuelta en nuestra habitación, me tumbé en la ridícula pero maravillosa cama inmensa y cerré los ojos para pensar. Entonces noté un movimiento, abrí los ojos y vi que Tang se había subido a la cama junto a mí. Se tumbó también y apoyó la cabeza en mi brazo extendido. No tuve valor para decirle que pesaba muchísimo y me estaba aplastando, así que durante unos minutos me limité a soportarlo. Me di cuenta de que tenía los ojos cerrados y de que un leve sonido tic-tic-tic salía de su cabeza. Con la mano libre, tan suavemente como pude, deslicé una almohada debajo de él y retiré el brazo. Pedí al servicio de habitaciones un almuerzo temprano consistente en una exquisita caja de bento con fideos y vi una serie interminable de concursos en la televisión japonesa mientras esperaba a que Tang despertase.

Cuando despertó, estaba de buen humor. Me apetecía salir a explorar la ciudad antes de nuestra velada con Kato, y Tang estuvo de acuerdo, sobre todo cuando le prometí que no iríamos a un bar.

—¿Tren? —me preguntó.

—Sí, Tang, vamos en un tren. ¿Es eso lo que quieres hacer?

—Sí. Tren. Tren can-tan-te.

Pregunté en recepción si nos podían recomendar alguna atracción turística y nos proporcionaron una breve guía. Además, me dijeron que quizá me gustara Akihabara, el distrito tecnológico, ya que viajaba con un robot.

Cogimos la línea de Yamanote, que rodea Tokio y atraviesa el centro de la ciudad. Mi intención era bajar al cabo de unas cuantas paradas, en Akihabara, el lugar que nos había recomendado el recepcionista del hotel, pero Tang lo estaba pasando tan bien en el tren que se negó a moverse y se nos pasó la parada. Como era la línea de circunvalación, lo más lógico era continuar hasta que hubiéramos recorrido un circuito completo y asegurarnos de bajar la vez siguiente. Estoy convencido de que Tang sabía lo que hacía. Para cuando dimos la vuelta entera se había aprendido todas las melodías de las estaciones y las cantaba para sí entre paradas. Empezaba a ponerme nervioso, y además me preocupaba que irritase a los demás pasajeros, pero si fue así nadie lo dijo.

Al llegar a la estación de Akihabara por segunda vez agarré

a Tang del brazo y lo saqué del tren antes de que pudiera resistirse. Algunos viajeros me miraron inquietos, pero ellos no sabían lo que era estar a merced de las rabietas de un robot.

Salimos de la estación de Akihabara al agradable sol del atardecer, muy distinto de la lluvia que habíamos tenido en los últimos días. El pavimento brillaba y los edificios olían como a recién lavados, y aunque habíamos aparecido en una de las zonas más frenéticas y con más neón de Tokio la escena entera poseía una hermosa serenidad.

—Oooh… bri-llan-te —me informó Tang.

—Muy bonito, ¿verdad?

Era justo la clase de vista que a Amy le habría encantado, así que saqué mi móvil e hice una foto para ella. Al meterme el teléfono de nuevo en el bolsillo, dije:

—Bueno, Tang, ¿adónde vamos?

Optó por ir hacia la derecha. Recorrimos la calle mirando los carteles publicitarios de vivos colores, que empezaban a adquirir toda su resonancia contra la luz menguante. Había uno de un whisky local, con un fuego de leña y una butaca Chesterfield de color burdeos, incoherente en la zona de alta tecnología. Otro anuncio ensalzaba las delicias de una turbia bebida energética a través de una modelo japonesa de aspecto occidental rodeada de flores de cerezo. Un tercero mostraba un deslumbrante conjunto de hojas de arce de color rojo, anaranjado y oro, y parecía ofrecer descuentos en vacaciones de invierno cerca del monte Fuji, aunque sin saber japonés era difícil estar seguro.

Si Tang no se hubiera obstinado con el tren habríamos llegado allí antes y nos habríamos perdido las luces móviles que se encendieron con los últimos rayos del sol. Podríamos haber estado en cualquier ciudad. En ese momento, no habríamos podido estar en ninguna otra parte.

Entre los grandes almacenes tecnológicos pasamos junto a un grupo de tiendas que parecían más anticuadas. Elegimos una y entramos. Vendía toda una gama de artículos para turistas supuestamente representativos de Japón. Había abanicos y quimonos, sonrientes gatos de porcelana y cuadros del monte Fuji, té verde y esos calcetines especiales con dos dedos. Al mirar a mi alrededor tome una decisión.

—Tang, voy a comprar souvenirs para mi familia, para Navidad... si es que volvemos a tiempo. Pediré algo por internet para mis sobrinos, pero quiero llevarme algo de aquí para Bryony y Dave... y para Amy. Ayúdame a decidir.

Elegimos un juego de palillos para mi hermana y mi cuñado. Nos costó escoger un abanico para Amy. Le compré a Tang un par de calcetines porque parecían hacerle gracia, pero no entendió que eran para los pies. Solo quería agarrarlos. La dependienta se ofreció a enviarnos los artículos por correo. Acepté su oferta, pensando en mi mochila llena y en que no sabía cuánto duraría el resto de mi viaje. No obstante, cuando trató de quitarle los calcetines a Tang la detuve.

—No los envíe con todo lo demás, gracias. Se los va a quedar el robot.

Entusiasmado por lo mucho que se había divertido en la tienda de souvenirs, Tang dijo que quería visitar una de las famosas tiendas de electrónica de Akihabara que habíamos visto al salir de la estación. Escogimos una que desde la calle parecía tener los pasillos lo bastante anchos para que pasara Tang, pero también porque le atraía la multitud de colores vivos y luces parpadeantes que emergía incluso desde el fondo del establecimiento.

No sé quién estaba más atónito ante la enorme variedad de productos tecnológicos, si Tang o yo. Ni siquiera habría sabido decir para qué servían muchos de ellos, pero supuse que si vivías en la capital tecnológica del mundo sabrías muy bien qué era qué. Yo, en cambio, iba seguido del robot, llevaba en el bolsillo de la camisa un móvil viejísimo que se quedaba sin conexión cuando le daba la gana y guardaba un Honda Civic hecho polvo en el garaje de mi casa.

Después de recorrer varias de las seis plantas del establecimiento, llegamos a una que contenía hilera tras hilera de androides alineados como lavadoras, cada uno sentado en su adaptador en espera de que la gente se los llevara a casa y los activara. Tang se negó a entrar, pero yo me sentía intrigado.

—Vamos, Tang, no están activados. No pueden hacerte nada.

Entornó los ojos con aprensión, pero dejó que cogiese su mano y lo llevara por los pasillos. El establecimiento aparecía salpicado por carteles con símbolos del yen y guiones, y aunque no tenía la menor idea de lo que decían supuse que debían de enumerar las características de cada modelo. A mí todos me parecían iguales. Daba la sensación de que Tang también trataba de descifrar lo que hacía cada uno de los androides. Se puso a mirar de cerca uno de ellos, un artilugio de acero pulido con apagados ojos de cristal que medía casi dos metros y sostenía lo que podía ser (o no) una desbrozadora de jardín.

—Mí no entiende para qué sirven.

—Yo tampoco estoy seguro de entenderlo, Tang. Aunque, mira, creo que este es para cocinar. ¿Lo ves? Tiene unos accesorios en el brazo, un batidor de varillas y un cuchillo. Es como una navaja del ejército suizo.

—Suizo…

—Da igual. Quiero decir que tiene muchas piezas distintas para cocinar. Es lo que quería Amy, algo que fuese más útil que su marido.

Observar los androides me había dejado un mal sabor de boca y también parecía deprimir a Tang, así que decidí salir de la tienda. Cuando nos alejamos el robot volvió a animarse, y cuando nos aproximábamos a un amplio cruce me di cuenta de que miraba algo fijamente. Justo en la intersección había descubierto una enorme tienda de aspecto desenfadado llamada Condomi! Por fortuna parecía estar cerrada, pero eso no impidió que Tang adelantara el pecho con gran determinación, listo para cruzar la calle y dirigirse hacia allí.

—Tang, vamos por aquí —supliqué—. Mira las luces de esta calle, ¿no son geniales?

Cogí su pinza y tiré de él suavemente en la dirección opuesta.

—¡No! ¡Con-do-mi! ¡Con-do-mi! ¡Con-do-mi! ¡Con...!

—¡Chis, Tang, por el amor de Dios!

Giró la cabeza hacia mí.

—¿Qué?

—No hace falta que lo repitas tantas veces; sé qué tienda estás mirando. Pero está cerrada, ¿lo ves?

Tang miró la tienda y parpadeó unas cuantas veces. Acto seguido se puso a repetir su nuevo mantra. Al parecer, le gustaba cómo sonaba la palabra.

—¡Con-do-mi! ¡Con-do-mi! ¡Con-do-mi!

A veces, lo mejor que puede hacerse en situaciones así es simplemente alejarse. Eché a andar con la esperanza de que Tang me siguiera. Presté atención para distinguir sus pisadas detrás de mí por encima del ruido del tráfico, y no había ido muy lejos cuando oí a mi espalda un familiar estrépito metálico, acompañado del sonido típico que hace un robot anticuado cuando vocifera «¡Con-do-mi! ¡Con-do-mi!». Pensé que lo mejor era volver al hotel.

Dejé a Tang en la habitación, sentado en el suelo delante del televisor, mientras yo salía a cenar con Kato.

—No irás a marcharte por ahí tú solo, ¿verdad?

—No —dijo sin apartar la mirada del histérico presentador de un concurso, con su traje chillón y sus enormes carcajadas.

Solo tenía su palabra, ya que la habitación se cerraba con una tarjeta y siempre podía abrirse desde el interior. Como medida de precaución, informé al conserje de mi salida y le pedí por favor que si veía (y oía) a un robot cuadrado dirigiéndose a las puertas lo enviara de vuelta a nuestra habitación.

Llegué a la oficina de Kato a las ocho en punto, y ya me estaba esperando.

—Quería ahorrarte la molestia de subir hasta mi planta —explicó.

Echamos a andar.

—Gracias otra vez por la información que me diste sobre Tang. Me resultará muy útil.

—No hay de qué. Siento no poder decirte nada más.

Descarté su disculpa con un gesto.

—Comprendo que ya dijiste más de lo que deberías. Lamento haberte puesto en esa situación.

—No pasa nada. Sin embargo, quiero hacerte una pregunta. Por favor, ¿puedes decirme cómo está Lizzie?

Le miré y me eché a un lado para evitar un poste de telégrafos lleno de cables negros y que, al igual que los trenes del metro, estaba cantando. No se me ocurrió preguntar por qué hacían eso.

—Decías en tu correo electrónico que fue ella quien te sugirió que contactaras conmigo.

—Sí, fue ella. —Hice una pausa, tratando de encontrar la respuesta más despreocupada—: Me dio recuerdos para ti. Trabaja en un museo espacial. Creo que le gustaría encontrar un puesto en el campo de la inteligencia artificial, pero el espacio es la mejor alternativa.

Kato asintió con la cabeza sin sorprenderse. Caminamos en silencio durante un par de minutos, él con una mirada distante y yo sin querer interrumpir sus pensamientos mientras sopesaba mis posibilidades de sacar a relucir en algún momento de la cena el tema del supuesto accidente. También empezaba a preguntarme si habría algo entre Kato y Lizzie que ninguno de ellos me había contado.

—Lizzie me habló muy bien de ti, dijo que eras un genio.

—Me siento halagado —admitió—. Me alegra saber que se acuerda de mí después de todos estos años. Hace mucho que no hablamos.

—Ella también me lo dijo. ¿Puedo saber por qué?

—En la universidad salimos durante algún tiempo.

Ajá. Lo sabía.

—Entonces queríamos cosas distintas —empezó a explicar Kato, y luego se limitó a decir—: Se acabó.

—No me dijo que estuvisteis juntos. Lo siento, no debería haberlo preguntado.

Sentí la tentación de preguntarle a qué se refería cuando dijo que querían cosas distintas, pero pensé en Amy y comprendí que prefería no saberlo.

A mí, la carrera profesional de Amy como abogada me había parecido siempre una molestia: un empleo que la obligaba a trabajar muchas horas y solo parecía aportarle estrés. Pero al hablar con Kato comprendí que solo lo había contemplado desde mi punto de vista. La profesión de Amy requería la misma inteligencia y era igual de interesante que la de Kato, pero yo no me había dado cuenta. Tal vez Lizzie fuese la artífice de sus propias decepciones profesionales... como tal vez yo lo fuese de las mías.

La voz de Kato puso fin a mis pensamientos:

—Fue hace mucho tiempo. Creo que ninguno de los dos pretendía perder el contacto. Me alegro de saber que está bien.

Volvimos a callarnos mientras pasábamos junto a un grupo de chicas ruidosas vestidas como personajes de anime. Cuatro de ellas, con falda corta, se habían recogido el pelo en una coleta (lo que me puso muy nervioso), y otra llevaba un disfraz de dragón verde con los ojos muy grandes (lo que no me puso nada nervioso). Cuando su charla se desvaneció detrás de nosotros, Kato continuó:

—Dime, ¿Lizzie está casada?

Tosí.

—Esto, no... no, no creo.

—Ah, mejor.

—¿Mejor?

—Quiero decir que...

—No pasa nada, Kato, sé lo que quieres decir.

En circunstancias normales no habría dado mayor importancia a esa clase de conversación, pero justo entonces se me ocurrió que quizá podría agradecer la ayuda de Kato de otro modo aparte de invitarle a cenar.

—Es una lástima, porque no creo que tenga especial interés en estar sola. Creo que le entristece haber perdido el contacto contigo.

Kato parecía reflexionar, por lo que seguí adelante:

—¿Estás casado, Kato?

—No. He estado demasiado ocupado con el trabajo. Y... no he conocido a la persona adecuada.

—¿Estás seguro de eso?

Dejó de caminar.

—Tal vez no.

—Texas es muy bonito.

—¿En serio?

—Sí. Además, vine hasta aquí en un vuelo directo, desde Austin. —Le miré a los ojos—. Kato, ¿y si vas a ver a Lizzie?

Él sonrió.

—Tal vez. Este es el restaurante, Ben-san.

Me había llevado a la clase de local que nunca aparece en las guías. Estaba en una calle secundaria y tenía un aspecto muy modesto. Era una construcción de madera a pie de calle, cubierta con esas telas colgantes divididas por la mitad. El edificio, aparentemente aplastado entre dos construcciones más modernas, estaba en realidad separado de ellas, y vi por un lado que se extendía hacia atrás más de lo que yo había supuesto al principio.

Kato me aguantó las cortinas para que pudiera pasar. Acto seguido me siguió al interior y abrió una puerta corredera de madera que nos llevó al vestíbulo del restaurante. Un caballero de traje elegante saludó a Kato, nos condujo a la sala principal a través de otra puerta de madera y nos acomodó ante una mesa baja. Aunque el restaurante era precioso por dentro, lo que más llamó mi atención fue el olor, a madera cálida y mar. El interior estaba revestido con paneles de madera, tal como prometía el exterior, y pensé por el olor que debían de ser de cedro o sándalo. El olor a mar procedía de dos amplios acuarios situados al fondo, a ambos lados de una especie de escenario que se extendía por la sala. Había varias mesas bajas como la nuestra junto a las paredes, y otras mesas de estilo cabaré formando una herradura en torno al escenario. Este estaba vacío, pero el restaurante se encontraba lleno de clientes. Debía de estar prevista alguna actuación.

Durante la cena hablamos más de Lizzie y decidí que lo mejor era fingir tanto ante mí como ante Kato que no me había acostado con ella. Muy pronto quedó claro que, tal como yo había pensado, el hombre estaba enamorado de ella. Incluso después de haber roto su relación más o menos una década antes.

—De los dos, siempre fui el más expresivo —explicó Kato—, algo muy insólito entre un japonés y una norteamericana; podría decirse que lo contrario de lo habitual.

—¿Por eso cortasteis? ¿Pensó que ibas demasiado lanzado? Negó con la cabeza.

—Fue simplemente que habíamos podido vivir una misma vida en la universidad, en el mismo sitio, pero después las esperanzas y los sueños de cada uno se hallaban en distintos países. Yo pensé que tenía que estar en Tokio por mi carrera profesional. Lizzie deseaba quedarse en Estados Unidos, cerca de su familia. Al final, la relación parecía una interminable sucesión de discusiones.

—Kato, mira, lo sé todo sobre las discusiones que se producen una y otra vez y nunca se resuelven. Pero también sé que la vida es algo más que arrepentirse de las cosas que no has hecho. ¿No sería buena idea ir a visitarla sin más y ver si aún sentís lo mismo el uno por el otro? Después podéis preocuparos por los aspectos prácticos de la vida.

Mientras aconsejaba a Kato se me ocurrió que esa actitud podía ser muy bien una de las cosas que habían alejado a Amy de mí. Ella tal vez no pudiera disociar los sentimientos de los aspectos prácticos. Me parecía que si querías a alguien eso era lo único que importaba, pero ahora veía claramente que no era suficiente. No había sido suficiente para Amy. Pensé en decírselo al volver a casa, fuera cuando fuese. Me pregunté si podría convencerla de que había cambiado, de que ahora veía las cosas de otro modo, de que era capaz de hacerla feliz. Pero una parte de mí seguía pensando que había hecho bien en marcharse.

Mientras meditaba sobre el fracaso de mi matrimonio, surgió de debajo del escenario el sonido agudo de una flauta, subrayado por una guitarra gangosa que Kato llamó «samisen». Los clientes del restaurante que ocupaban las mesas de cabaré empezaron a aplaudir.

Alcé la mirada y vi a una geisha de pie en el centro del escenario. Aunque no era una geisha, sino un androide. Llevaba un quimono rojo adornado con flores de cerezo y garzas bordadas, y su cinturón de color rosa claro formaba un gran lazo cuadrado en la espalda. Hasta tenía una peluca negra y una cara blanca, con los labios pintados de un bonito rosa intenso.

La Cybergeisha levantó dos abanicos y empezó a bailar,

haciéndolos girar como si fuese una mujer. En realidad resultaba bastante rara, sobre todo cuando se le abrieron ligeramente los bajos del quimono y se le vieron las piernas articuladas con ruedas en lugar de pies.

—Les ayudan a moverse de forma silenciosa y suave, como una auténtica geisha —me explicó Kato. Luego añadió—: No te equivoques conmigo, Ben, no vengo aquí por esto. Me gusta la comida. Pero también he pensado que podría interesarte ver una clase diferente de inteligencia artificial.

—¿Es tu empresa la que los fabrica?

—No, Ben, no lo es. No puedo evitar percibirlo como un insulto hacia nuestra cultura, aunque no podría decirte con certeza por qué.

—Cuando estuvimos en California nos alojamos por error en un lugar llamado Hotel California. Resultó ser un sitio al que acudía la gente para, mmm, tener relaciones con androides. Pensaron que por eso iba Tang conmigo. ¿Crees que esta geisha es... es algo parecido?

Kato levantó las cejas. Estaba francamente horrorizado, tal como Lizzie había predicho.

—No lo creo. Tratar así a los androides es una abominación; no pueden negarse.

—Pero no pueden negarse a obedecer ninguna orden, ¿verdad? ¿Qué hace que una orden sea cruel y otra aceptable?

—Tú nunca tratarías así a Tang, ¿no?

—Desde luego que no. Pero tampoco le daría ninguna clase de orden. No espero que haga nada de lo que digo.

—Sí lo esperas. Esperas que te siga a donde vayas, ¿no?

—Yo nunca lo he visto de ese modo. Me gusta pensar que pido en lugar de ordenar, pero estoy de acuerdo con lo que dices. Además, es bastante obstinado: te aseguro que se sale con la suya tanto como yo.

Kato se echó a reír.

—No me cuesta creerlo.

La Cybergeisha había dejado el baile por la música. Se había sentado en el suelo y tocaba un instrumento de cuerda mientras cantaba. Nunca había oído cantar a un androide; lo hacía bastante bien.

—¿Cómo consiguen que canten?

—Ponen mucha energía en piezas de tecnología específicas. Eso es lo que hacemos con nuestros androides de entretenimiento. Las habilidades de esta geisha son limitadas: puede cantar y bailar, y quizá servirles el té a los clientes, pero eso es todo. Nadie ha conseguido aún un androide que pueda hacer algo más. Lo más parecido que he visto es uno que cumple dos funciones: por ejemplo, limpiar la casa y ocuparse del jardín. Un androide tiene límites, como creo que descubrió Bollinger. Y quizá los seres humanos no quieran que los androides sean demasiado completos. ¿Cómo los controlaríamos?

Pensé en Tang y en su inclinación a irse por ahí.

—No se podría. Lo máximo que podría hacerse sería suplicarles o desconectarlos.

—Exacto.

Volví al hotel en el metro cantante, preocupado por Tang. La conversación con Kato en la cena me había dejado intranquilo. Le había prometido a Tang en Texas que no volvería a dejarlo solo, y sin embargo acababa de hacerlo, aunque al menos esta vez le había avisado. Aun así, al subir en el ascensor hacia la habitación tenía el corazón acelerado.

Me sentí aliviado al encontrarlo exactamente donde lo había dejado, aún viendo la televisión.

—Ya estoy de vuelta, Tang.

—¿Ben come bien?

—Sí, gracias, la comida era estupenda —contesté, optando por no mencionar a la geisha—. ¿A qué te has dedicado mientras estaba fuera?

—¿Dedicado?

—¿Qué has hecho? ¿Te has pasado todo el rato viendo la tele?

—Sí, salvo por teléfono.

No estaba seguro de haber oído bien.

—Yo uso teléfono.

—¿Para qué?

—Llama tele. Hombre en tele dice que llamar. Enseña número. Yo llama.

—¿Has llamado a un concurso en directo?

—Sí.

—¿Te han pasado con él?

—Sí.

—¿Y bien?

—Hombre habla japo-nés. Mí no entiende.

16

El último recurso

El avión que nos llevó a Palaos era un diminuto aparato que parecía recién salido de una de esas películas de náufragos en que la aeronave es alcanzada por un rayo y cae en picado sobre una playa de arena y unos jabalíes devoran a los pasajeros. Además, tenía motivos para estar asustado: mis padres habían muerto en una avioneta. No obstante, intenté disimular por Tang, tan nervioso como yo.

—Todo saldrá bien, Tang, te lo prometo. Mi padre solía pilotar aviones como este; bueno, parecidos a este… en realidad, un poco más pequeños. Le dio por eso al jubilarse, entre otras aficiones. Tenía una avioneta. Mi madre y él salían con ella cuando hacía buen tiempo. También fueron con ellos un par de veces Bryony y los niños. A mí nunca me llevaron. Bueno, de todos modos no estoy seguro de que me hubiera gustado. Quizá fuese por eso, ja, ja.

Opté por contarle a Tang solo las cosas positivas que sabía de los aviones pequeños, pero se me quedó mirando con una intensidad desconcertante.

—Mira, Tang, hacen este viaje constantemente. Bueno, al menos una vez por semana. Contando la ida y la vuelta, significa que lo hacen unas cien veces al año; creo que saben lo que hacen.

Tang seguía sin parecer convencido, y no podía reprochárselo: apenas me había convencido a mí mismo. Estábamos mal acostumbrados por la primera clase y la elegante de calidad o lo que fuera la última vez. Aquel avión no solía transportar androides, y menos aún robots. Tuve que pagar un precio adicional por el peso de Tang, aunque él les dijo que era de «aluminininio» y por lo tanto, ligero. Creo que no le creyeron, pero agradecí el intento.

El vuelo en sí fue normal: ruidoso, sin ginebra y de cinco horas de duración. Como Tang no pudo meterse en el asiento de la ventanilla, se pasó el viaje echándose sobre mí para disfrutar de las vistas, así que se me durmió la pierna y el jefe de cabina nos regañó en numerosas ocasiones por no permanecer correctamente sentados en nuestros asientos. Sin embargo, aterrizamos sanos y salvos en Koror, aunque cerré los ojos cuando tuve la impresión de que se nos acabaría la pequeña pista de aterrizaje y terminaríamos en el mar, y Tang se tapó la cara. Los demás pasajeros se rieron de nosotros por ser dos nenazas.

A pesar del viaje en avión, o tal vez a causa de él, nuestro paso por el aeropuerto y la llegada a Palaos no habría podido ser más agradable. Bajo un sol ardiente se celebraba una especie de saludo tradicional, con bailarinas contoneándose y adornando con guirnaldas el cuello de los pasajeros que entrábamos en el vestíbulo de llegada. Tang recibió una acogida muy cálida; consiguió al menos cinco collares de flores y el mismo número de besos encima de la cabeza. Creo que nunca lo había visto tan contento.

El jefe de cabina nos había recomendado un hotel, un complejo turístico un poco apartado de la ciudad de Koror. Cogimos un autobús desde el minúsculo aeropuerto hasta la calle principal de la ciudad, y como parecía tan bonita decidimos ir caminando desde el centro hasta el hotel. Me remangué y me cubrí la cabeza sudorosa con un sombrero panamá. De camino hacia allí, me percaté de que Tang iba cada vez más despacio.

—¿Estás bien, Tang?

—Calor.

—Sé que hace calor, amigo.

—Calor no. Mucho calor.

Seguía llevando las guirnaldas del aeropuerto. Se las quité y las tiré al suelo.

—Ya lo sé. Lo siento, Tang. ¿Qué quieres que haga? No puedo apagar el sol.

Tang me miró como si aquello fuese una novedad para él y volvió a quejarse, esta vez de un modo más apremiante:

—¡Calor! —exclamó, señalando su propia cabeza—. Calor... calor... calor... calor... ¡CALOR!

Le toqué la parte superior de la cabeza. Desde luego, estaba muy caliente. Me preocupé.

—¿Duele?

—Aquí. —Extendió la pinza hasta alcanzar la cima de su cabeza—. No puedo pensar. Confuso.

Entonces caí en la cuenta de lo que ocurría y me maldije por mi descuido. Incluso cinco minutos al aire libre con aquellas temperaturas podían bastar para freírle los circuitos.

—Lo siento mucho, Tang. He sido un estúpido.

Lo acompañé hasta la sombra de una palmera al tiempo que pensaba qué podía hacer. Lo abaniqué con mi sombrero, y mientras se enfriaba me bebí una botella de agua que había traído del avión. Al cabo de unos minutos empezó a parecer más animado.

—¿Te encuentras mejor?

—Mejor... mmm, más mejor...

—Solo «mejor» —le corregí.

—Sí. Ya no confuso. No tanto.

—Bien. —Me sentía aliviado, pero el problema persistía; no podíamos pasarnos toda la vida sentados debajo de la palmera—. Necesitas alguna clase de sombrero —le dije.

—Sí. Sombrero.

Reflexioné unos segundos. Mi propio panamá no se aguantaría: no tenía la forma apropiada y se le habría deslizado al instante encima de los ojos. Entonces tuve una idea. Me saqué del bolsillo el pañuelo blanco que había utilizado para limpiar a Tang en mi casa de Harley Wintnam y que a continuación había lavado. Aquel momento me parecía ya muy lejano, aunque en realidad ni siquiera había transcurrido un mes. Hice un nudo en cada esquina del pañuelo y lo coloqué sobre su cabeza. Con unos pocos ajustes le quedó muy bien.

—¿Crees que eso servirá, Tang?

—¿Que si servirá qué?

—Quiero decir que si eso te ayudará a estar bajo el sol.

Se encogió de hombros.

—Quizá.

—Bueno, creo que solo hay una forma de averiguarlo.

Me cargué la mochila a la espalda otra vez, le di la mano a Tang y reanudamos la marcha bajo el intenso calor ecuatorial del mediodía.

A Tang le iba mejor con el pañuelo anudado, aunque cuando llegamos al hotel seguía pareciendo enfermo. En cuanto nos acercamos al mostrador de recepción se dejó caer en el suelo. Se le abrió la tapa. La cerró, volvió a colocar la cinta americana y empezó a rascarla con gesto ausente. Opté por no decir nada.

Nuestra habitación, situada en la planta baja según mis deseos, era amplia y tenía un gran ventanal con postigos que daba a un porche, el cual daba a su vez a un jardín con su piscina de borde infinito y más allá una playa privada. Hacía calor en la habitación, así que abrí los postigos para permitir que la leve brisa tropical refrescase la cabeza de Tang, que fue hasta una de las inmensas camas individuales para tumbarse. Se dejó caer encima y se le abrió la tapa, pero no pareció importarle. Apoyé la mano en su pecho, habitualmente fresco, y lo encontré muy caliente.

Durante el resto del día fue empeorando y empecé a preocuparme. Yacía en la cama con la cabeza hacia un lado, mirando la playa a través de los postigos del porche bajo la vacilante luz del sol.

—Enfermo —me dijo.

—Ya lo sé, amigo. Quiero ayudarte, de verdad. ¿Qué debería hacer? —le dije, intentando disimular mi preocupación.

—No lo sé.

Seguía teniendo la cabeza caliente. Descalzo, dando vueltas por la habitación, meditaba sobre la mejor forma de refrescarlo. Primero conecté el aire acondicionado. Luego le acerqué el ventilador y lo orienté hacia él. La brisa le hizo parpadear y cerró los ojos.

—Ojos fríos.

Desvié ligeramente el ventilador, pero mantuvo los ojos cerrados.

Al cabo de quince minutos lo inspeccioné de nuevo. Seguía estando caliente, y un suave siseo salía de alguna parte que no pude identificar. Miré el cilindro. El nivel de fluido había pasado de estar por la mitad en Tokio a alcanzar solo la cuarta parte.

—¡Oh, Dios! Tang, voy a buscar ayuda. Quédate en la habitación; por favor, no te vayas por ahí… no estás en condiciones.

No hubo respuesta.

—¿Tang?

Nada. Me agaché y le toqué la cabeza. Luego lo sacudí con suavidad. No se movió.

—Di algo, Tang. ¿Por qué no te mueves?

Nada.

—Por favor, di algo. ¡Venga! —Empecé a temblar por dentro. Lo sacudí con más fuerza—. ¿Tang? Tienes que ponerte bien, ¿me oyes? No puedo perderte. ¡Tang, di algo, por favor!

Abrió un ojo.

—Ben para ya de sacudir. Duele.

Fui corriendo al mostrador de recepción e hice sonar la campanilla con mucha energía. Apareció el empleado que nos había registrado.

—¿Puedo ayudarle, señor?

—Sí, por favor... Eso espero. Es una emergencia —dije jadeante—. ¿Se acuerda del pequeño robot con el que he venido?

—¿El modelo retro? Sí, señor. Adorable.

—Pues está muy enfermo y no sé qué hacer. Tengo mucho miedo de perderlo —susurré con voz ligeramente quebrada.

—¿Está enfermo? ¿Qué le ha pasado?

—Se ha acalorado de camino hacia aquí... el sol... no está acostumbrado. Ahora solo quiere estar tumbado en la cama, y aún está caliente. ¿Sabe si hay algún huésped del hotel que entienda de robots y pueda venir a verlo? Por favor, estoy tremendamente inquieto.

—No se preocupe, señor, puedo hacer algo mejor. En el complejo tenemos varios androides que se ocupan de muchas tareas, y tenemos a un especialista que cuida de ellos. No está acostumbrado a cuidar de robots, pero estoy seguro de que podrá ayudarle. Le llamaré y le diré que acuda enseguida.

Cogió el teléfono del mostrador.

Muy a mi pesar, noté que las lágrimas asomaban a mis ojos.

—Gracias. Muchísimas gracias.

Una lágrima me resbaló por un lado de la nariz. Tomé nota de que debía darle una propina cuando nos marcháramos.

No hacía ni cinco minutos que había vuelto a la habitación cuando llamaron a la puerta. Un hombre bajito y de aspecto amable, de cabello y barba blancos, con gafas redondas y un mono azul, se hallaba en el umbral; llevaba lo que parecía ser una gran bolsa de herramientas de cuero negro.

—¿Tiene un robot enfermo?

—Sí, pase, por favor. Está aquí.

Le acompañé hasta la cama de Tang, que seguía tumbado con los ojos cerrados, de cara al porche y al ventilador.

Cruzó rápidamente la habitación hasta Tang, colocó su bolsa en el suelo, se subió los pantalones y se sentó. Tocó la cabeza del robot.

—Oh, eres un modelo clásico, ¿verdad? Oh, y además eres un tipo caluroso, ya lo veo.

Tang intentó abrir un ojo, pero el esfuerzo pareció resultarle excesivo y volvió a cerrarlo.

—Enfermo.

—Vaya, vaya. No pasa nada, amigo, ya sé que te encuentras mal. Quédate ahí tumbado un rato.

El médico de robots levantó una mano de Tang, le dio unos golpecitos en el cuerpo y miró el interior de los agujeros que hacían las veces de orejas.

Con voz temblorosa le expliqué lo del cilindro, y él retiró la cinta americana para echar un vistazo. Sacó un bote y roció con el contenido la cabeza de Tang y luego, brevemente, unos puntos específicos situados debajo de la tapa. A continuación se levantó y me hizo una seña. Nos fuimos al otro extremo de la habitación y me habló en voz baja:

—El robot no está bien, y he de admitir que me preocupa mucho. Me temo que no hay mucho que se pueda hacer. Podría tratar de abrirle la cabeza para ver si tiene algún sistema de circuitos roto, pero no mientras esté tan caliente. Además, nunca había visto un robot así; nada nos asegura que no vaya a empeorar las cosas. ¿Sabe quién lo fabricó?

Le expliqué la historia del cilindro de Tang y que estaba buscando a Bollinger, pero que no había tenido ninguna posibilidad de encontrarlo.

El médico sacudió la cabeza.

—Su nombre me resulta familiar, pero no sé dónde vive. Preguntaré por ahí a ver si alguien le conoce. Mientras tanto, tendremos que esperar y confiar en que se enfríe. Si despierta, trate de no estresarlo y de no hacerle pensar demasiado. Deje que sus circuitos descansen. Pasaré otra vez cuando pueda para ver cómo sigue.

—¿Ha sido el sol? —pregunté.

—Sí. Supongo que podría decirse que tiene una insolación.

Echó una mirada a Tang, que yacía inmóvil y en silencio, con los ojos cerrados y los brazos planos y extendidos por encima de la cabeza. Luego continuó:

—No puedo predecir cómo va a reaccionar. Como le he dicho, no se parece en nada a ningún otro robot que haya visto. Diría que el cilindro forma parte de su mecanismo de refrigeración. Cada vez que se mueve, habla o hace algo, pensar incluso, utiliza refrigerante. Si el cilindro se hubiera mantenido intacto no le habría pasado nada. La grieta del vidrio es pequeña, así que las pérdidas han sido leves. Pero un ambiente tropical es demasiado. El siseo que oye es su cuerpo tratando desesperadamente de enfriarse.

Hice una pausa para asimilar aquello.

—Le he puesto un pañuelo en la cabeza…

Mis palabras sonaban patéticas, pero el médico levantó una mano para tranquilizarme.

—Y puede que al hacerlo le haya salvado la vida. —Me dio una palmada en el brazo—. No debería sentirse culpable, debería sentirse orgulloso de sí mismo.

No me sentía orgulloso. Lo había llevado a California y a Texas, dos lugares calurosos. Pensé que estaba haciendo lo correcto al tratar de conseguir que lo repararan, pero no había dejado de empeorar la situación. No lo había pensado bien.

—Usted no lo sabía —dijo el doctor con amabilidad—, y es

cierto que ha tenido suerte, pero piense que cuando ha ocurrido ha reaccionado de inmediato... Volveré dentro de unas horas a ver cómo está.

Le di las gracias y le acompañé a la puerta. Luego me senté pesadamente sobre la cama, con la cabeza entre las manos.

El médico volvió al cabo de dos horas, y luego dos veces al día durante un tiempo que se me hizo larguísimo. Cada vez rociaba al robot con su bote mágico, que según me explicó contribuía a enfriarlo pero no sustituía su propio sistema. Cuando se marchaba me daba unas palmadas en el brazo y esbozaba una sonrisa, y me decía que no hiciera nada.

Me pasaba el día y la noche sentado con Tang, casi incapaz de dormir, llamando al servicio de habitaciones una o dos veces al día y comiendo muy poco de lo que me traían. De vez en cuando Tang sufría convulsiones: su cabeza se agitaba de un lado a otro y sus brazos se movían descontroladamente. Cuando eso ocurría, el siseo sonaba más fuerte y yo tenía que intervenir para que se calmase y conservara el refrigerante amarillo que le quedaba.

Al cabo de cuatro días empezó a abrir los ojos cada cierto tiempo. Miraba un rato por la ventana, volvía a cerrar los párpados y se quedaba quieto de nuevo.

El sexto día me despertó el sonido del médico al llamar a la puerta. Fui a abrir frotándome el cuello, rígido por haberme dormido sentado en una de las mullidas butacas de la habitación con la cabeza sobre la cama, junto a Tang.

El doctor llevó a cabo sus comprobaciones, ya familiares para mí, y mientras lo hacía me di cuenta de que ya no se oía el siseo. Tang tenía los ojos abiertos, pero no se movía. Se me hizo un nudo en el estómago.

—¿Por qué no sisea? —pregunté—. ¿Tang? ¿Por qué no se mueve?

El médico se levantó y alzó las manos para calmarme.

—No sisea porque no hace falta. Su sistema de refrigeración está volviendo a la normalidad. —Sonrió—. Creo que saldrá adelante.

Sin saber lo que hacía, estreché al hombre entre mis brazos, quien, incómodo, se puso a darme palmadas en la espalda y a hacer ruidos destinados a tranquilizarme. Por encima de su hombro vi que los ojos de Tang se volvían hacia mí y que su boca de CD parecía ensancharse de algún modo en una pequeña sonrisa. Solté al doctor, me acerqué a Tang, cogí una de sus pinzas con una mano y apoyé la otra sobre su cabeza.

Cuando el médico se marchó me puse a dar vueltas por la habitación del hotel durante un rato, sin saber muy bien si sentarme, quedarme de pie, ver la tele o ponerme a contemplar el mar y las plantas tropicales que se hallaban al otro lado de nuestra ventana. Había dicho que, aunque ahora confiaba en que no fuese necesario abrirle la cabeza a Tang, aún tardaría algún tiempo en recuperarse por completo. También dijo que necesitaría descansar mucho, y efectivamente, para cuando el médico nos dejó ya estaba dormido. Sin embargo, se despertó al cabo de unos veinte minutos y pronunció mi nombre. El sonido de su voz, ausente durante casi una semana, me llenó de alivio. Me abalancé hacia él y besé su familiar frente fría.

—¿Podemos bucear? —preguntó Tang mientras yo lo manoseaba, tocándole la cabeza y mirándolo a los ojos.

—¿Bucear?

Lo miré, perplejo.

—Si no me pongo enfermo, ¿podemos bucear? Ver peces.

Con una pinza señaló el porche. Desde su posición en la cama podía ver a un grupo de personas con equipos de snorkelling, entrando y saliendo del agua. De vez en cuando, una de ellas se levantaba de pronto y gritaba, explicando lo que había visto.

—Pensaba que detestabas el agua.

—Esta agua diferente. Esta agua bonita.

—Amigo, lo siento, no podemos bucear.

—¿Por qué?

—Puede que sea agua bonita, pero sigue siendo mala para ti. Te oxidarás.

Agitó vagamente una pinza sobre su cuerpo.

—Alu-minininio. No se oxida.

—Pero te hundirás, ¿no?

—No. Tang flota.

No quise saber cómo sabía esas cosas, pero ya nada de él me sorprendía. Parecía que aunque le conociese durante años no llegaría al fondo de sus pensamientos y sentimientos.

No obstante, no podía bucear.

—Bueno, da igual, no creo que sea buena idea que te sumerjas en el agua del mar, Tang, lo siento.

—Hombre ha dicho que relajar. Hombre ha dicho que no estresar. ¿Bucear?

«Montón de chatarra cotilla», pensé.

—Tang, a eso se le llama chantaje emocional.

Hizo una pausa para considerar mis palabras.

—Escucha, ¿qué clase de persona sería yo si te dejara hacer algo que me parece peligroso? He estado a punto de perderte, amigo. Aún me encuentro en estado de shock. No puedo dejar que te pase nada más; además, aún no estás bien, ¿te acuerdas?

Tang se rascó la cinta americana.

—Te compensaré, te lo prometo. Pensaré en algo distinto, algo mejor que podamos hacer, ¿vale?

Tang suspiró pero acabó asintiendo con la cabeza.

—Mira, tú necesitas descansar y yo necesito comer. ¿Estarás bien si salgo y te dejo aquí?

Tang asintió.

—¿No tratarás de seguirme?

—No.

—Buen chi… buen robot. Intentaré no tardar mucho.

Le creí, pero cerré los postigos con la excusa de que no entrase el sol de la tarde, que había bañado la mitad de la habitación con una luz anaranjada. Decidí cerrar también la puerta con llave. Apoyé la mano en su cabeza una vez más y me marché.

En los días siguientes empecé a dejar a Tang solo mientras continuaba buscando a Bollinger. Las indagaciones del médico de robots no habían dado ningún resultado y, aunque el peligro inmediato para Tang había terminado, seguía acabándosele el tiempo.

A medida que pasaban los días, parecía acostumbrarse a su convalecencia e incluso me pedía que fuera a buscar revistas, conchas, algas, cangrejos muertos, anguilas vivas y otras cosas para que las mirase mientras permanecía confinado en la habitación. Incluso insistió en que le trajese una tabla de madera de la playa tan alta como él y cubierta de percebes, solo porque la había visto por la ventana y quería tenerla.

Yo iba a menudo a la ciudad y fotografiaba las cosas que veía para enseñárselas a mi regreso, como un puesto callejero de pinchos de pescado a la brasa o un gran edificio con una cúpula que al parecer era un acuario pero recordaba más a una catedral. Me reí al pensar en enseñarle las fotos a mi familia; no podía negarse que formaban una serie variada y a veces extraña. Pude imaginarme a Amy levantando una ceja ante una curiosa foto de un chucho con tres patas que se parecía a Kyle. No significaría nada para ella aunque, claro, quizá no llegase a enseñarle siquiera aquellas imágenes.

Tang no acababa de entender cómo funcionaban las fotos, y

no dejaba de mirar debajo de mi teléfono móvil para ver dónde estaba el resto del barco, de la isla o del puesto del mercado.

—Es plana, Tang.

—¿Dentro del móvil?

—No, no exactamente dentro. —No sabía muy bien cómo explicarle una fotografía a un robot, ni siquiera a uno como Tang, así que me limitaba a repetirle—: Es plana. Es lo que estás mirando cuando haces la foto, y sale plana en el móvil.

Al final pareció aceptar mi explicación, y al cabo de un tiempo, cada vez que yo volvía de una excursión, tendía ansioso la pinza hacia el móvil, aunque como era de pantalla táctil tenía que manejarlo yo.

Tang mejoraba cada día, pero en algunos momentos aún se sentía débil y confuso. Una tarde, se despertó de pronto y empezó a chillar. Tuve que pasarme mucho rato calmándolo, acariciándole el hombro y la cabeza. Allí sentado junto a él, sentí que una inquietud creciente ascendía por mi columna vertebral y se extendía a través de mi cuerpo. Si ese tal Bollinger era realmente el creador de Tang y podía arreglarlo, al llevármelo de vuelta a casa estaría arriesgando su vida. Habíamos llegado hasta allí porque la grieta del cilindro de Tang era pequeña; si uno nuevo sufría peores daños, ¿quién sabía si llegaríamos allí a tiempo? Podía suponer el fin de Tang.

Esa comprensión cristalizó en mi mente. Reflexioné sobre la situación. ¿No sería lo mejor para Tang dejarlo con el hombre que lo había creado y que estaría allí para arreglarlo si ocurría algo que amenazara su vida?

Se me encogió el corazón al pensarlo. Razoné que sería lo correcto. Tang estaría más seguro si se quedaba allí que en casa conmigo, y probablemente hasta sería más feliz.

Pero en aquel momento tenía un peso en el pecho que parecía vaciarme los pulmones de aire y contraerme la garganta.

Una mañana, tres semanas después de llegar a la ciudad, decidí bajar al puerto por otro camino. Necesitaba un cambio de ambiente, porque a pesar de la asombrosa belleza de la isla me sentía solo sin Tang, y más todavía porque cada vez que me separaba de él comprendía que podía estar un paso más cerca de encontrar a Bollinger y tener que decirle adiós.

Por otra parte, mi preocupación por lo que podía ocurrirle a Tang si yo no encontraba a Bollinger iba en aumento. Había imaginado que alguien nos diría dónde vivía, que arreglaría a Tang y que volveríamos a mi casa en Harley Wintnam al cabo de pocos días. Pero las cosas habían cambiado, y aunque Kato nos había dirigido allí no había podido darnos más información. A pesar de que yo no paraba de preguntar en tiendas y bares, resultó que nadie conocía a Bollinger.

Fui hasta la playa y subí por una pendiente hasta la cima de las dunas. Lo que vi me hizo sonreír. Debajo de mis pies, en un espigón de la playa, había un barco turístico. Una multitud de extranjeros se movían alrededor de él haciendo fotografías, y un hombre que parecía ser el capitán cobraba y expedía los billetes allí cerca.

Al aproximarme al espigón, entre la multitud de turistas pude leer un cartel: «Excursiones en barco con visión submarina. ¡Nade con los peces sin mojarse!». Me acerqué aún más y leí un párrafo en letra más pequeña: «¿Le da miedo bucear? ¿Se ha dejado el bañador en casa, o no le gusta el agua? Venga a nuestras excursiones Nadando con los Peces. ¡Toda la diversión del buceo sin meter un pie en el mar!».

Incrédulo, me llevé las manos a la cabeza. Quizá no había localizado a Bollinger, pero al menos había encontrado algo que animaría un poco a Tang. Podíamos hacer algo maravilloso juntos antes de tener que separarme de él, algo que él pudiese recordar. Era perfecto.

17

Peces

No le hablé a Tang de la excursión en barco porque quería que fuese una sorpresa. Al día siguiente le dije simplemente que pensaba que le haría bien salir al exterior. Le prometí que lo protegería del sol y pedí prestado un paraguas en recepción cuando nos marchamos.

Como es lógico, Tang estaba nervioso. Se rascaba la cinta americana y miraba el cielo como si el sol fuera a abrirle la cabeza con un rayo láser. Lo llevé por el camino que había recorrido el día anterior, sobre las dunas. Al principio caminaba bien, ya que la arena estaba compacta y mezclada con largas briznas de hierba aplanadas por los pies. Sin embargo, a medida que avanzaba por la playa el robot empezó a tener dificultades; sus pies no eran lo bastante anchos para impedir que se hundiera. No obstante, mantuvo la cabeza alta.

Cuando llegamos al espigón, Tang no tardó nada en entender lo que hacíamos allí. Abrió unos ojos como platos y me rodeó la pierna con sus pinzas, lanzando electrónicos chillidos de alegría ante la perspectiva de ver peces.

—¡No bucear, bucear!

—Eso mismo pensé yo.

—¡Ben!… ¡Ben!… ¡Ben! ¡Peces! ¡Ben! ¡Gracias, Ben! ¡Muuuchas gracias!

Y echó a andar hacia el espigón.

En cuanto Tang vio el fondo de cristal del barco con sus estrellas de mar de adorno, se balanceó de un pie a otro, entrechocó las pinzas y soltó un enorme «uiiiiii». Ascendió por la empinada pasarela tan deprisa como pudo, cayó hacia delante y recorrió a gatas el resto del camino. Se precipitó rodando en la embarcación y quedó tumbado boca abajo, con la cara apretada contra el vidrio. No fue su entrada más digna.

Había otros pasajeros a bordo, aunque no demasiados. Era temporada baja: los que habían ido allí a pasar el largo puente de Acción de Gracias se habían marchado hacía ya una semana, y aún era pronto para que llegaran los turistas de Navidad.

Me senté en un banco a lo largo de uno de los costados del barco y dejé colgar la mano por encima de la borda. Las puntas de mis dedos rozaron el mar y sentí que un calorcillo surgía en mi estómago, sobre todo cuando el patrón soltó amarras y la embarcación tomó velocidad.

El barco en sí era una deliciosa mezcla de tableros rústicos con la pintura desconchada e instrumentos de alta tecnología, que pude ver dispuestos sobre la cabina, el cuadro de mandos o lo que fuera incluso desde mi posición estratégica, cerca de popa. La intensidad del sol en esa parte del mundo había dejado huella en el exterior del buque, pero no estaba nada descuidado.

Por fortuna, el barco estaba cubierto además por una gran lona fijada a unas barras metálicas que ascendían desde los bordes de la embarcación. Desde que había estado a punto de perder a Tang me preocupaba incesantemente por él. Mi amigo llevaba puesto mi sombrero improvisado con un pañuelo, que parecía encantarle, y aunque la lona le proporcionaba una amplia sombra yo no dejaba de apoyarle la mano en el cuerpo para comprobar la temperatura de su espalda y su cabeza. En numerosas ocasiones me hizo un gesto para que me apartara.

—Tang bien, Ben. Tang no calor. Tang mejor feliz.

Quizá fuese toda la televisión que vio mientras estaba enfermo o las revistas que yo le llevé, pero en alguna parte había aprendido los superlativos y a menudo trataba de utilizarlos con distintos grados de éxito.

—¡Mira! ¡Ben! ¡Pez azul! —Luego, un poco más tarde—: ¡Pez verde! ¡Ben!... ¡Ben! ¡Mira! ¡Ben! ¡Mira! ¡Ben! ¡Pez naranja!

Tras apartarnos un buen trecho de la orilla, el patrón dejó a uno de sus ayudantes al timón y se acercó con una nevera llena de bebidas. Me dio una cerveza y tomó asiento a mi lado.

—Tienes un robot adorable —dijo con acento estadounidense.

Tenía el típico aspecto de un estadounidense: muy bronceado y con barba de varios días, gafas de sol, gorra de béisbol, camiseta de tirantes blanca y pantalones cortos de tela vaquera. Sin embargo, el matiz desconocido de su voz me hizo pensar que llevaba mucho tiempo en la isla.

—Sí lo es, gracias. Le encantan los peces.

—Nunca he tenido un robot en el barco. La inteligencia artificial no suele estar interesada. De hecho, no se ven muchos por la isla en general. Demasiado calor.

Asentí con gesto grave.

Él asintió con la cabeza.

—No quiero decir que no haya androides en la isla, pero van a lo suyo. Ya sabe, hacen su trabajo, no se meten en problemas y... no salen. Resulta agradable ver a un robot, aunque es un poco raro, ¿no?

—Y que lo digas. Puede que parezca una secadora, pero por dentro es muy especial.

—No tienes por qué darme explicaciones, tío. Aquí decimos «Vive y deja vivir». Todo está bien.

Le dije que me alegraba oír eso. Luego le felicité por lo ingenioso de su barco con visión submarina y la belleza del itinerario. Me dio las gracias y me señaló una zona de coral amarillo vivo y un banco de pargos rojos que se movían al unísono al paso del barco.

—De todas formas, si no te importa que te lo diga, me parece un sitio extraño para venir de vacaciones con un robot.

—No me importa —contesté con una sonrisa—. Es una larga historia, pero para abreviar te diré que está roto y estoy buscando a su propietario.

Le expliqué a grandes rasgos mis aventuras con Tang hasta el momento en que Kato nos dijo dónde creía que podíamos hallar a Bollinger. A continuación le dije que nadie en la isla parecía saber dónde podía encontrarlo, si es que habían oído hablar de él.

En cuanto mencioné el nombre de Bollinger, el patrón dijo:

—¡Me parece que le conozco! Es un viejo loco; siempre lleva vaqueros recortados y un sombrero de paja. Va descalzo. Viene a por provisiones de vez en cuando. Solo le veo cuando estoy en el barco. Siempre utiliza el mismo malecón, ese de ahí —dijo, indicando con un gesto una serie de pequeñas y modestas tablas de madera en la ya lejana playa—. Va a lo suyo. Vive en aquella isla. —Señaló en dirección a un puntito lejano—. Veo barcos yendo y viniendo con contenedores y demás. Sí, los barcos le entregan directamente lo que necesita y se llevan la basura y las cosas que no quiere.

No oí bien las últimas palabras del patrón. De pronto sentí que el estómago se me volvía del revés. Me levanté y contemplé la isla. Luego miré a Tang, le apoyé la mano en la cabeza y le acaricié el hombro. Habíamos llegado.

Esa noche me quedé con Tang en nuestra habitación y pedí que me sirvieran allí la cena para no tener que separarme de él. Hablamos de la excursión en barco y de lo que habíamos visto, aunque no le dije que había quedado con el patrón en que nos llevaría a la isla de Bollinger al día siguiente. A esas alturas me extrañaba que Tang no me hubiera preguntado aún cuál era mi plan. Quise decírselo unas cuantas veces, pero no pude. Ahora me pregunto si lo supo desde el principio pero fingió que no con la esperanza de que yo cambiara de opinión.

Le leí a Tang la guía de la zona en el manual de la habitación del hotel. Un apartado me llamó la atención.

—Aquí dice que desde estas habitaciones se disfruta de una buena vista de la «famosa puesta de sol de Koror». ¿Qué te parece, Tang? ¿Te apetece contemplarla?

Entornó los ojos y me miró, parpadeando un par de veces. Era evidente que estaba nervioso.

—Tang no amigo del sol.

—Lo entiendo, Tang, pero no pasa nada. El sol no es tan malo. ¿Lo puedes perdonar?

—¿Perdonar?

—Sí, perdonar. Ya sabes, cuando alguien hace algo que te disgusta o te hace daño, se disculpa y volvéis a ser amigos. ¿No?

—Tang no… nunca perdonado. No entiendo.

—Creo que sí lo has hecho —le dije—. Creo que me has perdonado cientos de veces sin darte cuenta siquiera. ¿Recuerdas cuando traté de ponerte en la bodega en aquel primer vuelo y te enfadaste conmigo?

—Sí.

—Bueno, luego se te pasó el enfado, ¿no?

—Sí.

—Entonces debiste de perdonarme, pues de lo contrario no seguiríamos siendo amigos. Y somos amigos, ¿no es así?

—Sí. Ben es amigo de Tang. Tang quiere a Ben.

Se me hizo un nudo en la garganta y me quedé sin saber qué decir. Aquel robot no entendía el concepto de «por qué» y tenía serias dificultades para asimilar la idea de las motivaciones. Nunca le habían enseñado lo que era el perdón, así que no sabía si estaba perdonando o no. Sin embargo, de todas las emociones humanas que podría haber elegido, parecía comprender el amor.

Me agaché y rodeé sus pequeños hombros con mis brazos.

—Venga, Tang, vamos a contemplar esa puesta de sol.

18

James

Zarpamos con la marea de la tarde. Tang se alegró mucho cuando se dio cuenta de que volvíamos al barco.

—¡Barco de cristal! ¡Barco de cristal! ¡Barco de cristal!

—Tiene el culo de cristal, Tang. El resto es sobre todo de madera.

—¿Culo de cristal?

La idea de que algo tuviera el culo de cristal le pareció desternillante.

—¡Culo de cristal! ¡Culo de cristal! ¡Culo de cristal!

Se tumbó en el suelo del barco como la vez anterior.

Me volví hacia el patrón.

—Lo siento.

—No hay problema, colega. A mí no me parece muy distinto de un crío, y me da la impresión de que eres el padre perfecto.

Al oír sus palabras, el corazón me latió un poco más fuerte. Eso era lo último que esperaba oír.

El barco era divertido; la isla, preciosa; el tiempo, magnífico. Y además había alcanzado el éxito en mi misión... Estaba a punto de devolver a Tang al hogar que le correspondía, en el que lo repararían y sería feliz. Sin embargo, volví a experimentar una sensación oprimente al pensar en regresar a casa sin él. Por primera vez me pregunté si yo sería feliz sin Tang. La respuesta flotaba en una niebla tenebrosa, fuera de mi alcance. No lo sabría hasta que me separara de él.

Observé al patrón, que se volvía hacia Tang de vez en cuando para señalarle un arrecife o un oscuro banco de peces que se acercaba. Tang se bebía todas y cada una de sus palabras, pateando y chillando cada vez que aparecían las vistas prometidas. El patrón estaba en lo cierto: era como un niño. Supongo que siempre lo había sabido, pero como me había pasado la vida tratando de evitar a los hijos de mi hermana y tenía poca experiencia con niños no había pensado en ello. Todo aquello hacía que me resultara más doloroso imaginarme cogiendo el barco de vuelta a Palaos solo, sin mi pequeña caja de metal a mi lado, tal vez dentro de pocas horas.

Me agaché, tendí mi cuerpo sudoroso junto a Tang sobre el suelo fresco y me puse a contemplar los peces con él.

El patrón nos dejó en un pequeño malecón de la playa. A Tang le costó bajar del barco, y después de hacerlo miró alrededor con el ceño fruncido. Yo esperaba de él un poco más de alegría cuando consiguiera entender adónde íbamos. Pensaba que se daría cuenta de que habíamos llegado por fin al lugar donde podrían cambiarle el cilindro y podría dejar de preocuparse por el nivel de su fluido. Donde yo podría dejar de preocuparme. Como de costumbre, ¡oh sorpresa!, no lo había pensado bien. ¿Qué haría cuando él cayera en la cuenta? ¿Decir «¡tachán!»?

Habíamos recorrido tan deprisa como nos era posible unos cincuenta metros de playa blanquísima, Tang con su pañuelo anudado y yo con mi panamá, cuando divisé una figura a lo lejos. Entornando los ojos por el sol, vi que la figura se acercaba. Entonces me percaté de que corría y de que era un hombre. Le eché una ojeada a Tang. Miraba fijamente hacia delante y había dejado de caminar. Empezó a balancearse de un pie al otro, pero yo no sabía por qué; dado el terreno por el que andábamos, quizá se estuviera hundiendo.

—Tang, ¿sabes quién es?

—Sí.

—¿Quién?

Tang no contestó. Con los párpados bajos y las pinzas cerradas en un puño, se quedó mirando al hombre, que se aproximaba a buen paso.

—¿Quién es, Tang?

Hubo otra pausa, y luego llegó el nombre:

—Agosto.

—Otra vez no, Tang...

Me dedicó una de las miradas de Amy. Sin embargo, como de costumbre, seguí sin comprender.

—¿Quién es, Tang?

—¡Agosto! Agosto... agosto... ¡agosto!

—¡Muy bien, estamos en agosto! Se lo preguntaré a él cuando llegue.

El hombre ya estaba cerca, lo bastante cerca para que yo pudiera distinguir que medía unos dos metros de estatura. Le calculé unos sesenta años. Llevaba un sombrero de paja roto, y por lo demás iba adecuadamente vestido para una playa tropical, con pantalones cortos de lona y una camisa blanca de estopilla, e iba descalzo. Como era de esperar, estaba muy bronceado. Agitó el brazo hacia nosotros mientras corría y vociferó algo que no entendí en las primeras ocasiones pero que resultó ser:

—¡James! ¡Oh, Dios mío! No puedo creerlo... ¡James, no esperaba volver a verte!

¿James?

Al llegar hasta nosotros, el hombre cayó de rodillas y estrechó entre sus brazos a Tang, que permaneció rígido con los brazos bajados. Sin arredrarse por la fría reacción del robot, empezó a observarlo, inspeccionando todos y cada uno de sus arañazos y abolladuras. No se le escapó la raída cinta americana que le cubría la tapa.

—En nombre de Dios, ¿qué te has hecho, James? —Trató de retirar la cinta, pero Tang colocó un brazo encima de su tapa y gruñó, un sonido grave que yo no había oído hasta entonces—. James, deja que la mire; deja que la arregle.

—No.

—James, por favor…

—¡No!

En el rostro de Tang se dibujó una mueca enojada y decidida.

La escena resultaba incómoda. Yo no entendía la resistencia de Tang ante el hombre, puesto que era evidente que se preocupaba por él.

—Tang, tu cilindro… deberías dejar que lo mirara —dije, pero la pinza de Tang se quedó donde estaba.

Mis palabras desviaron la atención del hombre, que se puso de pie y estrechó mi mano vigorosamente.

—Lo has encontrado. Muchas gracias. No puedo decirte lo aliviado que me siento. ¿Quién eres?

—Ben —contesté sin saber qué pensar del desconocido, que seguía estrechando mi mano.

—Lo siento muchísimo. Debería haberme presentado primero. August Bollinger, a tu servicio. La gente suele llamarme Bollinger.

¿August?

Tang me había dicho desde el principio quién era su propietario… pero yo no le había entendido.

—Tang, ¿por qué no dijiste algo?

Mi amigo se encogió de hombros y sacudió la cabeza.

—¿Adónde creías que íbamos todo este tiempo? Sabías que estábamos buscando a alguien que pudiera arreglarte.

Tang se rascó la cinta americana con la vista clavada en el suelo y tardó unos instantes en responder.

—Vacaciones.

Bajé la cabeza. No se me había ocurrido decirle adónde

íbamos. Simplemente supuse que lo sabía tanto como yo. Tampoco me había parado en ningún momento a preguntarle por qué se había marchado. De pronto pensé que quizá me hubiese comportado así con Amy durante todo el tiempo que pasamos juntos.

Mientras Tang y yo hablábamos, Bollinger daba vueltas a cuatro patas sobre la arena caliente alrededor del robot, examinándolo aún más de cerca. Yo había acertado en una cosa: el propietario de Tang parecía haberlo echado de menos.

La revelación de «August» me había hecho olvidar lo urgente que era reparar al robot, pero al ver a Bollinger inspeccionar el cuerpo metálico de Tang recordé para qué estábamos allí.

—Por favor —le dije a Bollinger, nervioso—, alejémonos del calor. No es bueno para Tang… tiene roto el cilindro del refrigerante y casi no queda fluido. Ya ha estado muy enfermo…

Me interrumpí. No deseaba revivir la preocupación del último mes.

—Por aquí —dijo Bollinger, asintiendo con la cabeza, y luego añadió dirigiéndose a Tang—: Ven.

El robot permaneció absolutamente inmóvil. Luego, mirándome con intención, enderezó el cuerpo y echó a andar por la playa en dirección al lugar del que había venido su amo.

Hice ademán de seguir a Tang, pero Bollinger me apoyó una mano en el pecho.

—Cuando está así lo mejor es dejar que se marche. Ya se le pasará.

Me irritó que Bollinger pensara que podía decirme cómo manejar a Tang. Por otro lado, Tang caminaba por la playa tan desafiante como si encabezara una revolución y no parecía estar de humor para hablar conmigo.

—Ven —dijo—, sigámoslo a una distancia segura y hablaremos.

Asentí con la cabeza y echamos a andar.

—En primer lugar, ¿puedes decirme por qué lo llamas Tang?

—Es su nombre, ¿no? ¿Por qué lo llama usted James?

—Porque ese sí es su nombre.

—¿Por qué James?

—Algún nombre tenía que ponerle. Creo que ayuda a desarrollar la personalidad. Escogí James porque me gusta.

—Cuando llegó a mi jardín no paraba de decir «Tang» y «August», aunque yo entendí «agosto». Por otra parte, responde al nombre de Tang. Nunca me ha dicho que se llamara James.

—Me parece que hay muchas cosas que no te ha dicho.

Era cierto y yo lo sabía, aunque claro, no se me había ocurrido preguntar.

—Supuse que «Tang» era una pista sobre quién era él y de dónde procedía, pero resulta que la que yo pasé por alto, o sea, «August», era la única relevante.

—Yo no diría eso… es complicado, pero creo que seré capaz de explicártelo. ¿Puedo ofrecerte cena y una cama para pasar la noche?

Extendió el brazo con ojos risueños.

«Es lo menos que puede hacer», pensé, pero contuve mi lengua.

Encontramos a Tang encerrado en un armario, junto a la entrada de la impresionante casa en blanco y negro de Bollinger, que no resultaba visible desde la playa. Entramos y el propietario cerró la puerta. Acto seguido se dirigió al armario.

—Estará aquí dentro —dijo Bollinger.

—¿Cómo lo sabe?

—Cuando se enfadaba conmigo siempre venía aquí. —Llamó con los nudillos a la puerta del armario—. ¿James? ¿James? ¡Abre la puerta!

Hubo una pausa.

—Tang —se oyó una vocecilla metálica procedente del interior.

—Te llamas James. ¿No te acuerdas?

—Sí.

—Entonces te llamaré James.

—No.

—Sí.

—¡No! ¡Tang! Tang... Tang... Tang... Tang... ¡Tang!

Debería haber sido más maduro y no alegrarme, pero no lo fui.

—Se pone así cuando no quiere ceder, Bollinger. Le sugiero que le dé lo que él quiere.

Bollinger me dirigió una mirada inquisidora y luego suspiró.

—Muy bien, «Tang», si ese es ahora tu nombre. —Pronunció el nombre con un énfasis innecesario, y comprendí que yo no era el único con problemas de madurez. Continuó—: ¿Quieres salir a hablar con nosotros?

—No.

—¡Sal!

—¡No!

—¡Sí!

—¡No! No... no... no... no... no... ¡no!

—Vale, pues ya te veremos después. Te acompañaré a tu habitación, Ben.

Lo dejamos allí. Detrás de nosotros se oyó un pequeño chasquido cuando Tang abrió la puerta, pero no salió.

Bollinger me condujo a través de su inmensa y brillante casa de una sola planta, que tan poco concordaba con la belleza natural del exterior. No estaba hecha con materiales locales, desde luego. Aquel hombre se había pasado su vida laboral en compañía de soldaduras y de acero, y se notaba. Me pregunté por qué iba a querer construir un solitario una casa tan amplia, y la respuesta llegó enseguida.

—Te estarás preguntando qué hago viviendo con todo este espacio. Ya sé que un hombre en mi situación no lo necesita, pero me pasé tanto tiempo trabajando en oficinas estrechas y laboratorios minúsculos que cuando me trasladé aquí decidí que nada me impedía construir la casa de mis sueños. Así que lo hice. Entonces me pareció buena idea, pero en ausencia de Tang… la encontré demasiado grande. Sin embargo, ahora está aquí, gracias a ti.

Me condujo por un corredor y se paró de repente al volver una esquina.

—Aquí —me indicó—. Creo que este es el cuarto de invitados más bonito de la casa. Te dejaré descansar un rato. ¿Dónde os alojabais? ¿Tienes algo para lavar? Me temo que no tengo un Lavabot, nunca fabriqué ninguno, pero tengo una lavadora… si no te importa esperar mientras se secan tus cosas.

Le dije dónde nos alojábamos y le expliqué que habíamos dejado la habitación ya que tenía previsto volver a casa tan pronto como me fuese posible. Agradecí su oferta de ayudarme con la colada y le entregué la ropa de mi mochila que consideré menos limpia.

El cuarto de invitados era más bien una suite, con un amplio vestidor y el espejo de pie más grande que había visto en mi vida. A la derecha de la puerta había un sofá de cuero negro con un taburete a juego desde el que podías disfrutar a través de unos ventanales de las vistas a una pared de verde follaje tropical. Era seguramente el mejor hotel en el que me había alojado jamás.

Lo que más llamó mi atención fue la cama, un mueble de acero con dosel y sábanas blancas como la nieve que se dignó aceptar mi cuerpo cuando me dejé caer encima. Tumbado en la cama, me sentía confuso. Tanto Kato como Tang estaban enfadados con Bollinger, y por lo que Cory había dicho en California existía la posibilidad de que le hubiera dado a Tang deliberadamente una constitución inferior. Por otro lado, se había mostrado encantador y parecía haberse preocupado de verdad por el robot. No tenía sentido. Necesitaba respuestas, pero más tarde... después de dormir un poco.

19

Champán

Cuando desperté era de noche. El sueño me había venido bien. Estaba más triste que antes, pero me sentía más ligero. Al fin y al cabo, había conseguido algo por primera vez en mi vida, y ese logro le había salvado la vida a Tang... tan pronto como se dejara cambiar el cilindro. Pero me sentía algo vacío. Él seguiría en el armario, y no sabía muy bien si dejar que saliera solo o ir a suplicarle. Ni siquiera sabía si me correspondía ya a mí hacerlo. Bollinger volvía a ser el dueño de Tang, y yo solo era un invitado. Sentí un nudo en el estómago.

Por hacer algo constructivo empecé a meter en la mochila el resto de la ropa. Mientras lo hacía me di cuenta de que llevaba todo el viaje cogiendo cosas solo de la parte de arriba. De pronto sentí curiosidad por ver qué más había metido en la mochila semanas atrás. Al vaciar el contenido sobre la cama, vi que había escogido una serie de prendas totalmente inadecuadas. En particular, sacudí la cabeza ante los brillantes zapatos negros de vestir que nunca me ponía en casa y menos aún iba a ponerme en un viaje con mochila alrededor del mundo. Un artículo más sensato cayó en mis manos: un par de pantalones cortos que había guardado en la mochila aunque hacía años que no me los ponía. Debería haberlos llevado puestos ahora. Les di unas vueltas para comprobar que estuviesen limpios y al hacerlo cayó algo de un bolsillo. Era un corcho de champán. Solté los pantalones y cogí el corcho frunciendo el ceño. Me lo acerqué a la nariz para inhalar su olor y acudió a mi mente una Amy más joven.

Conocí a Amy en una cena en casa de Bryony. El condado sufría su ola de calor anual, la que siempre pilla a la gente desprevenida; los hospitales se llenan de hombres sin camiseta con el torso morado, chicas borrachas con deshidratación severa y jubilados calvos con insolación. Bryony dijo que montaba una «fiesta al fresco» y yo pensé que era una barbacoa, así que me puse unos pantalones cortos... y, por cierto, la misma camisa blanca de algodón que llevaba en el viaje por carretera. Pero los pantalones cortos son lo principal. Hasta que llegué no tuve ni la más remota idea de la metedura de pata que iba a cometer.

Bryony me abrió la puerta con una mano. Con la otra sostenía una copa de champán. Iba vestida con un sencillo y práctico vestido negro y un collar de perlas de nuestra madre, pero no se me ocurrió que hubiese disparidad alguna entre la elegancia de nuestra vestimenta.

—Llegas tarde.

—Ya lo sé. Está de moda —le dije.

Levantó una ceja.

—¿Qué llevas puesto?

—¿A qué te refieres? Llevo pantalones cortos.

—¿Por qué llevas pantalones cortos?

—Porque hace calor. ¿Por qué crees que llevo pantalones cortos?

—Pero es una cena.

—Dijiste que era una barbacoa.

—No dije eso, dije que era una fiesta al fresco.

—¿Es que no es lo mismo?

—No, claro que no. ¡Oh, por el amor de Dios, Ben! ¿Nunca escuchas? No estarías nada mal si te arreglaras un poco.

—Gracias —dije.

No era la primera vez que me decía eso, y seguramente no sería la última. Suspiró con aire dramático, pero aun así se apartó para dejarme entrar. Me sentí aliviado; había pensado por un momento que iba a obligarme a volver a casa para cambiarme, como un escolar que se ha confundido y acude sin uniforme en un día de clase normal.

—¿Qué voy a decirles a los demás invitados?

—Diles que ha habido un malentendido.

Bryony arrugó su nariz redonda y levantó una ceja. Evidentemente, mi solución no era lo bastante buena. Me condujo a su amplio salón, abierto al jardín, inspiró hondo y me anunció.

—Atención todo el mundo, este es mi hermano pequeño, Ben. Entendió mal lo de la fiesta en el exterior, perdón.

Se echó a reír. Todos los presentes se rieron también. Recordé por qué odiaba con todas mis fuerzas las putas fiestas de Bryony... es más, todo su mundo.

No todo fue malo. Había una chica junto a las cristaleras abiertas. No la veía bien; me lo impedía la luz del sol procedente del jardín, pero aun así me percaté de que no se reía de mí como los demás. En ese instante decidí que pasaría la velada con ella. Si alguien me obligaba a hablar con otra persona, me lanzaría a la piscina climatizada de Bryony y Dave e intentaría ahogarme. En cuanto me soltó Bryony, fui directamente hacia la chica.

—Soy Ben.

Le tendí la mano.

—Ya lo sé.

La estrechó. Sentí una chispa de emoción.

—Ahh... ¿cómo lo sabes? —pregunté, confiando en que mi tono fuese sensual.

—Acaba de decirlo Bryony.

«Oh.»

—¿Quién eres tú? O sea, ¿cómo te llamas?

Justo entonces Bryony golpeó su copa de champán con una cucharilla y se apagó el murmullo de risas y conversación agradable.

—Amy, ven aquí.

La chica que estaba a mi lado sonrió y avanzó hacia ella. Entonces pude verla mejor. Era unos treinta centímetros más alta que Bryony y por lo tanto un poco más baja que yo, y su complexión era entre delgada y media (más tarde me enteré de que se consideraba más bien regordeta, porque lo había sido de niña). Era guapa, y llevaba su pelo rubio muy bien peinado, aunque las puntas rebeldes me hicieron pensar que debía de esforzarse mucho para mantenerlo así. Era muy diferente de la profesional elegante y arreglada que me dejó años después.

—Atención todo el mundo, esta es mi flamante mejor amiga —empezó Bryony, ya un poco achispada, evidentemente, pues de lo contrario nunca se habría mostrado tan emotiva delante de tanta gente—. Esta noche es nuestra invitada de honor, ¡porque acaba de obtener el título de procuradora!

Hubo una explosión de aplausos y Amy se ruborizó. Obtener el derecho a ejercer en tribunales superiores seguía pareciéndome una especie de competición entre pijos para pagarse rondas, pero decidí que ese no sería el tema de mi charla con Amy.

La Invitada de Honor murmuró un «gracias» ante la animada multitud.

—Dave, pásame una botella, por favor.

El marido de Bryony hizo lo que le pedía. Si mi hermana hubiese querido ser elegante habría puesto un paño sobre la botella antes de abrirla. Pero en esta ocasión no lo hizo. Quería hacer florituras. Descorchó la botella con ese leve gesto de la mano que solo puede lograr el bebedor de champán realmente experto, y todo el mundo chilló cuando la bebida desbordada cayó en una bandeja de copas que el eficiente Dave había acercado justo a tiempo. Contra toda expectativa, fui yo quien atrapó el corcho al vuelo.

Cuando digo «atrapó», lo que quiero decir en realidad es que levanté las manos para impedir que el disparo de mierda, o tal vez magnífico, de Bryony me diera en la tetilla. Siempre fue más robusta que yo y nunca entendía lo que hacía daño y lo que no, incluso cuando éramos pequeños. Era como un rinoceronte: directa, rectangular y musculosa.

Amy aceptó una copa de la bandeja de Dave y, para mi sorpresa, volvió tímidamente hacia donde estaba yo.

—He pasado vergüenza —dijo.

—Mi hermana es así. Lo siento.

—No lo sientas. En realidad es muy amable. Si quiere armar jaleo, que lo arme, no me importa. Mis padres no acaban de entender a qué se dedica un procurador, así que se han quedado como estaban. Es agradable que alguien reconozca tu esfuerzo.

—Toma —dije—. Es el corcho de la botella... deberías guardarlo. Así siempre recordarás esta ocasión. Me refiero al día en que alguien reconoció tu esfuerzo.

Le entregué el corcho.

—¿Lo has cogido tú?

—Pues... sí.

«¿Por qué no?»

—Quédatelo. Guárdalo para cuando esté desanimada, así podrás enseñármelo y me recordará este día.

Sonrió. Sonreí.

Y así nos conocimos Amy y yo. Seis meses después de que mis padres murieran, cuando Bryony empezaba a emerger de su pena y yo seguía preguntándome por qué no sentía ninguna. La carrera profesional de Amy estaba a punto de despegar, y con ella su confianza en sí misma, mientras que la mía se había quedado en la cuneta pocos días antes, cuando el director de mi tesis de veterinaria me dijo que me fuera para «aclarar mis ideas» y luego volviera. No había hecho ni lo uno ni lo otro.

Mientras llenaba una mochila en la isla remota de un inglés excéntrico del sur del Pacífico, me asaltó un pensamiento deprimente: todavía conservaba el corcho.

Sin pensar en nada más, me saqué el móvil del bolsillo y marqué el número de Bryony. Lo cogió Annabel, mi sobrina.

—Hola, Annabel, soy Ben.

—¿Qué Ben?

—Tu tío Ben.

—Ahhh, hola, tío Ben.

Oí un alboroto de fondo y un fuerte ruido de pisadas que solo podía estar causado por mi hermana. Luego hubo unos murmullos, durante los cuales escuché «Dámelo», y acto seguido se puso Bryony.

—¿Dónde demonios has estado todo este tiempo? Te marchaste sin decirle ni una palabra a nadie; pensamos que estabas muerto, pensamos que te habías suicidado... pensamos que el robot te había matado. ¿Dónde estás? ¿Estás bien? ¿Estás en casa?

Y así sucesivamente. Dejé que despotricara durante unos minutos. En realidad no me molestaba la bronca, y de hecho me alegraba mucho de saber que le importaba lo suficiente para preocuparse.

—Estoy perfectamente, Bryony, de verdad...

—¿Estás en California?

—No...

—Entonces, ¿dónde estás?

—Si me dejas meter baza te lo digo.

Silencio.

—Estoy en Micronesia.

—¿Dónde está eso?

—En el Pacífico. Estoy en una isla. Es una larga historia. Estoy con el robot y un hombre llamado Bollinger. —Al decirlo comprendí que mi explicación suscitaba más preguntas de las que contestaba, pero no tenía tiempo para extenderme—. Bryony, escucha, ahora no tengo mucho tiempo para hablar, pero volveré pronto e iré a verte, te lo prometo. Por ahora... —Hice una pausa, casi temiendo la respuesta a mi pregunta—, ¿sigue ahí Amy?

—Sí, pero...

—Por favor, Bryony, ¿puedo hablar con ella?

—No estoy segura de que vaya a beneficiaros a ninguno de los dos. No es buen momento, Ben.

—Por favor.

Hubo una pausa.

—Espera.

Oí que dejaba el teléfono a un lado y unas pisadas que se alejaban, antes de que otro par de pisadas, esta vez más ligeras, más airosas, llegaran a mis oídos. Amy cogió el auricular.

—¿Ben?

Parecía insólitamente tímida.

—Amy, me alegro de oír tu voz.

—Ben, hace siglos... ¿por qué no has llamado antes? Todos hemos estado muy preocupados por ti.

—¿Todos?

—Sí, todos. ¿Dónde estás?

—En una isla del Pacífico, pero, mira, no llamo por eso...

—¿Estarás aquí en Navidad?

A medida que hablaba iba mostrándose más segura de sí misma. Volvía a parecer Amy... mi Amy.

—No lo sé. Sí. Seguramente. Pero escucha... He estado pensando mucho en ti. Quería decirte que lamento mi parte de culpa en la ruptura. Entonces no sabía qué había hecho mal, pero ahora lo entiendo. He podido verme a mí mismo un poco a través de tus ojos y puedo entender lo frustrante que debe de haber sido vivir conmigo. ¿Puedes perdonarme? Por favor, perdóname.

Hice una pausa para darle la oportunidad de reaccionar, pero hubo un silencio.

—¿Amy? ¿Sigues ahí?

—Sí, Ben. Yo también lo siento. Claro que te perdono… Tampoco es que sea muy fácil vivir conmigo, y no tomé en consideración tus sentimientos tanto como debía.

—Entonces, ¿está arreglado? ¿Podemos arreglarlo, Amy?

Silencio de nuevo. Entonces supe lo que ella iba a decir.

—Ben… He conocido a una persona.

Al oír esas palabras me pareció que se me hacía un agujero en el estómago, aunque no resultaban nada sorprendentes.

—Ah. ¿Alguien que yo conozca?

—Es un amigo de Dave, de cuando estudiaba en Cambridge. No lo digas: cómo va a salir bien una relación entre Cambridge y Oxford, ¿no? —Se rió, pero fue un sonido delicado y nervioso—. Es cirujano. De hecho, ahora está aquí.

Cómo no, pensé.

—Pues me alegro por ti, Amy, en serio.

Y en cierto modo así era. Daba la impresión de que tenía al hombre que siempre había querido, y no a uno que solo encajaba sobre el papel. El tipo daba la impresión de ser ambicioso y decidido.

—Gracias —dijo en voz baja. Y luego—: Ben, espero que podamos seguir siendo amigos.

Me acordé de mi monólogo ante Tang tantas semanas atrás, cuando decidí que nunca más quería volver a ver a ninguna de aquellas personas. Estaba dolido y borracho, pero sobre todo dolido, y lo había dicho muy en serio. Luego pensé en todo el tiempo que había pasado con Tang, lo que sentía hacia él ahora y lo que sentía hacia mí mismo.

—Claro, Amy… ¿por qué no?

Y lo decía en serio. Pero no por eso dejé de llorar.

20

Avería

Me quedé mirando mi móvil durante mucho rato después de poner fin a la llamada, y permanecí sentado en el borde de la cama durante más tiempo todavía. Oí un estrépito en el pasillo, y al cabo de un instante Tang apareció en la habitación.

—Ya no enfadado con Ben.

Me enjugué los ojos.

—Gracias, Tang, me alegro.

Se acercó y me miró fijamente.

—Ben tiene cara mojada.

—Sí, Tang.

—Ben pierde como perro pequeño. ¿Ben está averiado? ¿Ben está rompido?

—No estoy roto, Tang, no te preocupes. Bueno, quizá sí, pero me pondré bien.

—¿Tang puede arreglar?

Sonreí.

—No, no creo que pueda arreglarlo nadie, pero gracias.

—¿Cómo está rompido Ben?

—Roto, Tang. Acabo de hablar con Amy por teléfono. Pensaba que tal vez... bueno, pensaba que tal vez podría volver a vivir conmigo, pero ahora quiere a otra persona. Llego demasiado tarde.

—¿Por qué Amy no quiere a Ben?

Apoyé la palma de la mano sobre su cabeza.

—Es complicado, Tang. La explicación sencilla es que yo no era el hombre adecuado para ella. No podía hacerla feliz.

Tang me miró preocupado, balanceándose de un pie al otro.

—Mí no entiende.

—No pasa nada. No tienes que entenderlo. La casa va a estar muy vacía cuando vuelva, sin Amy… y sin ti.

Mis ojos volvieron a llenarse de lágrimas.

—¿Sin… mí? —dijo Tang, mirándome con el ceño fruncido.

O al menos me pareció que fruncía el ceño. A veces creo que proyectaba expresiones en el robot, llenando las lagunas de su capacidad física con lo que suponía que debían de ser sus sentimientos. O tal vez fuesen simplemente los míos.

Bollinger llamó a la puerta.

—¿Ben? Lamento molestarte, muchacho, pero he pensado que querrías saber que la cena estará lista en un cuarto de hora.

Me froté los ojos.

—Esto… gracias. Enseguida voy.

Los pies descalzos de Bollinger se alejaron por el corredor.

—¿Puede quedarse Tang aquí dentro? —me preguntó.

—Sí, claro que puedes. Ahora voy a comer algo y a charlar con Bollinger, pero volveré más tarde. Entonces hablaremos.

A pesar de mi melancolía, la idea de una comida casera me animó, y fui serenándome mientras recorría el frío bloque de pasillos de la casa de Bollinger. Una sucesión de puertas daba a otras tantas habitaciones vacías y espaciosas. Abrí una puerta y encontré un motor de motocicleta en el centro de la estancia, colocado sobre una lona; abrí otra y vi una especie de biblioteca con estantes vanguardistas consistentes en simples pilas de libros aguantándose solas. Pasé junto a una habitación con la puerta abierta, así que me asomé. Sin embargo, me arrepentí al instante al ver un par de piernas metálicas sin cuerpo que me causaron un escalofrío. Era evidente que estaban destinadas a alguna clase de individuo robótico pero nunca llegaron a utilizarse. La habitación estaba llena de polvo.

Finalmente, llegué al comedor, solo identificable gracias a la mesa, tan larga como si estuviera pensada para celebrar conferencias y con unos incoherentes candelabros de cristal colocados en cada extremo. De hecho, la estancia parecía más bien una elegante sala de juegos, y me pregunté si habría algún botón que al pulsarse imprimiera una rotación a la mesa para revelar un tapete y una ruleta; si en realidad Bollinger no sería un solitario sino el dueño de un garito de juego. Pero no, solo era un hombre con una colección de cosas dispares, un hombre cuyo cerebro saltaba de una afición a otra, con dificultades para concentrarse. De hecho, no parecía muy diferente de mí. Sea como fuere, Bollinger había hecho enfadar a dos de mis amigos, así que tenía mucho terreno que recuperar.

Apareció mientras yo observaba la mesa. Llevaba dos copas de vino grandes y delicadas y un delantal Le Creuset de color azul marino, con un paño de cocina a juego sobre el hombro. Se me quedó mirando.

—¿Estás bien, muchacho? Pareces muy abatido.

Le dije que estaba perfectamente.

—Es pollo —dijo, cambiando de tema.

—Estupendo. Seguro que estará delicioso.

—No tengo gran cosa en mi repertorio para más de un comensal. El pollo en una especie de salsa es lo que mejor se me da.

Me señaló un asiento con un gesto y me sirvió media copa de vino tinto con aspecto de ser caro de una licorera ya colocada sobre la mesa. Acto seguido salió de la habitación y regresó con dos cuencos de comida humeante. Justo lo que había dicho: pollo en una especie de salsa, con algo como judías verdes. Luego se acomodó y me indicó que comiera.

Creo que ni él ni yo sabíamos cómo empezar a decir lo que queríamos decir, ni cómo continuar una vez que empezáramos. No todos los días tienes que preguntarle a un ingeniero que fue una eminencia qué hizo para que un robot huyera y contarle además por qué te has presentado sin avisar en su isla... Creo que el silencio razonablemente cómodo que mantuvimos durante la cena dijo mucho en favor de los dos. Bollinger terminó antes que yo, dejó sus pesados cubiertos sobre su cuenco y exhaló un gran suspiro antes de hablar:

—Supongo que Kato te diría lo que ocurrió. Hablaste con él, ¿no?

—Sí, algo me dijo, aunque supongo que no todo.

—No debería haberte dicho nada.

Bollinger pronunció esas palabras con voz sombría, y por primera vez me puso nervioso. Sentí que debía defender a Kato, así que me eché un poco hacia atrás.

—No fue gran cosa. Me dijo que usted y él y trabajaron juntos para East Asia AI Corporation hasta que se produjo un accidente, y que luego el proyecto se anuló y despidieron a todo el mundo con acuerdos generosos. Eso es todo.

Bollinger asintió con la cabeza.

—El bueno de Kato —respondió irónicamente.

—No lo entiendo. Tanto Kato como Tang están enfadados con usted. ¿Por qué, Bollinger?

—Querido muchacho, no creo que te convenga saberlo. Hazme caso: es mejor que no te lo cuente.

—Pero no puedo dejar aquí a Tang a menos que sepa que será feliz. Tiene usted que entenderlo.

Me miró con dureza durante un buen rato, pero me mantuve firme.

—Bollinger, para dejar aquí a Tang voy a tener que saber lo que pasó.

—Como quieras —dijo, levantándose—. Iré a buscar otra licorera; va a ser una noche larga.

—Cuando vine a la isla me lo traje todo —empezó Bollinger—. Supongo que la gente en mi situación suele reducir sus posesiones, pero yo no iba a separarme de nada, ni siquiera de mis viejos cuadernos. Durante años había coleccionado planchas de acero y aluminio de diversos proyectos, y también de titanio y Kevlar, cuando podía sacarlas a escondidas de los laboratorios. Todo vino conmigo.

»Necesitaba tiempo para pensar. Sin embargo, llevar una casa da mucho trabajo, aunque sea nueva. Me hacía falta ayuda, así que reuní todo el acero que había sacado de los laboratorios e hice un robot deprisa y corriendo. Casi literalmente, creo que estará de acuerdo.

—Mmm. —Recordé las palabras de Cory y Kato; ambos opinaban que habían hecho a Tang a toda prisa. Bollinger acababa de confirmarlo—. ¿Ha arreglado el cilindro roto? —pregunté.

Descartó la pregunta con un gesto un tanto lánguido.

—No te preocupes, Ben. Solo necesita un cilindro nuevo y una recarga. Me imagino que el propio Tang podría arreglarlo si supiera dónde se guardan las piezas. Ahora bien, los robots que yo hacía…

Trataba toda la cuestión de mi prolongada misión como si no fuese nada, igual que cambiar una batería o llenar una tetera. Abrí la boca para decirlo, pero siguió hablando.

—No es mi mejor obra. Deberías haberme visto en mis años más productivos. Los diseños que se me ocurrían. Realmente asombrosos, aunque esté mal el decirlo…

Entonces le pregunté otra cosa:

—Espere un momento. ¿Ha dicho que Tang está hecho de acero?

—Sí, ¿por qué?

—El muy mentiroso. Me dijo que estaba hecho de aluminio.

Bollinger se echó a reír.

—¿Así que ha aprendido a mentir?

Había una pizca de orgullo en su cara y en su voz. Tenía razón: Tang había aprendido cosas, y las había aprendido de mí, lo que significaba que tanto lo malo como lo bueno le venía de mí.

—También he notado que ha cambiado su voz —dijo Bollinger—. Lo construí con un mecanismo de voz muy básico, pero de algún modo lo ha desarrollado. Debe de estar escuchando las cualidades de las voces que lo rodean e incorporándolas.

Era cierto. Cuando conocí a Tang su voz era totalmente electrónica y contribuía a dar una impresión global de trabajo escolar. Pero ahora... ahora existían matices en su voz, luz y sombra, y había perdido parte de la aspereza metálica de sus tonos originales.

Sentía curiosidad por saber cómo era posible toda esa evolución.

—¿Cómo es que Tang es sensible, Bollinger? Si solo es un montón de piezas de acero, ¿cómo es que resulta tan... bueno, tan humano?

—No es solo un montón de piezas de acero. Oh, puede parecerlo por fuera, porque yo tenía prisa y monté su armazón en pocas horas, pero por dentro tiene todas las facultades de los sujetos que yo construía antes... antes del accidente. Entre las cosas que traje conmigo estaba el único chip superviviente que hace tan especial a mi inteligencia artificial. Es lo que hace coherente a la tecnología; si quieres decirlo así, lo que hace que funcione. Tang lleva ese chip.

Yo estaba en lo cierto desde el principio: Tang era realmente especial. Era único.

—Entonces, ¿es un chip diferente del que lleva para pasar por los aeropuertos?

—Sí, mi querido Ben; completamente diferente, puedo

asegurártelo. Y de todas formas no lleva uno de esos. No me interesaba ponérselo.

—Espere un momento. En Estados Unidos le dijo al empleado del mostrador de facturación que llevaba un chip. Él lo escaneó y todo. ¿Cómo es posible?

Bollinger volvió a parecer orgulloso.

—Francamente, no tengo la menor idea. Ha aprendido a mentir, quizá haya aprendido a fingir lo que le haga falta para conseguir los resultados que quiere.

—Me parece poco probable.

—¿Por qué? ¿No crees que sea lo bastante inteligente?

—No, Bollinger, no es eso. Es que no creo que sea tan, bueno, tan calculador. Tendría que entender toda clase de emociones humanas para poder sacar esa conclusión: causa y efecto, motivación. Sigue sin acabar de entender el significado de «por qué». Es como un niño.

—No has tratado mucho con niños, ¿verdad?

La pregunta hizo que me sintiera culpable. Me había esforzado mucho por ignorar a mis sobrinos desde que nacieron, y me ofendí.

—No, es cierto, no lo he hecho. ¿Y usted?

—*Touché*. Y la respuesta es no: no tengo hijos. Pero no hace falta ser un experto para saber que un niño que teme la ira de sus padres por un jarrón roto fingirá que no ha sido él el culpable.

Recordé que Tang había roto la maqueta de Lizzie en el museo de Houston. Detestaba reconocerlo, pero Bollinger tenía razón: Tang era más que capaz de conseguir lo que quería. Demonios, había cruzado medio mundo él solo, y yo seguía sin saber cómo. Había tratado de sacarle la verdad antes de emprender el viaje, pero lo que me interesaba ahora era la verdad de Bollinger.

—Me he desviado del tema. Continúe con su historia, por favor. Me estaba usted hablando de su tecnología.

—La tecnología en la que trabajábamos usaba compuestos inorgánicos para hacer materia viva. Los androides que vemos hoy en día, en la casa y demás, no son nada en comparación con lo que yo podía crear. Intentábamos hacer sujetos que fueran robustos por fuera, con exoesqueleto de titanio, etcétera, pero con un nuevo tejido con capacidad de aprendizaje por dentro: vivos y, sin embargo, no vivos. Tendrían algo más parecido a un cerebro humano. No sería humano, por supuesto, pero sería capaz de aprender. Los sujetos poseerían memoria muscular y reflejos de dolor. Sabrían crecer... cambiar.

—¿Qué harían esos sujetos, como usted los llama?

—Bueno, en última instancia los construimos para hacer de todo, desde quitar minas terrestres hasta realizar prolongadas operaciones quirúrgicas u ocupar las primeras líneas en batalla.

—¿Y pensaron que hacer que sintieran dolor sería útil para eso? August, eso es...

—Sé lo que vas a decir, ¡y te equivocas! Vas a ponerte a hablar de ética y todo eso, pero no estás entendiendo nada.

—¿Qué tengo que entender?

—Cuanto más se parecen a los seres humanos mejor desempeñan las tareas humanas. ¡Que sean robots solo significa que no tenemos que preocuparnos por ellos!

Le miré boquiabierto.

—Iban a enviar robots con capacidad de aprendizaje, o sea, androides o como se llamen, no más evolucionados que un niño, a hacer tareas de adultos esperando que pudieran hacerles frente. ¿Qué esperaban que aprendieran? Lo único que les enseñaban era a dañar y ser dañados, ¿y se pregunta por qué salió todo mal? ¿Se paró alguno de ustedes a pensar lo que estaban haciendo?

—Sí, muchos lo hicieron, puedo asegurártelo. Pero todos habían firmado un contrato de confidencialidad. No tenían más remedio que seguir adelante. Hasta el accidente, claro.

—¿Qué pasó exactamente?

—Una noche estaba previsto que los sujetos recibieran instrucción sobre armas de fuego...

—Por el amor de Dios, Bollinger...

—No me interrumpas. Cuando estaban recibiendo aquella instrucción, uno de ellos sufrió un fallo y le disparó a otro de manera accidental. El que había recibido el disparo se enfadó y mató al primero. Entonces se desató el caos y mataron a todos los ingenieros del turno de noche. Uno de ellos disparó contra un conducto de gas y todas las instalaciones explotaron. Quedaron arrasadas.

—¡Oh, Dios mío!

—Por si te lo estás preguntando, Kato estaba en el turno de día. No se encontraba allí, y me alegro. Tiene un gran potencial. Bueno, supongo que lo tenía.

—¿Y cómo sobrevivió usted? Cuenta la historia como si hubiese estado allí, así que logró salir, ¿verdad?

Bollinger guardó silencio.

—Tenía órdenes de parar a los sujetos en caso de avería, y eso fue lo que hice.

—¿Qué quiere decir?

—La mejor forma de pararlos, y también la más rápida, era contenerlos. Y la mejor forma de contenerlos era cerrar las puertas.

—¿Dejó que se quemaran, que murieran?

—Era la mejor forma.

21

¿Hacia ninguna parte?

Transcurrió un minuto entero antes de que pudiera hablar.

—Kato tenía razón. Lo que hizo fue cobarde... imperdonable.

El rostro de Bollinger se ensombreció al oír mi veredicto, y cuando me levanté para marcharme vi que fruncía el ceño y me lanzaba una mirada de cólera. Me asusté.

—De acuerdo —dije—, nos vamos.

—Me temo que no puedo permitirlo.

—Bollinger, no es negociable, tiene que dejar que nos marchemos.

—Lo siento, Ben, me temo que no puedo hacer eso.

El temblor de su voz me dio miedo, pero ignoré sus palabras. Salí a toda prisa del comedor con el corazón desbocado y en el pasillo me encontré con Tang, que venía a buscarme. Al coger su mano fresca al tacto y ver sus ojos brillantes comprendí que el cilindro ya estaba reparado. Tiré de él con firmeza hasta el cuarto de invitados y metí mis pertenencias en la mochila tan deprisa como pude. La mitad de mi ropa seguía en el cuarto de la colada de Bollinger.

—¿Nos vamos, Ben?

—Sí, Tang, nos vamos. Nos vamos ahora mismo. Es muy importante que camines lo más rápido que puedas y no sueltes mi mano.

En el rostro de Tang se dibujó una amplia sonrisa. Mi amigo se puso a saltar de un pie al otro.

Volvimos a recorrer los serpenteantes corredores hasta llegar al vestíbulo. Al otro lado del espacio abierto se hallaba Bollinger.

Me cargué al hombro la mochila y me dirigí hacia la puerta principal. Cuando fui a agarrar el pomo se oyó un estrépito metálico mientras se cerraban tres robustos cerrojos. Nos volvimos para mirar a Bollinger. En su mano tendida sostenía una pequeña caja. Sonreía.

—Cierre por control remoto —nos dijo—. Resulta muy útil si siento pereza; solo tengo que pulsar este botón para que todas las puertas exteriores de la casa se cierren; y las ventanas. Convendrás conmigo en que es una excelente medida de seguridad para un viejo que vive solo. ¡Ah, y yo en tu lugar no tocaría la puerta. Te llevarás un buen calambre.

Miré a Tang. Él también me estaba mirando. Su pinza, temblorosa, apretaba con tanta fuerza mi propia mano que empezaba a hacerme daño.

—Bollinger, no sea ridículo. Abra la puerta.

—No iréis a ninguna parte —replicó—. ¿Por qué no volvéis conmigo al salón y os ponéis cómodos? Ni siquiera tienes tu colada, Ben.

De camino hacia el salón decidí tratar de hacer hablar al anciano mientras ideaba una manera de escapar. Estaba muy interesado en saber por qué tenía tanto miedo de dejarnos marchar, así que se lo pregunté.

Su respuesta fue sencilla.

—Porque conoces el secreto de Tang, o sea, mi secreto. Conoces mi tecnología. No puedo permitir que se lo cuentes a nadie, ni puedo permitir que nadie le ponga las manos encima a Tang. Ese conocimiento no puede salir de aquí, ¿entiendes?

Comprendí horrorizado que el anciano tenía más que ver con la matanza del laboratorio de lo que había admitido.

—¡Oh, Dios, Bollinger! No fueron los androides los que dispararon contra el conducto de gas, ¿verdad? Fue usted. No solo los dejó morir a todos, en realidad los mató deliberadamente. ¡Debería estar en la cárcel!

Bollinger soltó una carcajada.

—Las autoridades no se atreverían a llevarme a juicio. ¡No se atreverían a contrariarme! Tienen miedo de lo que puedo hacer, y tarde o temprano comprenderán que quieren lo que puedo hacer.

Mientras taladraba con la mirada a aquel anciano de pálidos brazos velludos y pobladas cejas blancas, apenas podía dar crédito a mis oídos.

Traté de congraciarme con él.

—Bollinger, me importa una mierda de qué esté hecho Tang y toda su tecnología. Solo quiero llevarme a mi amigo a casa, eso es todo.

El anciano sacudió la cabeza vigorosamente.

—No puedo arriesgarme. Además, necesito el chip para hacer a otros. Tang tenía que quedarse aquí hasta alcanzar un nivel satisfactorio de sensibilidad. Gracias a su creciente relación contigo, ha logrado un nivel adecuado con el que puedo trabajar. De manera que ahora puedo retirar el chip y utilizarlo para crear a otros como él, pero mejores. Tal como tenía previsto.

—Pero eso lo mataría, ¿no?

—No es más que un robot, Ben. La verdad, deberías ser menos sentimental.

—Está de broma. Tiene que estarlo.

Tang tiró de mi mano.

—No broma.

Miré a mi amigo. Parecía muy asustado.

—Ben y Tang encerrados en casa. Ben no debe tocar puerta eléctrica. Por favor.

—Hazle caso al robot, Ben. Él lo sabe muy bien, ¿verdad

que sí, Tang? Esto es lo que ocurre cuando mis criaturas tratan de abandonarme.

—Sí —contestó el robot—. Tang sabe. Tang intenta marcharse porque August lo necesita para hacer androides. Tang no quiere. Androides peligrosos. También August. Tang quiere vida. Tang sabe que August lo necesita. Así que Tang se marcha.

—Tienes vida, caja estúpida. Yo te hice así.

—¡No le hable así! —le grité furioso a Bollinger. Me entraron ganas de darle un puñetazo, pero no sabía qué tecnología podía atacarme—. Quiere decir que quiere una vida, una vida propia.

Me pregunté si habría alguna ventana abierta, y cuando eché a andar para comprobarlo Bollinger se abalanzó hacia mí. El anciano me agarró por detrás, pero me di la vuelta y le aparté de un empujón. Mi propia agresividad me sorprendió. Entonces Bollinger corrió hacia mí como un toro enfurecido; creo que pretendía asestarme un puñetazo. Sin pensar me aparté a un lado, y Bollinger perdió el equilibrio y se desplomó contra la puerta del salón, que al parecer se había cerrado de manera automática al tiempo que lo hacían las puertas exteriores. Se produjo un destello repentino, como un relámpago difuso, y una enorme explosión. De pronto se apagaron las luces y el aire acondicionado.

Por un momento me sentí demasiado asustado y confuso para moverme. Luego se oyó el arranque de un generador y las luces volvieron a encenderse parpadeando.

Bollinger yacía en el suelo delante de nosotros, absolutamente inmóvil. El control remoto se encontraba a su lado, roto en pequeñas piezas inútiles. Toqué el pie de Bollinger con el mío. No se movió. Me arrodillé y le di con el dedo.

—¡Oh, Dios mío, Tang!... Creo que podría estar muerto.

Él echó a andar hacia la puerta con un estrépito de metal.

—¡Tang, vuelve! Hay que llamar a la policía. ¡Oh, Dios,

voy a pudrirme en la cárcel de una isla desierta, lo sé! Tang, tenemos que buscar ayuda.

—No.

—¿Cómo que no?

—Déjalo.

—Tang, no podemos dejarlo sin más.

Me saqué el móvil del bolsillo.

Tang volvió junto a mí y apoyó una pinza sobre mi muñeca.

—No móvil. No pasa nada. No muerto.

—¿Qué?

Señaló a Bollinger con su pinza.

—Duerme. Despierta. Confuso. Luego bien. Electricidad no tan peligrosa. Solo duele un poco.

—¿Cómo lo sabes?

Tang se encogió de hombros.

—Pasa antes. August olvida que cierra puertas. Trata de salir. Pum.

Miré de cerca el pecho del anciano y, efectivamente, respiraba.

—Está como una cabra, ¿verdad?

—Sí —dijo Tang. Levantó una pinza hasta un lado de su cabeza e hizo un movimiento circular con ella—. Loco.

—De todos modos seguimos teniendo un problema, Tang.

—¿Qué?

—No podemos salir.

—Ben no se preocupa.

—Me preocupo, Tang. —Me senté con la cabeza entre las manos. Me sentía fatal por haberlo llevado allí—. Lo siento mucho, Tang.

—Perdona Ben. Ben no sabía. Ben solo espera bien.

—De todas formas me equivoqué, ¿verdad? Tú no querías venir.

—No, pero Ben no se equivocó. Ben tenía razón. Si Ben no hubiera traído aquí, refrigeraciones seguirían rotas. Se habría parado. Ahora me voy con Ben y no me paro. Estoy contento.

Lo estreché entre mis brazos, pero entonces recordé la decisión que había tomado mientras estaba enfermo.

—¡Oh, Dios, Tang! ¿Y si tu cilindro vuelve a romperse? ¿Qué haría yo? ¿Cómo puedo llevarte conmigo a sabiendas de que no puedo mejorarte?

—No, Ben, no me dejes. ¡Nos vamos juntos! —exclamó muy asustado.

Me estrujó los brazos con sus pinzas. Lo miré a los ojos.

—Pero arriesgarías tu vida al alejarte de aquí.

—Sí. Estaría libre y con Ben, no encerrado en casa con August. Además…

Me dedicó una amplia sonrisa cuadrada y abrió su tapa (que seguía estando sujeta con cinta americana). Dentro, encima de un saliente, había dos cilindros vacíos.

—August no arregló —me dijo—, yo arreglo. Cuando me siento en armario. Fácil: quito roto, echo flu-ido en no roto, pongo. Cierro tapa.

»Flu-ido es aceite para cocina. Aceite amarillo —añadió, al no dar yo muestras de entenderlo.

—¿Pretendes decirme que durante todo este tiempo te has estado refrigerando con aceite para guisar? —Lo miré fijamente—. ¿Cómo funciona?

Alzó sus hombros metálicos en un gesto de ignorancia.

—Entonces, ¿sabías que era refrigerante? —dije, pero él negó con la cabeza.

—Sabe importante, sabe qué es. No sabe para qué. Oye decir a hombre en ho-tel. Cuando enfermo. No sabía antes.

Cerré la tapa y lo abracé. Mi alivio se expresó con un torrente de lágrimas, y mientras caían sobre el cuerpo de Tang haciendo clic-clic noté que apoyaba una pinza sobre mi espalda.

Me pasé la mano por la cara para secarme y esbocé una sonrisa sombría.

222

—De todos modos tal vez resulte irrelevante, Tang. Estamos atrapados aquí.

—No.

—Sí lo estamos, Tang.

—Tang dice Ben no debe preocuparse. Tang se marcha antes; Tang y Ben pueden marcharse otra vez.

Miré al robot, cuyo rostro era la viva imagen de la calma.

—Tang tiene plan.

—Pero las puertas y ventanas…

Tang negó con la cabeza.

—No puertas y ventanas. Tapa.

—¿Tapa?

—Tapa.

—Tang, ¿fue así como saliste de la isla la otra vez? —pregunté mientras me llevaba de la mano hasta el armario situado junto a la puerta.

—Sí. Barco de cubos. Ya verás.

—No lo entiendo.

—August no piensa en barco de cubos. August pone basura en cubos y se va, magia. No piensa cómo. Pero Tang sabe.

—¿Quieres decir que todos los desperdicios de Bollinger están en el sótano hasta que viene un barco y los recoge?

—Sí. No buen olor. Pero salida es buena.

—Y entonces ¿nos sentamos en un cubo grande hasta que venga un barco a rescatarnos?

Pretendía parecer más animado de lo que estaba, pero no me salió bien.

—Sí. Barco viene cuando sale el sol. No faltan muchas horas. Ben y Tang con suerte.

Abrió el armario, señaló un panel con un tirador y sonrió.

—Tapa.

—Sí que huele aquí dentro, Tang —dije mientras esperábamos al barco con el trasero encima de un montón de pieles de plátano, viejos periódicos en inglés, huesos de pollo y algún que otro tornillo oxidado.

—Fuerte olor. Tang.

—¿Tang?

—Sí —dijo sonriente.

—¿Te pusiste tu nombre en recuerdo de una mala experiencia?

—No, pongo nombre Tang porque escapo. Porque soy libre.

Me quedé sin palabras, así que le pasé el brazo por los pequeños hombros metálicos y apreté con todas mis fuerzas.

—¿Sabes que Bollinger va a ponerse furioso cuando despierte y vea que nos hemos ido?

—Sí —dijo.

—¿Crees que nos perseguirá?

—No.

—¿Cómo lo sabes?

—No sabe. Pero no persigue a Tang la otra vez, así que no lo hará ahora.

Era lógico, y creo que opté por creerle porque no quería imaginarme al viejo aunque robusto Bollinger cruzando el mundo para atraparme en Harley Wintnam.

—Tienes razón. Aun así, ¿no crees que deberíamos haber pedido ayuda?

—No.

Permanecimos un rato en silencio en la oscuridad, y entonces me acordé de algo:

—¿Por qué dijiste en el aeropuerto que llevabas un chip si no lo llevas?

—Tang lleva chip.

—Bollinger me ha dicho que no.

—Sí.

—Sí, ¿qué?

—No sabe que Tang lleva chip. Encontré chip en barco en androide roto cuando iba hacia Ben. Tomé prestado.

—¿Te pusiste el chip tú mismo?

—Sí. Llego atrás. Empujé.

Señaló el punto que había escaneado el empleado de facturación. Efectivamente, un pequeño objeto metálico del tamaño de un grano de arroz se hallaba encajado debajo de uno de los remaches más flojos. Dado el mal aspecto general del robot, había pasado desapercibido.

—¿Sabías que estaba roto?

—Quizá. Piensa quizá útil, quizá no. Toma prestado igual.

—¿Cómo supiste lo que era?

—Ve an-droide lleva chip.

Se encogió de hombros como si resultara obvio.

—Buen trabajo —dije, a falta de una respuesta más inteligente—. Dime entonces, ¿cómo acabaste en mi jardín? ¿Qué pasó después de que subieras al barco de cubos?

—Fui a sitio con muchas cosas rotas. Sucio. Más fuerte olor.

—¿Y luego?

—Escondí en caja. Gran caja metálica. Oscuro mucho tiempo. Abrieron caja. Escondí detrás de otras cajas. Hombres moviendo cajas, me marché. Subí a tren.

—¿Sabías dónde estabas?

—Bajé de tren. Estaba en sitio de aviones. Donde estuvimos. Me miró.

—¿Heathrow?

—Sí. Subí a autobús. Vi casa bonita. Sin androides. Bajé de autobús. Verja abierta. Miré a través de verja. Vi caballos, un árbol. Senté debajo de árbol. Ben me cae encima.

Me eché a reír al recordar el susto que le di la primera vez que intenté hablar con él.

—Así que conseguiste subir a un buque de transporte de contenedores y viajar de Koror al Reino Unido, vete a saber por dónde, y te quedaste allí todo el tiempo hasta que atracó. ¿No te aburrías?

—Modo de espera. Ajusté para activo con luz.

—¿Quieres decir que te pasaste todo el viaje durmiendo pero te programaste para despertar cuando abrieran el contenedor o algo así? Eso es muy inteligente, Tang.

—Sí.

—¿Y elegiste mi casa porque la viste desde la parada del autobús, te pareció bonita y no viste a ningún otro androide?

—Sí.

—¡Impresionante!

Tang volvió a encogerse de hombros, como si esas cosas le ocurrieran constantemente. Para mí era una prueba más de que Tang resultaba extraordinario, pero seguía siendo un robot, aunque fuese sensible, y para él el viaje era una simple secuencia de acontecimientos lógicos. Si Amy y yo hubiéramos estado ausentes la semana en que llegó, se habría ido a otro sitio.

—Y caballos —dijo Tang, interrumpiendo mis pensamientos.

—¿Caballos?

—Sí. Ve caballos desde el jardín de Ben.

—No entiendo qué tienen de especial los caballos de detrás de mi casa.

Tang se encogió de hombros otra vez.

—Caballos nuevos para Tang. Caballos corren. Parecen libres. Parecen contentos. Pone contento ver.

Estuvimos callados un rato. Luego le pregunté:

—¿Tang? ¿Hice bien en hablarte y llevarte a nuestra casa?

—Sí.

—¿Te habrías ido a otro sitio?

—Quizá. Pero encontré a Ben. Quiero a Ben.

22

De vuelta a casa

El barco vino a buscar la basura esa misma noche, tal como dijo Tang. En su anterior huida, se las había arreglado para viajar de polizón, pero era imposible que los dos nos escondiéramos juntos. Decidí que lo mejor era ponernos a merced de los basureros. La idea de que Bollinger era una especie de loco no supuso ninguna sorpresa para los hombres del barco, y a cambio de un puñado de billetes grandes nos llevaron sanos y salvos al aeropuerto. También dijeron que irían a ver a Bollinger la próxima vez que pasaran para asegurarse de que estaba vivo.

Subimos al mismo avión en el que habíamos llegado. Al final de lo que parecía un viaje muy largo, volvíamos a casa.

El trayecto de regreso a Harley Wintnam fue sobre ruedas, o más bien entre alas. Como recompensa por todo lo que Tang y yo habíamos sufrido, adquirí dos asientos en primera clase.

Llegamos a casa a tiempo para celebrar la Navidad, tal como le había dicho a Amy. Antes de que yo lograra abrir la puerta, Tang cruzó la verja lateral loco de contento y salió al jardín trasero para mirar los caballos. Yo, por mi parte, me sentía inquieto. La casa parecía diferente. Casi esperaba ver a mi padre en la cocina preparándonos sándwiches de beicon mientras mi madre le gritaba a Bryony por dejar los libros del colegio por todo el salón y echaba a nuestro viejo gato de la casa por arañar el sofá.

También esperaba que el felpudo estuviera cubierto de correo, pero me lo encontré pulcramente apilado en la mesa del recibidor. Encima de todo se hallaba un paquete con los regalos que había comprado en Japón.

—Debe de haberse pasado Bryony —me dije.

Sobre una de las pilas de correo había una postal. En ella se veía el museo espacial de Lizzie Katz. En el reverso ponía:

Ben, creo que deberías saber que estoy muy enfadada contigo. No tenías ningún derecho a hablarle de mí a Kato. Dice que debería soltarte a mi nuevo androide. Con cariño, Lizzie. Besos.

P.D.: Ven a visitarnos alguna vez, nos encantará verte.

P.P.D.: Kato dice que cuando fuisteis a cenar también le hablaste de tus estudios de veterinaria. Mueve el culo, Chambers.

—Dame un respiro —dije a la postal—. He recorrido medio mundo.

Pero aprecié el empujón, la clase de empujón que Amy me había estado dando durante toda nuestra vida de casados, la clase de empujón que yo siempre había ignorado. En Año Nuevo tal vez empezara a construir una vida nueva.

Aplaudí la rapidez de Kato y entré en la cocina, busqué el imán de la torre de Londres que había hecho mi sobrino con papel maché y pegué la postal en la nevera. Me sentía eufórico y un poco importante por haber sido yo quien les uniera. Aunque la sensación era agridulce, dadas las escasas probabilidades que tenía de reconciliarme con Amy ahora que había encontrado al hombre de sus sueños.

—Quizá pruebe con una de esas webs de citas —me dije.

Preparé una taza de té y le añadí la leche que había cogido

en Heathrow (un inglés tiene sus prioridades). Al meter la mano en el cajón de la cubertería en busca de una cucharilla, vi mi anillo de casado. Mi mano flotó sobre él unos instantes. Lo cogí y fui a meterlo en la misma caja en la que guardaba mi pasaporte y mi certificado de nacimiento. Aunque no tenía motivos para pensar que volvería a necesitar el anillo, no me parecía bien librarme de él.

No pude evitar ponerme melancólico mientras me tomaba el té, así que telefoneé a mi hermana.

—Ya he vuelto —anuncié, adoptando un tono de voz ligero.

—¿Adónde has vuelto? —preguntó Bryony.

Mentiría si dijera que su reacción no me desanimó un poco.

—A casa... A Harley Wintnam, claro. ¿A qué sitio creías que me refería?

—¡Qué bien! Por fin.

—Gracias por recoger el correo.

—No he sido yo. Amy ha estado cuidando de la casa en tu ausencia. Estaba preocupada.

—¿Sí?

—Por supuesto, todos lo estábamos. Desapareciste sin más. No vuelvas a hacerlo.

—No lo haré.

—Mientras tanto, si has vuelto puedes venir el día de Navidad.

—Oh... Vale... ¿estará Amy?

—Sí, desde luego. Con...

Se interrumpió.

—¿Crees que resultará incómodo?

—No si te comportas como un adulto. Puedes hacerlo, ¿verdad?

—Creo que sí.

—Mejor. Mira, tengo que irme; tengo un montón de cosas

que hacer, pero nos veremos el día de Navidad, ¿vale? Ven a la una.

—Va... —fui a decir, pero ella había colgado.

Al cabo de unos instantes volví a llamarla.

—Me he acordado de una cosa. ¿Puedo llevar a Tang?

—¿Al robot?

—Eso mismo... al robot.

—¿Ha vuelto contigo?

—Sí, ya está arreglado. ¿Puedo llevarlo?

Hubo un silencio mientras Bryony reflexionaba.

—Pues supongo... pero ¿por qué tiene que venir? ¿No estará perfectamente en casa?

—Lo cierto es que no, Bryony. Es... bueno, no es como otros robots. No será ninguna molestia, te lo prometo.

Esa promesa carecía por completo de sentido, pues yo no tenía la menor idea de si Tang sería una molestia o no, pero me pareció que era lo que debía decir.

—Entonces vale, si estás seguro... Supongo que es especial; si no lo fuera no lo preguntarías.

—Así es.

—Espero que nos cuentes dónde has estado todo este tiempo.

—Lo haré, Bryony, os lo contaré todo, aunque no puedo asegurar que vayáis a creerme.

—¡Ah, no lo sé! Dame suficiente champán y te creeré, ya sabes cómo soy.

Me reí.

—Ben —dijo—, me alegro de que hayas vuelto a llamar. Te he echado de menos. Debería habértelo dicho. No ha sido lo mismo contigo tan lejos. A pesar de lo que puedas pensar, estoy muy orgullosa de ti. Puede que yo no hubiera actuado así, pero te recuperaste después de que Amy se marchara. Podrías haberte hecho un ovillo y haberte escondido en un rincón, y sin embargo no fue así. Saliste de viaje. Hace falta valor.

—Bryony, ¿ya has celebrado la Navidad con tus colegas?

—Puede que un poquito —dijo, y soltó una carcajada—. Pero no cambia nada. Sigo estando orgullosa de ti.

—Gracias, Bryony. Eso significa mucho.

Pocos días después de volver a casa cayó la primera nevada del invierno inglés, y Harley Wintnam despertó con un claro cielo azul y una luminosa capa blanca en el suelo. Me vestí y bajé corriendo, busqué mis botas de goma en el armario de debajo de la escalera y, tras comprobar que no tuvieran arañas, me las puse y llamé a mi amigo.

—¡Tang, ven aquí, tienes que ver esto!

Se me había adelantado. Lo encontré con la cara y las pinzas apretadas contra las cristaleras, contemplando el jardín y el prado que había más allá. Ambos habían desaparecido bajo una espesa capa blanca.

—¿Dónde están... caballos?

Miré el prado y, efectivamente, no estaban allí.

—Seguramente estarán dentro, Tang. Hace mucho frío fuera, incluso para los caballos.

—¿Frío? —Se quedó pensativo—. ¿Me gusta el frío?

Reflexioné un momento.

—Seguramente te gustará más que el calor, pero tenemos que asegurarnos de que no tengas demasiado frío.

Parecía raro pensar en la posibilidad de vestir a Tang cuando solía ir por ahí, bueno, supongo que desnudo. Pero no podía dejar que sufriera el equivalente robótico de una hipotermia y debía evitar que se oxidara. Al menos necesitaba un gorro. Y botas de alguna clase.

—Quédate aquí —le dije.

Subí al cuarto de invitados. Retiré el edredón de la cama y entré en mi dormitorio para coger el rollo de cinta americana. No recordaba dónde lo había puesto tras sacarlo de la mochila y acabé encontrándolo en el cajón de la ropa interior, dentro de unos calcetines enrollados. Entonces se me ocurrió regresar al cuarto de invitados y coger también las almohadas. Lo llevé todo al piso de abajo, donde cogí dos bolsas de plástico de la cocina.

—Muy bien, veamos...

Envolví a Tang en el edredón y le di varias vueltas con un trozo de cinta americana.

Me miró parpadeando y trató de moverse.

—Ben... brazos... no puedo moverme.

Hice una pausa, fui al despacho y busqué unas tijeras. Tras vacilar solo un instante, empecé a cortar el edredón y su funda hasta que quedó espacio suficiente para que Tang pasara las pinzas.

—A la mierda, de todas maneras nunca tengo invitados.

Hice algo parecido con las almohadas: corté agujeros lo bastante hondos y lo bastante anchos para que Tang metiera los pies.

—Tang, levanta el pie, por favor, ¿quieres?

Lo hizo, aunque su expresión dejaba muy claro que en este caso no estaba seguro de confiar en mí. Puse una almohada encima de cada pie y una bolsa de plástico que lo cubriera todo, y cuando terminé parecía un cruce entre una oveja y una salchicha metálica envuelta en hojaldre.

—¿Tiene mal aspecto? —preguntó Tang.

—¡Qué va! Queda bien, amigo, no te preocupes. En cualquier caso, es mejor estar caliente y tener una pinta un poco rara que congelarse y ponerse enfermo.

De todas formas, aún quedaba un problema: la cabeza. Volví a la cocina, saqué una funda de tetera del cajón de los trastos y se la llevé a Tang. Cuando mis padres vivían, éramos la única familia que seguía utilizando una funda de tetera, estoy seguro. Mi abuela la había tejido para mis padres porque mi madre se quejaba de que nunca podría encontrar una funda en la que cupiese nuestra enorme tetera. Me alegraba de volver a darle uso.

Tras estirarla un poco, la funda de tetera adquirió más o menos el tamaño de la cabeza cuadrada de Tang. Aunque los dos orificios para el pitorro y el asa desentonaban, dispuse la funda de forma que quedaran sobre las rejillas de los oídos, y casi pareció que lo había hecho a propósito. Me levanté y lo miré. Estaba un poco ridículo, aunque no se lo dije.

—Venga, Tang, vamos a jugar en la nieve.

—¿Por qué?

—Porque es divertido.

—¿Por qué?

—Mira, ya lo verás, ¿de acuerdo? Confía en mí.

Abrí las cristaleras y salí al exterior. A punto estuve de resbalar y caer de narices en la terraza, donde la nieve era inestable debido al calor de la casa.

—Cuidado, Tang, está resbaladizo.

—¿Resbaladizo?

—Esto… quiero decir que patina. Te caerás si no te agarras y caminas con mucho cuidado.

Cogí sus pinzas y le ayudé a cruzar el umbral de la cristalera.

—¿Por qué es divertido?

—Bueno, esta parte no es tan divertida, supongo, pero más adelante sí lo será.

—¿Cuándo?

—Pronto, ¿vale?

Era más difícil de lo que esperaba. En mi mente había imaginado a Tang abriendo las cristaleras de un tirón, saliendo de un salto hasta aterrizar boca abajo en la nieve y poniéndose enseguida a hacer ángeles de nieve. Pero si eso había de ocurrir algún día no iba a ser aquel.

Cruzamos la terraza y bajamos hasta la hierba. Tang notó al instante el frío que atravesaba las almohadas.

—Oooh… brrr…

Su cara me indicó que seguía sin encontrarle la gracia.

—Sí, brrr… desde luego.

Decidí crear yo mismo la diversión, así que solté su mano, hice una bola de nieve y se la lancé. Impactó en el edredón con un ruido sordo y él soltó un chillido mientras agitaba los brazos descontroladamente.

—Ben, ¿por qué?

Me eché a reír.

—¡Porque es divertido! ¡Por eso!

—¡No!

—Vale, ¿y esto?

Recogí algo de nieve a pocos metros de él y empecé a formar un cubo.

—Ayúdame a apilar la nieve, Tang. Así.

En cuanto su pinza tocó la nieve la retiró, confuso.

—No pasa nada, Tang. Está fría, pero es normal. No te hará daño, te lo prometo.

Pareció dubitativo, pero de todos modos hizo lo que le pedía. Creo que había decidido seguirme la corriente.

Ampliamos el cubo hasta que tuvo la misma altura que Tang. Entonces me aparté e hice otro cubo más pequeño y lo coloqué encima del primero. Miré alrededor en busca de unas piedras y metí dos en la parte frontal del cubo de arriba. Dibujé un pequeño rectángulo en la zona delantera del de abajo, apreté dos bultos de nieve a cada lado y a continuación otros dos a juego en el suelo, delante. Retrocedí y esperé. Tang se quedó absolutamente inmóvil durante unos segundos y luego me miró. Volvió a mirar el robot de nieve y de nuevo otra vez a mí. Soltó un chillido y se puso a aplaudir.

—¡Ben!… ¡Ben!… ¡Ben!… ¡Ben!… ¡Ben! ¡Soy yo! ¡Yo! ¡Ben!… ¡Ben!

—Sí, Tang, así es. ¡Eres tú! ¿Lo ves? Te he dicho que la nieve era divertida, ¿no?

Sonrió y tocó la cara del robot de nieve. Luego se puso a saltar de un pie al otro.

—¿Te gusta?

—Sí. Pero… —vaciló— ¿podemos irnos ya? Brrr.

—Claro —contesté sonriendo—. Por supuesto que podemos, Tang. Vamos a ver una película.

23

Navidad

El día de Nochebuena me despertó de repente el sonido de un altercado procedente de la fachada de la casa. Me puse mi viejo batín y bajé precipitadamente por la escalera a tiempo de ver a Tang en el zaguán tratando de arrancar una caja de cartón de lo que parecía ser como un helicóptero en miniatura. Tang gritaba a voz en cuello.

—¡No! ¡No! ¡Suelta! ¡Fuera! ¡Fuera! ¡Fuera! ¡No! ¡Fuera! ¡Suelta!

—Tang, ¡¿qué pasa?! —grité por encima del ruido que hacía.

—Caja es para Ben. Máquina voladora no suelta. Trato de sacar para Ben. No puedo. ¡Ben, haz que máquina voladora suelte caja!

—Tang, no pasa nada, solo es un dron que trae los regalos navideños que encargué para los niños. Están programados para no dárselos a nadie que no sea el cliente. Trae, déjame a mí.

Soltó la caja. El dron retrocedió unos metros, se enderezó y volvió volando hacia nosotros. Me miró unos segundos y luego dejó caer la caja en mis manos tendidas. Acto seguido salió de su parte anterior un panel de firma junto con un lápiz y firmé el albarán de entrega. El dron fulminó a Tang con la mirada, haciendo girar su linterna frontal con repugnancia, se volvió y se alejó volando.

A la mañana siguiente reuní a mi robot y mis obsequios navideños en el recibidor y fui al garaje con cierta aprensión a comprobar el estado del Honda. Desde mi llegada, para disfrutar del tiempo que pasaba en casa con Tang, había encargado comestibles con entrega a domicilio y había adquirido algunos regalos por internet. No sentía el menor deseo de aventurarme en el caos prenavideño. Eso significaba que no había movido el coche desde antes de emprender el viaje, lo que a su vez significaba que habían pasado más de dos meses desde la última vez que funcionó.

Me apretujé entre la pared del garaje y la puerta del coche para llegar al asiento del conductor, y una parte de mí sintió un pequeño escalofrío de emoción: iba a ver si aún funcionaba. No era así. Me preocupé, pues si no podía arrancar el coche nos sería imposible ir a casa de Bryony. Entonces comprendí hasta qué punto deseaba ir. Quería verlos a todos. Tenía mucho que contarles. Debía conseguir que el vehículo funcionase.

No sabía nada de coches, pero una campana tintineó al fondo de mi mente y me dijo que la batería estaba descargada y que si podía encontrar en alguna parte unos cables puente sería capaz de arrancarlo. Volví a la casa y recogí a Tang.

—Amigo, ¿puedes ayudarme a sacar el coche del garaje, por favor? ¿Tienes la fuerza suficiente?

—Sí —dijo, aunque parecía confuso.

—No arranca. Tengo que sacarlo para poder engancharlo al coche de otra persona y... No sé por qué te estoy explicando esto.

—No.

Abrí la puerta del garaje y quité el freno de mano. Entre los dos logramos situar el coche al final del camino de entrada. Luego fui a la casa de al lado. Me abrió la puerta el señor Parkes. Llevaba un gorro de papel (a las once de la mañana) y un jersey de punto en zigzag rojo y verde que solo podía haber sido confeccionado por su mujer para la época en la que estábamos.

—¡Ah, señor Parkes! ¡Feliz Navidad! ¿No tendrá usted por ahí unos cables puente que me pueda prestar, por favor?

El señor Parkes miró por encima de mi hombro a Tang, que esperaba pacientemente junto a mi coche, y frunció el ceño.

—El coche no arranca —le expliqué, cosa que me parecía obvia, aunque por su expresión no debía de serlo—. Creo que es la batería. Mi hermana nos está esperando, y no he comprobado el coche desde que volvimos y... bueno, ya sabe cómo es Bryony. Si no vamos se pondrá furiosa.

No era la batería. Ninguna combinación de mí mismo, Tang, el señor Parkes y los cables puente del señor Parkes iba a conseguir que funcionase el puñetero coche. No tenía elección. Tenía que telefonear a Bryony. La conversación empezó más o menos como yo esperaba:

—Bryony, soy Ben.

—Feliz Navidad. ¿Estás ya de camino?

—Esto... igualmente, feliz Navidad. De eso se trata. El coche no arranca.

Bryony inspiró hondo, como un fuelle que se llenara de aire.

—¡Ya sabía yo que esto iba a pasar! ¡Sabía que telefonearías con alguna puta excusa! Te dije hace siglos que te libraras de ese cacharro. No sé por qué no has podido...

—Bryony, escucha —la interrumpí—. No te llamo para decirte que no podamos ir, te llamo para preguntarte si puede venir alguien a buscarnos, por favor.

—¡Oh!

—Podemos volver en taxi, pero ahora tenemos que llevar regalos y algunas botellas, y sería mucho más fácil si pudiera venir alguien a recogernos.

El tono de Bryony cambió:

—Sí, sí, claro que podemos ir. Perdona. Yo...

—No pasa nada, Bryony, hasta no hace mucho habría llamado para decir exactamente eso. Pero ya no. Tengo muchas ganas de ir.

—Espera —dijo.

Oí de fondo la voz de Dave.

—Dave dice que le pedirá a Roger que te envíe a su chófer y te vuelva a llevar a casa después. Así no tienes que preocuparte por encontrar un taxi para volver.

—¿Quién es Roger?

—Esto... es un amigo de Dave.

—No será el novio de Amy, ¿verdad?

Bryony hizo una pausa.

—Sí. Pero, por favor, no dejes que eso te impida aceptar su ayuda.

—No. No lo haré. —Hice una pausa—. ¿Tiene chófer? ¿Y está dispuesto a trabajar el día de Navidad? Vaya, debe de irle muy bien.

—Bastante, pero es un Cyberchófer, así que no hay problema.

—¿Un qué?

—Un Cyberchófer. Los hace la misma empresa que fabrica los Cybervalets. Es una novedad. El coche está adaptado, pero al parecer pronto van a fabricarlos para toda clase de vehículos. Consideran que son más seguros que los coches automatizados. Roger confía ciegamente en él.

—¡Ah, es muy amable de su parte! Será una experiencia nueva para nosotros.

Si he de ser sincero, mi primera impresión del Cyberchófer fue que era un poco repelente. Parecía uno de esos maniquíes utilizados en la simulación de accidentes, y aparcó en la puerta de casa con absoluta precisión.

—¿Por qué no puedes conducir tú? —preguntó Tang con tono petulante.

—Porque el coche está averiado, Tang. El amigo de Dave ha sido muy amable al enviarnos a su chófer. Sé que es raro y que es un androide, y yo también estoy nervioso. Pero vamos a subir al coche y a no preocuparnos, y antes de que nos demos cuenta estaremos en casa de Bryony. Si eres bueno y no armas jaleo, luego te daré un poco de gasóleo.

Tang sonrió exultante.

—Subimos a coche ahora, Ben, vamos.

El Cyberchófer salió del amplio vehículo negro para abrirnos las puertas, pero Tang se apresuró a montar en la parte trasera. Sin arredrarse por ello, el chófer me abrió la puerta del copiloto, se hizo cargo de los paquetes y el vino y los colocó pulcramente en el maletero. Cerró mi puerta y la de Tang, volvió al asiento del conductor y emprendimos la marcha.

Bryony y Dave vivían en el pueblo de al lado, así que el viaje no fue largo, pero no me habría importado que durara kilómetros y kilómetros, porque nunca había hecho un trayecto más cómodo. El Cyberchófer conducía con el mayor cuidado y respeto que he visto jamás hacia el coche, los pasajeros y los demás usuarios de la carretera. Era como ir en un coche fúnebre que circulara al límite de velocidad. Hasta Tang reconoció que no fue tan malo como podría haber sido.

Mi hermana abrió la puerta con su fuerza gigantesca. Bryony me rodeó con sus brazos, amenazando con aplastar los regalos y tirarme las botellas al suelo.

—¡Mi hermanito! ¡Gracias a Dios que estás de vuelta! No vuelvas a irte nunca más sin decírmelo, ¿quieres? Eso estuvo muy mal por tu parte. No te quedes ahí, entra y toma un poco de vino caliente. ¡Oh, regalos! ¡Qué adorable! Annabel y Georgie se mueren de ganas de verte.

Yo lo dudaba, pero fui con ella hasta el salón. Mis sobrinos se arrojaron sobre los paquetes envueltos en cuanto me vieron, buscando los que llevaban sus nombres. Les había comprado un aparato para escuchar música, uno a cada uno… iguales. Esperaba que les pareciera bien, aunque tenían edades distintas.

—Lo siento —me disculpé—. No sé qué les gusta a los niños. En realidad no sé nada sobre niños. Lo averiguaré a tiempo para el año que viene, lo prometo.

Se quedaron mirando las cajas que tenían en las manos, y luego se miraron entre sí. Bryony apuntó:

—Dad las gracias.

—Gracias, tío Ben —murmuraron al unísono.

En un rincón, sentado con el tobillo de una pierna apoyado en su otra rodilla, había un hombre que debía de ser Roger. Iba vestido con elegancia y parecía la clase de tipo que jugaba al golf y al squash. Estaba sentado en el sofá hablando con Dave como si no hubiera ningún problema.

Bryony me puso una enorme taza de vino caliente en las manos. Agradecí tanto el calor como el alcohol, ya que no me convenía pensar en lo que podría haber sido. No el día de Navidad.

—¿Dónde está Amy? —le pregunté a mi hermana.

Necesitaba abordar su flagrante ausencia. Bryony echó un vistazo superficial alrededor.

—Oh, seguramente está en el baño. Volverá enseguida.

—¿Demasiado vino a estas horas? —bromeé, aunque Bryony no pareció captar la indirecta.

—Esto… quizá. Por cierto, tu robot…

—¿Qué? —interrumpí—. Dijiste que podía traerlo.

—Sí, ya lo sé. No es eso. Solo me preguntaba si debería ofrecerle vino o algo así... Amy comentó que para ti es un chico.

Asentí con la cabeza.

—Gracias por pensar en él, Bryony, pero está perfectamente. Lo único que bebe es gasóleo, y le he prometido que más tarde podría tomar. He traído un poco, pero es mejor que no empiece aún, créeme.

—¿Gasóleo?

—Es una larga historia.

—En este momento lo es todo en tu vida.

—Lo contaré mientras comemos, cuando el público no pueda salir huyendo.

Me eché a reír y ella me siguió.

Bryony se marchó a comprobar cómo iba la comida justo cuando Amy salía del baño. Al verme, sonrió con timidez y me dio un rígido abrazo.

—Bienvenido —dijo.

—Gracias.

—Estás distinto.

—Distinto ¿en qué sentido?

—No lo sé, simplemente distinto.

Siguió un interludio vacío en el que Tang nos miró de forma alternativa a Amy y a mí, y yo miré a Amy, y ella me miró a mí y luego a Tang, y luego yo también miré a Tang, y finalmente, para romper la horrible tensión, le pregunté cómo estaba.

—Estoy... bien, gracias. He recibido los habituales mensajes festivos de mi familia, por supuesto, pero estoy acostumbrada. No dejaré que me estropeen el día.

Asentí con la cabeza, y acto seguido, para cambiar de tema, le hablé de su regalo.

—Por ahí hay un regalo para ti. Lo compré en Tokio...

Amy estaba pensativa y no dio muestras de haberme oído.

—Escucha, Ben... —empezó.

Sin embargo, se vio interrumpida por Roger, que cuando estaba de pie resultaba ser muy alto. Se acercó a grandes zancadas y pasó su largo brazo por los hombros de ella.

—Estás aquí. ¿Te encuentras bien?

Amy me miró un instante.

—Estoy perfectamente. Claro que sí. ¿Por qué no iba a estarlo? Es Navidad. Le estaba dando la bienvenida a Ben. Debería presentaros.

Entonces nos presentó. Nos dimos la mano.

—Lo siento —le dije a Roger—. No he traído regalo para ti. No sabía si...

—Tranquilo, yo tampoco te he traído nada —repuso, y luego soltó una carcajada.

Amy soltó una risita forzada.

—Por cierto, gracias por enviar al chófer.

—No hay problema, colega. Las chicas no habrían cerrado la boca si no hubieras podido venir.

Volvió a reírse a carcajadas.

«¿Colega?» «¿Las chicas?» Aún no estaba seguro de poder soportar la compañía de aquel hombre, ni siquiera por el bien de Amy.

—Escucha, colega, ¿qué te parece si tú y yo vamos a jugar al golf un día de estos, cuando desaparezca la nieve? Después te invitaré a comer. Es lo mínimo que puedo hacer.

Como no deseaba analizar demasiado el significado de la última frase, contesté:

—¿Por qué no? Suena bien.

—Excelente.

Amy soltó el aire que hinchaba sus carrillos. Al parecer, había estado conteniendo la respiración. Roger me dio una fuerte palmada en el hombro y dijo:

—Voy a buscar una copa.

Y se alejó.

Amy me miró con extrañeza.

—Eso ha sido muy maduro por tu parte.

—Pareces sorprendida.

—Lo estoy… un poco.

—Bueno, no ha sido la conversación más cómoda que he tenido en mi vida.

—No tienes que ir a jugar al golf con él, ¿sabes?

—Está bien, quizá debería hacerlo.

Alguien tiró de la manga de mi camisa. Tang se hallaba detrás de mí, observando a Amy. Luego abrió mucho los ojos y le sonrió.

—Veo que sigues teniendo el robot —dijo Amy con fastidio—. ¿Qué ocurre con la cinta americana? Supongo que no has conseguido que lo arreglen.

—Lo cierto es que está arreglado. Ahora está como nuevo, ¿verdad, amigo? Simplemente le gusta la cinta americana.

—Sí —respondió Tang.

Amy y yo nos miramos fijamente durante un rato.

—Bueno, creo que tendrás tus razones para seguir queriendo que esté contigo —acabó diciendo ella.

—Así es.

—Ben… Ben… Ben… Ben… Ben…

—Sí, Tang, ¿qué pasa?

—Amy está especial.

No supe muy bien qué decir. Miré a Amy, que pareció desconcertada. Se ruborizó.

—Esto… sí, es especial. De todos modos, recuerda lo que dijimos cuando estábamos de viaje. Ahora Amy vive aquí.

Amy negó con la cabeza.

—¿No? —añadí—. ¡Ah, bueno! Amy vivía aquí y ahora vive en otra parte. ¿Vive con otra persona? —pregunté, confiando en que ella me contradijera.

—Sí —persistió Tang—, pero… Amy está especial.

—Ya lo sé, pero tienes que dejar de decir eso ahora mismo. Lo siento, Amy, aún no he conseguido enseñarle sutileza.

Durante la comida conté la historia de mi viaje con Tang, el cual me interrumpía cada vez que yo decía alguna inexactitud o me dejaba un detalle esencial. Aunque no comía ni parecía entender el sentido de la Navidad, Bryony había sido muy amable y le había reservado un sitio para que pudiera sentarse a la mesa con los demás. Tenía su propio petardo navideño, que le dio un susto al abrirse, y su gorro de papel, que le encantó e insistió en llevar el resto del día (y también por la noche). Naturalmente, el episodio ocurrido en el Hotel California hizo que se partieran de risa todos los adultos que había en la habitación. Estaba claro que Tang y los niños no entendían por qué, pero se rieron de todos modos para no ser menos.

—¿Y qué esperaba que hicieras la camarera francesa? —preguntó Bryony con una risa jovial, apoyándose la mano en el pecho.

—No tengo la menor idea, pero seguro que tenía algo que ver con el WD-40 y la batería de 12 voltios de debajo de la cama.

—Suena absolutamente aterrador —dijo Dave—, aunque claro, todos hemos tenido citas así.

Todos nos echamos a reír, sobre todo Roger, cuyas carcajadas debieron de oírse incluso en la oficina de Correos, que se encontraba al otro extremo de la calle.

Les expliqué que había estado a punto de perder a Tang por una insolación, y que luego casi volví a perderle cuando tuve que considerar la posibilidad de dejarlo allí. También conté que arregló su cilindro él solo, lo cual le valió varias palmadas en el hombro, sonrisas de admiración y gestos de sorpresa. Tang aplaudía con las pinzas y agitaba las piernas arriba y abajo en respuesta a los halagos.

Decidí mencionar muy de pasada el interludio con Lizzie, aunque sí les conté que fuimos a cenar a su casa y les hablé del gasóleo, la calabaza y el lápiz de labios. Amy pareció confusa pero no dijo nada. Cuando les mencioné la postal que me esperaba al llegar a casa, hubo exclamaciones de «Ahhhh» y «Oh, qué bonito». Me alegró saber que otras personas pensaban que había actuado bien con Lizzie y Kato.

Cuando llegué al final de mi relato se produjo un insólito momento de silencio antes de que Amy dijera:

—Es una historia asombrosa, Ben. Deberías escribirla antes de que la olvides.

—No —dijo Tang—. Ben no olvida. Tang guarda en cabeza. Tang recuerda.

—Es un robot realmente increíble —saltó Dave—. No me extraña que hayas querido quedártelo. Ya me gustaría que nuestro androide entendiera las cosas como él.

—No te falta razón —dije, mirando a mi alrededor—. ¿Dónde está vuestro androide?

Bryony se sonrojó.

—He pensado que estaría bien darle el día libre. Ya sabes, porque es Navidad.

No daba crédito a mis oídos.

—No sé qué le has hecho a tu hermana, Ben —dijo Dave—, pero ha cambiado mucho en la forma de hablarle al androide. Deberías oírla.

—Como dijiste que iba a venir contigo empecé a pensar en nuestro androide —intentó aclarar Bryony—. Entonces me sorprendí compadeciéndome de él. Eso es todo.

Creo que era la primera vez que veía incómoda a mi hermana.

—Yo mismo no lo entiendo —intervino Roger—. Ni siquiera se me ha pasado por la cabeza darle el día libre a mi chófer. ¿Quién ha oído hablar de semejante cosa? Y menos mal que no lo he hecho, pues de lo contrario Ben y su amigo no estarían aquí.

Era cierto, pero la declaración de Roger había puesto fin a la agradable conversación de la que estábamos disfrutando. Bryony arregló las cosas de la forma que mejor se le da.

—¿Alguien quiere más vino?

Después de la comida ayudé a Bryony a quitar la mesa y poner el lavavajillas. De vez en cuando se asomaba al salón para asegurarse de que todo el mundo lo estuviera pasando bien. En un momento dado sonrió y me indicó con un gesto que me aproximara. Vimos a Tang sentado en el sofá, al parecer conversando con Amy, y entonces me percaté de que ella había encontrado el regalo que le había comprado en Tokio y él estaba ayudándola a abrirlo. Digo «ayudándola», pero creo que más que serle de alguna utilidad práctica la estaba divirtiendo. Llevaba trozos de cinta adhesiva y papel de regalo por todas partes, y sacudía su pinza para tratar de quitárselos. Era evidente que a Amy le resultaba muy gracioso. Roger se acercó y ella dejó de reírse, como si un interruptor hubiera apagado de repente su sentido del humor. Ya había visto bastante y volví a entrar en la cocina.

—Roger es un encanto —dije.

Bryony hizo una breve pausa.

—Lamento lo que ha dicho sobre el Cybervalet en la comida. No suele ser así... bueno, al menos no tan malo. Quizá se sienta más incómodo en tu presencia de lo que esperaba.

—No veo por qué. Al fin y al cabo, ha ganado. Deduzco que Amy está con él ahora, y entiendo por qué. No tengo ningún problema con él, y no es que ella vaya a volver ahora conmigo, ¿verdad?

Bryony cerró la puerta del lavavajillas y se dirigió hacia el salón.

—Vamos a comprobar que los revoltosos de mis hijos no estén maltratando a tu robot —dijo.

Resultó que no solo Annabel y Georgie no estaban maltratando a Tang, sino que estaban jugando con él en la videoconsola, haciendo turnos para competir entre sí en un juego de matar con pantalla dividida. Digo «hacer turnos», pero la transición del uno al otro se parecía más a un debate en un tribunal que un simple cambio de manos del mando de juego. Supongo que con Bryony como madre y Amy como tía eso no debería haberme sorprendido demasiado.

Tang empezó a bizquear, desconcertado ante las alegaciones que intercambiaban los dos hermanos, aunque creo que también se sentía aliviado al ver que no iban contra él. Los niños casi parecían alardear ante el robot, algo que no creo que hubiera podido predecir nadie.

Al final, Bryony los separó y sugirió que buscaran algún juego en el que pudiéramos participar todos, así que Annabel escogió uno de baile que hizo refunfuñar a su hermano e infundió deseos a los adultos de coger una pipa de crack. Sin embargo, Tang estaba en su elemento.

—¿Ben puede comprar juego?

—Primero necesitaremos una consola y todo lo que la acompaña.

—¿Puede comprar?

Miré a Tang y vi que me observaba parpadeando con sus grandes ojos, haciendo lo posible por estar gracioso.

—Ya veremos.

Cuando los niños se fueron a la cama Bryony abrió otra botella de champán y ordenó que brindáramos, escogiendo con mucho cuidado la copa para Amy.

—Quisiera aprovechar la ocasión para brindar por A...
—empezó, pero Amy la interrumpió:

—Para brindar por Ben. Por su llegada a casa sano y salvo y por su increíble viaje alrededor del mundo.

A continuación fulminó con la mirada a Bryony, que guardó silencio extrañamente intimidada. Me pregunté qué habría ocurrido entre ellas, pero no parecía que fuese el momento de averiguarlo. Me sentí halagado por el brindis de Amy y quise disfrutar de la admiración que llegó tras él. Me arrellané en la vieja butaca de mi padre, que Bryony había heredado y que ahora ocupaba un rincón de su salón, y observé a mi familia. Y a Roger. En conjunto, debía de ser el día de Navidad más divertido que había pasado en muchos años, y aunque no entendí por qué, dejé que la sensación me invadiera el pecho. Cuando estaba apurando mi copa de champán miré alrededor en busca de Tang y lo encontré sentado en un rincón con Bryony. Los dos se reían como bobos. Así que ella le había dado gasóleo. Me planteé la posibilidad de ir a quitárselo, pero decidí no hacerlo. En cambio, opté por acercarme a Amy para agradecerle el brindis.

—De... de nada —dijo—. No quería dejar pasar el momento. Mereces reconocimiento: el viaje debió de ser una pesadilla logística.

Me encogí de hombros.

—Supongo que sí, a ratos. De todas formas, me alegro de haberlo hecho.

Tras reflexionar unos instantes, me saqué del bolsillo el corcho de champán que tanto había viajado y se lo di.

—¿Qué es esto? —preguntó, aunque vi en su rostro que lo sabía.

—Me lo llevé por el mundo. Fue sin querer; lo encontré en unos pantalones cortos. —Me di cuenta enseguida de que no debería haber añadido la última parte de la frase y traté de recuperarme—. Pero si me lo hubiera encontrado antes de irme me lo habría llevado de todos modos. —Sacudí la cabeza y le dije que al encontrarlo estaba en casa de Bollinger y que la había telefoneado de inmediato. Me pareció mejor no recordarle que fue entonces cuando me habló de Roger—. Creo que ahora debes tenerlo tú porque… bueno, porque aunque no estemos juntos me gustaría que tuvieras algo por lo que recordarme.

Amy me dio un beso en la mejilla. Tuve la impresión de que se iba a echar a llorar.

—No necesito esto para acordarme de ti, Ben. Pero gracias.

24

Deber cívico

Una mañana entre Navidad y Año Nuevo hallé a Tang dormido en la cama de invitados. Estaba tumbado en diagonal con la cabeza torcida, y en general parecía incómodo. Esperé a que despertara y bajara antes de anunciarle mi plan.

—Tang, hoy nos vamos de excursión. De viaje.

—¿Adónde? —preguntó, suspicaz.

—A comprarte unos muebles.

—¿Por qué?

—Porque si vas a vivir conmigo tienes que tener tu cuarto con tus cosas.

—¿Mis cosas?

—Sí.

—Pero Tang no tiene cosas. Solo calcetines que Ben compra en Tokio.

—Ya lo sé, y ya es hora de que eso cambie. Eres alguien único, así que tendrías que tener cosas tuyas.

Traté de montar a Tang en el asiento del copiloto del Honda, que permanecía cubierto de polvo en el garaje tras mi fallido intento de arrancarlo el día de Navidad, pero no cabía entre el coche y la pared, así que tenía que dejarlo allí hasta que yo consiguiera llegar al camino de entrada.

—Vamos, maldito cacharro, más vale que arranques —supliqué.

Cuando Amy y yo aún estábamos juntos siempre utilizábamos su coche. Era ella quien insistía, y aunque afirmaba que solo lo hacíamos porque el suyo estaba siempre en el camino de entrada y por lo tanto resultaba más fácil de sacar yo sabía que en realidad era porque se trataba de un Audi elegante y caro, y ella daba mejor imagen en él que en un Civic. Tampoco me dejaba conducir nunca el Audi. Yo diría que soy un conductor bastante bueno, pero a Amy le daba igual. Creo que no confiaba en mí. O eso, o le gustaba mantener el control de la situación. O las dos cosas.

Sea como fuere, levanté la puerta del garaje desde el interior y me dispuse a engatusar al Honda para que saliese al exterior, dándole a Tang instrucciones de seguirme, cosa que logró hacer sin incidentes. Por algún milagro el coche salió del garaje. Crujía y protestaba a cada vuelta del volante, pero al menos funcionaba. Quizá no le gustara la nieve de Navidad.

—Seguramente necesito un coche nuevo —me dije.

No obstante, una parte de mí apreciaba mucho aquella carraca. Recuerdo a mis padres comprándolo, y no hace tanto tiempo que era nuevo y «el último grito» en pequeños coches familiares. Bueno, quizá no fuese el último grito, pero sin duda resultaba práctico para las necesidades de mis padres. Nos habían dicho a Bryony y a mí que querían reducir sus posesiones ya que estaban jubilados, y que lo harían con la casa o con el coche. Para alivio de ambos, eligieron el coche.

—¿De verdad necesitáis reducir vuestras posesiones? —les había preguntado yo.

Me miraron como si fuese estúpido, aunque me pareció una pregunta absolutamente razonable.

—Sí, claro —dijo mi madre.

—¿Por qué?

—Pues… porque sí. Estamos jubilados. Es lo que acostumbra a hacerse, Ben.

—Sí, pero no tenéis por qué…

—Oye, no discutas con tu madre —intervino mi padre—. Lo entenderás cuando tengas nuestra edad.

Esa era su explicación para todo lo que no les apetecía justificar. «Lo entenderás cuando tengas nuestra edad.» Siempre lo había sido. Y solía ser una fuente de diversión para Bryony y para mí.

Me bajé del coche para cerrar la puerta del garaje y Tang subió al asiento del copiloto. Al regresar al vehículo, me lo encontré forcejeando con el cinturón de seguridad, que no había supuesto ningún problema en el Dodge pero que en el Honda parecía tenerlo muy confundido. Se lo abroché y frunció el ceño.

—Ya lo sé, Tang, ya lo sé. Necesitamos un coche nuevo... uno en el que estés cómodo.

—Demasiado pequeño.

—Sí, ya lo sé. Aunque no puede ser más pequeño por dentro que el Dodge, ¿verdad?

Mientras salíamos a la calle marcha atrás, Tang reflexionó durante unos instantes y llegó a la conclusión de que sí, era más pequeño. Lo miré con dureza sospechando que mentía, pero no dije nada. Aun así, tenía que cambiar el Honda. Había oído decir a mis amigos que el momento de comprar un coche nuevo llegaba cuando tu coche actual empezaba a costarte dinero, pero nunca lo había entendido. Al fin y al cabo, todos los coches cuestan dinero, ¿no? Sin embargo, mientras circulábamos lenta y ruidosamente por la calle quedó claro a qué se referían: era evidente que necesitaba más trabajo del que podían hacer los cables puente del señor Parker.

—Vale, mira, mañana iremos a comprar un coche nuevo, Tang.

—¿Por qué no hoy?

—Porque hoy vamos a comprarte una cama. Y seguramente habrá que montarla, así que no quedará tiempo.

—¿Montarla?

—Los muebles de la tienda a la que vamos se venden en piezas para poder meterlos en el coche. Pero significa que tienes que montarlos cuando llegas a casa. Con destornilladores y todo eso.

—Destorni…

Lo interrumpí:

—Ya verás a qué me refiero cuando lleguemos a casa.

Se quedó callado durante un minuto, y me di cuenta de que estaba formulando su argumentación.

—Ben…

—Sí, Tang.

—¿Las piezas caben en el coche?

—¿Quieres saber si las piezas cabrán en el coche?

—Sí.

—Claro que cabrán… supongo. Estoy convencido de que todo irá bien.

—Ben no está seguro, ¿verdad? Tang sabe. Sería mejor comprar coche nuevo hoy. Comprar muebles otro día. Piezas caben.

La lógica de Tang nunca dejaba de revelar los fallos en mis planes, pero como la única razón para insistir en comprar los muebles ese día y el coche al siguiente era salirme con la mía decidí ceder y mostrarme de acuerdo con mi amigo. La obstinación no era un rasgo de carácter que me conviniera mostrar delante del robot, que ya tenía suficiente talento natural para ella sin mi ayuda. Por eso, tras un breve regreso a la casa para coger todos los documentos del coche, que acabamos encontrando en la guantera, volvimos a ponernos en marcha, esta vez en dirección a un polígono industrial donde se hallaban los concesionarios de coches.

Como cabía esperar, Tang quería sentarse absolutamente en todos los coches de todas las salas de exposición, pero como en la mayoría de los concesionarios un robot como él no era bien recibido acabamos en el único en el que nadie dijo esta boca es mía. Seleccionamos un coche que nos gustó, y Tang probó todos los asientos. También obligó al personal de la sala de exposiciones a demostrarnos cómo funcionaba la radio, sobre todo el volumen, que era capaz de alcanzar niveles en mi opinión innecesarios.

Pero lo que más le gustó a Tang fue el portavasos automatizado, que aparecía y desaparecía con solo pulsar un botón. Aunque ignoro por completo por qué le agradaba tanto, fuera cual fuese la razón se entretuvo con él durante todo el tiempo que tardé en hacer el papeleo.

La víspera del día en el que estaba prevista la llegada del coche Tang entró en el garaje y me encontró sentado dentro del Honda, con la mirada perdida. Dio unos golpes en la ventanilla de mi lado.

—¿Ben está bien?

Bajé la ventanilla y esbocé una sonrisa. Asentí.

—Solo estoy un poco triste, eso es todo.

—¿Por qué?

—Porque este coche era de mis padres. Me siento como si me estuviera librando de ellos.

Recorrió el garaje con la mirada, confuso.

—Pero los padres de Ben no están aquí.

—No, no están. Esa es la cuestión. Fallecieron, ya te lo dije. ¿Es que no te acuerdas?

Tang frunció el ceño y comprendí que seguramente ni siquiera se lo había dicho.

—Supongo que nunca lo hemos hablado, ¿verdad?

—No —dijo, y luego—: Ben, ¿qué es «fallecieron»?

—Significa que murieron. Como cuando pensé en la isla que Bollinger había muerto.

Tang asintió con la cabeza.

—¿Y por qué pone triste a Ben?

—Pues porque significa que se han ido para siempre y nunca volveré a verles.

—¿Como cuando Ben se iba de la isla y Tang no?

—No, no, así no. Significa que se han ido del mundo; su cuerpo ha dejado de funcionar.

—¿No se puede arreglar?

—Exacto.

Tang se miró los pies.

—¿Los padres de Ben no se pudieron arreglar?

—No.

—¿Por qué?

—Bueno, iban en un avión pequeño, se les metió un pájaro en la hélice y se estrellaron. Es difícil de explicar, pero a veces si la gente queda gravemente herida está demasiado rota para arreglarla. En algunos casos los médicos pueden arreglar a la gente, pero si te haces demasiado daño en la cabeza, pierdes mucha sangre o algo así tu cuerpo no puede repararse. Eso fue lo que les pasó a mis padres.

El cómo y el porqué del accidente de mis padres no despertó el interés de Tang, pero abrió los ojos como platos ante la idea de que un cuerpo humano mejorara solo.

—¿Los cuerpos humanos se reparan solos?

—A menudo, sí. Por ejemplo, si me hago un corte en el dedo mi cuerpo puede arreglarlo él solo. Se llama curarse.

—¿Y los padres de Ben no pudieron curarse?

—No pudieron, no. —Se me hizo un nudo en la garganta y pensé que me iba a echar a llorar—. Estaba muy enfadado con mi madre y mi padre por su forma de comportarse: siempre estaban marchándose y haciendo estupideces, cosas peligrosas. En casa había fotos de ellos, de cuando eran jóvenes, escalando y demás, pero al tenernos a mi hermana y a mí dejaron esas actividades. Siempre pensé que habían madurado o algo así, no lo sé, pero al jubilarse fue como si recordasen lo que habían echado de menos y volvieran a ello. No parecía importarles lo que Bryony y yo sufriríamos si les pasaba algo. Y entonces murieron, y me enfadé porque nunca les demostraría que podía ser un ser humano que mereciese la pena. En aquella época había fracasado en la facultad de veterinaria, no tenía novia ni intereses. Me daba miedo arriesgarme. Entonces se fueron, y yo seguí siendo el hijo menor que no había logrado nada. Y ahora... ahora nunca podrá ser diferente. Ahora nunca podré hacer que se sientan tan orgullosos de mí como de Bryony. Y nunca podré decirles cuánto les he echado de menos...

Al cabo de un rato noté la pinza de Tang sobre mi cabeza.

—Lo siento, Tang, otra vez pierdo, ya lo sé.

Una lágrima se deslizó por un lado de mi nariz.

—No —dijo—. Ben no pierde. Ben está curándose.

Al día siguiente se pasó toda la mañana esperando a que llegase el coche. Permanecía con la cara pegada a la ventana del salón, llamándome de vez en cuando:

—Ben, ¿cuándo?

—No lo sé, amigo, a lo largo de la mañana. Eso fue todo lo que me dijeron.

—¿Cuando coche está aquí podemos salir?

—Sí, desde luego. Lo probaremos yendo a comprarte unos muebles.

—¡Dos cosas para que Tang disfrute!

—Sí, eso espero.

Les había cogido gusto a los coches pijos y a las películas. Ahora les tocaba a las compras.

Cuando apareció el coche, Tang se abalanzó hacia la calle y se cayó al suelo. En el camino de entrada se detuvo de pronto y se volvió para mirarme, inquieto.

—¿Qué pasa, Tang?

—¿Ben está bien hoy?

Sonreí.

—Sí, gracias, hoy estoy perfectamente.

Tang frunció el ceño.

—De verdad, Tang, estoy bien. Ve a ver el coche.

Pasó junto al conductor que lo traía y fue hasta el coche. El hombre se quedó confuso, y aún más cuando el robot apoyó la cabeza en el capó.

—No pregunte —dije.

Firmé el albarán de entrega y el documento que autorizaba a aquel hombre a llevarse el vehículo oxidado que parecía representar mi antigua vida. Observé cómo lo cargaba en la parte posterior del camión en el que había traído el nuevo. Pero toda la melancolía que sentía por la pérdida del Honda se desvaneció al ver a Tang tirar de la maneta de la puerta tratando de subir al coche nuevo. Él era mi vida ahora, o al menos el principio, y eso significaba que había que dar paso a las novedades. Mis padres se habían ido, Amy se había ido, y ya era hora de dejar de actuar como si ninguno de ellos hubiera dejado un vacío en mi vida. Más que eso: ya era hora de llenar el vacío con mi propia vida. Una vida auténtica, no una existencia consistente en esconderse en casa e ignorar al mundo y a mi mujer… a mi futura ex mujer. Ya había tenido suficiente.

Me acerqué al coche con aire desenfadado. El vehículo reconoció mi tarjeta y los cierres respondieron con un chasquido. Las puertas se abrieron de par en par. Tang parecía haber olvidado el concepto del mando a distancia. Para él fue magia. Me miró y abrió mucho la boca.

—¡Coche está vivo! Ben… Ben… Ben… ¡Coche está vivo!

—Seguro que es cierto, Tang. Pero ya sabes que solo es un mando a distancia. Venga, ¿damos un paseo?

Subió al asiento del copiloto sin ningún problema, tal como había hecho en la sala de exposiciones. Cerró la puerta con facilidad y agitó las piernas arriba y abajo al oír que el cinturón de seguridad se deslizaba sobre su cuerpo con un silbido.

—¿Contento? —le pregunté.

—Sí.

—Mejor. Yo también.

La escalera mecánica de la tienda de muebles era la nueva área de juego de Tang. Había usado otras escaleras mecánicas, pero no como aquella, que era plana para los carritos de la compra y ascendía en un ángulo poco pronunciado. Tang se sintió confuso y no adaptó su postura, por lo que mientras avanzábamos iba inclinado hacia atrás respecto al mundo.

—Échate hacia delante, Tang, así quedarás vertical.

—Sí —me dijo, pero continuó igual.

Salí de la escalera mecánica, y empezaba a mirar alrededor para ver adónde debíamos ir primero cuando me percaté de que Tang no estaba conmigo. Un rápido vistazo hacia atrás me reveló que había dejado la escalera mecánica de ascenso y se había metido directamente en la de descenso, dejándome arriba. Ahora se inclinaba hacia el suelo con una pinza en cada pasamanos mientras la escalera mecánica se movía.

—Tang, ¿qué estás haciendo? —exclamé, y aunque sé que me oyó fingió no hacerlo—. Ven aquí.

Volvió la cabeza y me miró por encima del hombro. Entonces se dio la vuelta y trató de subir por la escalera mecánica de descenso. Tras unos cuantos pasos en vano, se enfadó y dio una fuerte patada contra el suelo, mirándome como si la culpa fuese mía.

—¡Sigue en esa y sube por la otra! —exclamé gesticulando, como si fuese a servir de algo.

Me volvió la espalda y acabó de descender. Acto seguido subió a la de ascenso tal como yo le había dicho. Volviéndome de espaldas a la escalera mecánica en la que venía, empecé a recorrer con la mirada el espacio que tenía delante, lleno de sofás y sofás. Entonces me percaté de que Tang no había llegado todavía. Había vuelto a subir a la escalera mecánica de descenso, pero esta vez iba de espaldas a la dirección de marcha y me miraba con una gran sonrisa.

—Tang, para de una vez, ¿quieres? ¡Te he dicho que vuelvas!

Pero estaba claro que el juego ejercía demasiada atracción en Tang, el cual subió y bajó tres veces más hasta que logré agarrarle una pinza y sacarlo de allí de un tirón.

—Venga ya, Tang, te estás portando como un tonto. Tenemos cosas que comprar.

Me miró, frunció el ceño y se rascó la cinta americana.

Mientras me llevaba a un robot caprichoso lejos de los placeres de las escaleras mecánicas caí en la cuenta de que no había hecho una lista con los muebles que Tang podía querer o necesitar, un descuido que en esa tienda resultaba peligroso. En efecto, el establecimiento poseía una especie de magia que obligaba a todo aquel que entraba, a no ser que tuviera mucha fuerza mental o llevase una lista, a comprar muebles que no necesitaba o cuya existencia ignoraba, para llegar a casa y averiguar que no tenía dónde meterlos y que tampoco estaba seguro de su finalidad.

A pesar de todo, estaba claro que Tang necesitaba una cama, así que por lo menos teníamos que salir de allí con una.

Dentro de la tienda seguimos la dirección que nos indicaba una serie de flechas. Tang, aún más anonadado que en Tokio, insistía en parar cada pocos metros para sentarse en un sofá o subirse a un taburete, y en una ocasión lo sorprendí tratando de esconderse en un ropero.

—¡Mira, Ben! ¡Armario para bruja!

—Es un ropero; es para la ropa, no para esconderse.

—Pero protege de la bruja.

—No creo que necesites protección, amigo. No hay ninguna bruja por aquí.

Esperaba que el siguiente Halloween se hubiera olvidado por completo del incidente del motel.

—¡Tang debe esconder de bruja! Debe tener ro-pe-ro.

—Pero tú no usas ropa, Tang; hay cosas más importantes que tenemos que comprarte.

—Debe tener ro-pe-ro… Debe tener ro-pe-ro… ¡Debe tener…!

—¡Vale, de acuerdo! Compraremos el puñetero ropero. Cállate ya.

—¡Yupi!

—¿Yupi? ¿Desde cuándo dices «yupi»?

—Brynibel dice.

—¿Quién?

—Brynibel. Navidad. Yo juega.

—¿Te refieres a mi sobrina?

—Sí.

—Se llama Annabel, Tang. Bryony es su madre, mi hermana.

—Brynibel.

—Annabel.

—Hermana de Ben. Sobrina de Bryni. Brynibel.

—No, mira… ¿sabes qué? Da igual. Vamos a buscar una cama para ti.

—¡Yupi!

Mientras vagábamos por el establecimiento acabé cogiendo diversos artículos que no tenía previsto comprar: unos platos, una pizarra, una silla giratoria, unos almohadones y una espátula. En parte era culpa mía, pero cada vez que el robot se apartaba de mi lado regresaba con una lámpara o un paquete de pilas, hasta que empecé a preguntarme dónde habría aprendido a ser un comprador consumado. No estaba muy seguro de que los artículos que llevaba en el carrito cupieran en el maletero del coche nuevo, y aún nos faltaba coger la cama.

En la sección de camas miré a mi alrededor en busca de Tang, que sin duda se habría ido a buscar una tela decorativa o una bolsa para guardar cosas debajo de la cama. Mi mirada se posó en las diferentes familias que estaban en la tienda. Vi a un chaval discutiendo con su padre, que no le dejaba jugar con un centrifugador de lechuga. Otro progenitor forcejeaba con un niño muy pequeño para quitarle un portavelas. No parecía muy distinto de cuidar de Tang. Quizá algún día pudiera ser padre, aunque todavía no. Era la única ventaja de ser soltero otra vez: ahora tendría tiempo de madurar sin obligar a un bebé a cargar con mi personalidad infantil.

Tang regresó sonriente con lo que parecía un tubo flexible de color marrón.

—¿Qué tienes ahí, Tang?

Estiró el brazo para mostrármelo. Llevaba el orgullo escrito en la cara.

—¡Kyle!

Había encontrado un burlete en forma de perro salchicha.

—¡También encuentro cama! Vamos, Ben, vamos a ver cama.

Dejé que me arrastrara hasta un futón. Se dejó caer en él con los brazos y las piernas extendidos.

—Esta cama —anunció.

—Por una vez creo que estamos de acuerdo. Es bonito y bajo, así que puedes subir. Bien hecho, Tang, es una elección muy madura.

—Sí —dijo—. Yo crece. Ben crece también. Ben y Tang crece.

Sonreí.

—Tienes razón, Tang. Estamos creciendo juntos. —Transcurrieron unos momentos—. Bueno, ¿y qué? ¿Es cómoda la cama?

—¿Cóm...?

—Cómoda. —Busqué otra forma de explicarlo—. ¿Te parece que es del tamaño adecuado, y no es demasiado dura ni demasiado blanda?

—Sí.

—Entonces es cómoda. Cuando no estás cómodo, significa que te parece que hay algo que no acaba de estar bien.

—Como que Amy no viva en Ben.

Sonreí a medias.

—Quieres decir «con» Ben, pero no es eso lo que significa. En algún momento entenderás a qué me refiero, seguro.

Me costó mucho convencer a Tang para que dejara el futón.

—Muy bien, pues me iré sin ti.

Mi amenaza le infundió pánico, así que me siguió con un estruendo metálico y se agarró a mi pierna.

—¡NO! ¡BEN! ¡NO DEJAS A TANG! ¡NO, NO, NO, NO, NO!

La gente empezó a mirarnos, así que lo desprendí de mi pierna y me agaché para hablar con él.

—No pasa nada, Tang, no quiero decir que vaya a dejarte aquí para siempre. Solo quería decir que podías esperar mientras yo pagaba, eso es todo.

—Ben quiere dejar a Tang en isla. Ben deja a Tang en tienda.

—¡Oh, no! Mira, yo no quería dejarte en la isla. Solo pensé que era lo que había que hacer en ese momento. Nunca pensaré en dejarte otra vez.

—¿Ben prometer?

—Sí, claro que lo prometo. Ahora estamos tú y yo, Tang. Ya lo sabes.

Rodeé con mis brazos su pequeña espalda de metal. Él me devolvió el abrazo.

—¿Ben comprar cama ahora... por favor?

—¿Dónde está la puñetera llave Allen? —dije en voz alta.

Estaba sentado en el dormitorio de Tang, rodeado de piezas de mueble.

—¿A-llen?

—Es una especie de destorni... bueno, es un... mira, no sé cómo lo llamarías tú. Solo es un chisme que se utiliza para montar cosas así.

—¿Por qué está enfadado Ben?

—No estoy enfadado; solo estoy frustrado. No entiendo por qué tienen que ser tan complicadas estas cosas. Es como si estuviera escrito en un puñetero jeroglífico o algo así. Mira esta ilustración: ¿qué se supone que está haciendo este tipo? Ni siquiera estoy seguro de qué pieza es.

—¿Por qué Ben no entiende?

—Porque esta clase de cosas no se me dan muy bien, por eso.

—¿Ben puede aprender?

—Sí, gracias, Tang. Eso es precisamente lo que trato de hacer. Trato de aprender a cuidar de ti, pero voy a tardar un poco, ¿vale?

—Si Ben aprende, ¿vuelve Amy?

Me quedé callado unos momentos, desconcertado por el apego que Tang sentía hacia Amy, la misma persona que me había ordenado que lo echara a un contenedor de basura.

—No, Tang, no lo creo. Ya te lo he dicho otras veces: es demasiado tarde. Mira, hazme un favor, ¿quieres? Vete a ver la tele mientras hago esto. Prefiero estar frustrado yo solo.

—Va-le —dijo, aunque parecía decepcionado.

—En cuanto acabe iré a buscarte. Te lo prometo.

Había llegado el final del día.

—Ben… Ben… Ben… Ben… Ben…

—¿Qué? —le pregunté desde el piso de arriba.

—¿Tiene Ben preparado?

—No, Tang. Ya te he dicho que iría a por ti en cuanto acabara. No me metas prisa.

Volvió al salón con un estrépito de metal. Tuvimos la misma conversación otras tres veces antes de que yo acabara. Para entonces, Tang estaba muy harto.

No obstante, olvidó por completo su aburrimiento cuando le enseñé su nuevo dormitorio. Había decidido darle un cuarto de invitados más grande que el que había utilizado hasta entonces, donde estaba muy estrecho. Había montado la cama y el ropero, y había cubierto el edredón y la almohada que habíamos comprado con los muebles con un juego de cama verde que había elegido el propio Tang (nunca entendí por qué le entusiasmaba tanto el verde). También le compré una mesilla de noche con su correspondiente reloj y un mapamundi enmarcado para colgar en la pared. En el mapa dibujé la ruta que había seguido desde Palaos hasta Harley Wintnam.

Se agarró a mi pierna y se quedó mirando con los ojos muy abiertos las nuevas posesiones que lo rodeaban, todas iluminadas por el ocaso invernal.

—¿Estas son mis cosas?

—Sí, Tang, todas son para ti.

—Gracias.

—De nada, Tang. ¿Te gusta tu habitación?

—Sí. ¿Puedo sentarme en cama?

—Claro que puedes, amigo. Puedes hacer lo que quieras.

25

Scramble

BEN... BEN... BEN... BEN... BEN... BEN...

—¿Qué quieres, Tang? Estoy en el baño.

Tang me llamaba desde el pie de la escalera mientras yo orinaba en la mañana del último día del año, aún medio dormido.

—Ben... Ben... Ben...

—¿Qué?

—Desayuno.

—¿Qué es?

—Yo.

—¿Tú eres el desayuno?

—No. Soy... He...

Oí que daba una patada contra el suelo por la frustración mientras trataba de recordar las palabras correctas.

—¿Quieres decir que has hecho el desayuno?

—Sí. Yo crea. Crea desayuno.

Sonreí, me lavé las manos y la cara y bajé por la escalera. Tang me esperaba, y me tendió una bandeja parpadeando con los ojos muy abiertos. En la bandeja había un platito para el pan, y en él temblaba una pila de huevos cuajados. Digo «pila»; era más bien una masa que caía por los lados del platito y llegaba hasta los bordes de la bandeja. Le quité la bandeja al robot.

—Gracias, Tang, eres... eres muy amable.

Exhibió una sonrisa radiante.

—¿Cómo has hecho esto?

Ilustró la acción removiendo el aire sobre su cabeza.

—Estiro brazo.

—¿Has estirado el brazo por encima del borde de la cocina para remover los huevos?

—Sí. Difícil ver. Tenía que adivinar.

—Me lo figuro. —Paseé la mirada de la bandeja al robot—. ¿Por qué me has hecho el desayuno?

—Tang es útil, como an-droide. Demuestra.

Se me derritió el corazón. Era demasiado bajo para usar la cocina, o al menos demasiado bajo para ver lo que hacía. Recordé los androides de la tienda de Kioto y la discusión que había tenido con Amy tantos meses atrás. Ella estaba en lo cierto sobre su capacidad para cocinar, por supuesto, pero ningún androide se habría esforzado tanto por demostrar su valía.

—Tang, amigo, eres útil. No hace falta que demuestres nada, ni a mí ni a nadie. Eres genial tal como eres. Pero si quieres volver a cocinar quizá podamos buscarte una caja o algo así para que te subas... te será más fácil.

Volvió a sonreír de oreja a oreja.

Tang me observó mientras desayunaba... sin perderse ni un bocado. Seguía mi mano desde el plato hasta la cara, sonriendo cada vez que tragaba. Por Tang me estaba adentrando en un mundo nuevo, y me sentía orgulloso.

Esa noche decidí encender el fuego en el salón, recurriendo a mis mejores habilidades de boy scout, y sentarme con Tang y una copa de reconfortante whisky escocés para darle la bienvenida al año nuevo. Sin embargo, al cabo de unos minutos Tang descubrió que el fuego le calentaba demasiado el metal y fue a sentarse a la mesa del comedor. Eso significaba que tenía que quedarme solo junto al fuego o irme con él. Escogí la segunda opción. Podíamos jugar a algo. Quizá no fuese la forma más guay de pasar la Nochevieja, pero estaba decidido a que fuese divertido.

Opté por enseñarle a jugar al Scramble. Mi juego era una versión de imitación del famoso juego de mesa con palabras. Una tía muy vieja y probablemente senil se lo había regalado a mi madre años atrás por Navidad. Era un regalo poco acertado que no nos interesó a nadie, y aparte de un fugaz intento de echar una partida el día en que lo recibimos mi madre lo había guardado en el armario al que iban a parar todos los juegos de mesa, y no lo habíamos tocado desde entonces.

En ese momento pensé que podía ser de alguna utilidad para tratar de enseñarle a Tang a hablar correctamente.

—¿S-cram-bel? —preguntó el robot con voz insegura mientras yo sacaba el tablero—. ¿Qué es?

—Es un juego, Tang. Un juego de mesa.

—¿Pesa? —Frunció el ceño—. Entonces, ¿hacemos otra cosa?

—No, no pesa, Tang, m-e-s-a. Es diferente. El juego tiene que ver con palabras.

—¡Ah! ¿Qué es s-cram-bel?

—Es un juego, Tang, te lo acabo de decir.

—No, palabra... s-cram-bel.

—Pues significa... hay muchos significados distintos, pero en este caso significa mezclar algo. Verás, elegimos unas letras y formamos palabras con ellas, así. —Se lo mostré—. Mira, he escrito «verja».

—¿Verja?

Señaló en dirección al jardín.

—Sí, exacto, como esa verja.

—Rota.

—No empieces, hablas como Amy.

—Rota...

—Sí, vale, voy a tener que arreglarla. Ahora forma tu palabra. Debe tener al menos dos letras y unirse con mi palabra.

Tang miró mi palabra y luego sus letras. No parecía tener ningún problema para comprender el mecanismo del juego, pero los matices del idioma se le escapaban.

—QESO.

—Creo que no puedes poner eso, Tang.

—¿Por qué?

—Porque tiene que haber una «u» detrás de la «q».

—¿Por qué?

—Porque sí. Es así en español.

—Palabra de Tang. Tangañol.

Contuve una carcajada. No podía negar eso: su lógica era perfecta.

—Muy bien, ¿y qué significa?

—No lo sé.

—Pero no puedes ponerla si no tiene significado.

—¿Por qué?

—¿Cómo que «por qué»? Porque es el juego... en eso consiste.

—Mí no entiende.

—Tang, es «no lo entiendo», ¿te acuerdas?

—Mí no lo entiendo.

En ese instante nos interrumpió el timbre de la puerta.

—Quédate aquí, Tang, lo hablaremos cuando vuelva. Un momento.

Al otro lado de la puerta se hallaba una Amy cubierta de nieve y envuelta en capas de lana, pero aún con cara de frío. Una fina bruma le tapaba la cara a cada respiración.

—Amy —dije, innecesariamente—. Hola.

—Hola, Ben.

—Hola.

—¿Puedo pasar?

—Sí, sí, claro. Perdona.

Me aparté a un lado para dejarla entrar mientras el calor de la casa se escapaba por la puerta.

—¿De quién es ese coche? —preguntó Amy.

Me dio un beso en la mejilla y entró en la casa.

—Mío.

—Ja, ja, muy divertido. En serio, tú tienes un Civic. ¿A quién pertenece ese?

—Ya te lo he dicho, es mío. Di el Honda como entrada.

Mis palabras la dejaron perpleja.

—Vaya, sí que has cambiado. ¿Para qué quieres tú un BMW?

—¿Por qué no iba a tener yo un BMW? —Mi tono fue más petulante de lo que pretendía, así que intenté impresionarla con todo lo que sabía—: Tiene un panel de mandos multifuncional, un chasis deportivo y un... chisme accesible para una conducción cómoda, y recorre más de cien kilómetros adicionales en ciudad.

Le eché un vistazo a Tang, que me había seguido hasta el recibidor y que se hallaba detrás de mí, agarrándome la pierna y mirándola igual que el día de Navidad. Levantó la vista y sacudió la cabeza.

—Ya —dijo Amy—. ¿Sabes lo que significa todo eso?

Me balanceé de un pie a otro.

—Sí, claro que lo sé —respondí, y luego me encogí bajo su mirada penetrante—. No, la verdad es que no. Pero es cómodo. Y, lo que es más importante, tiene un gran maletero.

—¿Para el robot? —preguntó Amy, insegura.

—Sobre todo para llevar muebles desmontados. Tang va en el asiento del copiloto.

Amy sonrió.

—Claro.

—Además se quita techo —añadió Tang.

—¿Qué?

—El techo —dije para aclarar el concepto—. Se retira.

—¿Tú comprando un descapotable? Si no lo veo no lo creo.

—Sí, descapotable. Esa es la palabra.

—¿Por qué?

—¿Por qué no?

—Vives en Berkshire, no en la Costa Azul.

—Puede que viaje a la Toscana o algo así.

No pareció convencida.

—Mira, el viejo era poco fiable y empezaba a costarme dinero. Así que me he comprado uno nuevo, eso es todo.

—Está bien —dijo Amy.

Me ofrecí a hacerme cargo de su ropa de abrigo. Se despojó de las prendas cubiertas de nieve y Tang extendió las pinzas para coger el chaquetón, el gorro, los guantes y la bufanda de Amy sin dejar de mirarla atentamente. Después se volvió y lo puso todo encima del radiador más cercano.

—Seco para Amy. No nieve —nos informó.

Amy me miró y acto seguido se dirigió a Tang:

—Eres muy considerado.

—Debo cuidar a Amy —dijo.

A continuación la agarró de la manga y trató de acompañarla al salón. Intercambiaron una mirada prolongada y luego, para mi sorpresa, ella se dejó llevar.

—¿Quieres una copa de vino, Amy? —pregunté desde el recibidor. Fui hacia la cocina, añadiendo—: ¿Tinto o blanco?

—¿Puedes hacerme una taza de té, por favor?

—Vaya, tú también has cambiado. Creo que nunca te he oído rechazar una copa de vino.

—Sí, bueno… tengo que conducir.

Preparé una taza de té para Amy y se la llevé. Estaba sentada en el sofá, y llegué a tiempo de ver que Tang le ponía un taburete debajo de las piernas. Ella sonrió y le dio las gracias. Mi amigo desapareció seguidamente y regresó con una manta, que colocó sobre ella. Luego se sentó a su lado.

—¿Te gustaría compartir la manta conmigo, Tang? —preguntó Amy.

—No. Amy debe estar abrigada.

—Tang, amigo, no pasa nada, creo que ya está bastante abrigada.

El robot me obligó a apartar la vista, haciendo que me sintiera estúpido.

—Cuidar a Amy ahora.

Hubo una pausa mientras yo trataba de entender lo que sucedía entre Tang y Amy. Carraspeé.

—Bueno, Amy, no quiero parecer maleducado, pero ¿por qué has venido? No es que no me alegre de verte, porque me alegro.

Amy clavó la vista en su té. Parecía buscar la mejor forma de responder.

—Yo... quería hablar contigo en Navidad, pero no encontré el momento.

A continuación se produjo un silencio incómodo que Tang decidió llenar.

—Amy debe tener comida. ¿Quieres que cree huevos?

—Tang, eres muy amable, pero no estoy seguro de que Amy tenga hambre en este momento...

—Sí que tengo hambre. Últimamente no pararía de comer.

—En ese caso, ¿te apetece cenar algo?

Tang me sonrió. Parecía satisfecho de sí mismo.

—¿De verdad sabe cocinar? —preguntó Amy.

Iba a decir «la verdad es que no», pero los grandes ojos de Tang me impidieron ser tan preciso.

—Está aprendiendo.

Tang saltó:

—Sí, Ben y Tang aprenden juntos. Yo ayuda.

Amy pareció impresionada. Se volvió hacia Tang.

—No tengo ganas de comer huevos, Tang, pero si pudieras hacerme un sándwich sería fantástico.

Iba a hablar, pero Tang me interrumpió:

—Sandwicheo para Amy. Cuidar a Amy ahora. Amy está especial. Yo va.

Y se marchó a la cocina. Amy lo siguió con la mirada. Sacudí la cabeza.

—Lo siento. El sándwich será horrible, para que lo sepas.

Amy dijo que no le importaba. Entonces dije:

—Amy, tengo que preguntártelo: antes de marcharte querías que tirara a Tang a un contenedor de basura. No entiendo por qué han cambiado tus sentimientos hacia él.

Clavó la vista en su té.

—Estamos separados desde octubre, Ben, y veo que has cambiado.

Asentí con la cabeza.

—Bueno, yo también... ahora todo es distinto... Cuando estabas fuera dijiste por teléfono que habías pensado en mí. Bueno, pues yo también he pensado en ti.

—¿De verdad?

—Claro. Entre otras cosas, he intentado entender por qué quisiste hacer lo que hiciste. Me refiero a llevarte a Tang y luego volver a traerlo.

—Continúa.

—Bueno, empecé a pensar que quizá habías visto en él algo que yo no vi. Quizá habías hecho el viaje por él. Entonces nos lo contaste todo el día de Navidad. Creo que todos nos dimos cuenta de que debía de ser muy especial. Y te has comportado como un padre con él, aunque siempre dices que no entiendes a los niños. Hace un momento ha puesto mi abrigo sobre el radiador para que se secara y se calentara, y lo he comprendido.

—¿Qué has comprendido?

—Que no es solo una caja de metal.

Antes de que pudiera contestar, Tang regresó con un cuenco. Contenía un trozo de pan entre dos lonchas de queso. Lo apoyó sobre el regazo de Amy con gran solemnidad. Ella cogió su pinza con su delgada mano y la apretó.

—Gracias. Es perfecto.

Y entonces Tang hizo una pregunta:

—¿Cuánto tiempo tiene Amy dos latidos?

Amy le dedicó una sonrisa. Luego me miró.

—Un poco más de tres meses.

26

Ultrasonido

Perdón por mentir a Ben —dijo Tang.

Estábamos sentados en la terraza, tiritando. Había venido a buscarme cuando llevaba un rato allí fuera. Sospecho que Amy lo envió.

—No pasa nada, Tang, en realidad no has mentido.

—Pero no dije a Ben.

—No importa. Pero dime, ¿cómo lo supiste?

—Oigo.

—¿Oyes el latido?

—Sí.

—¿Tienes audición supersónica? ¿Cómo es que no me lo habías dicho?

Negó con la cabeza.

—No supersónica. Oigo cosas. Oigo el corazón del bebé de Amy.

—Quizá lleves incorporado alguna clase de sónar del que Bollinger no sepa nada.

Tang parpadeó, dirigiéndome una mirada inquisidora.

—No te preocupes, estoy pensando en voz alta. —Se me ocurrió una cosa—. Dios, ¿significa eso que oyes constantemente el latido de todo el mundo?

—No. Puedo elegir. Tang oye todas las cosas cuando se despierta, apaga cosas no buenas.

—¿Quieres decir que puedes ajustar tu audición y desconectar cuando te apetece? Eso está muy bien. Ojalá pudiera hacerlo yo.

El sistema auditivo con ecualizador gráfico de Tang no debería haberme sorprendido; a aquellas alturas nada debería sorprenderme. Sin embargo, me sorprendía. Nunca había visto que ajustara nada en su cabeza, así que todo debía de ser interno, una especie de calibración automática.

Ya fuese por accidente o como técnica de supervivencia, mi mente se había alejado de la cuestión. Amy salió a la terraza.

—¿Ben? ¿Estás bien?

—No lo sé.

—Entra, por favor, aquí fuera hace un frío que pela.

Crucé con ella la puerta del jardín y acepté la taza de té que me había preparado «para la conmoción». Tang se fue a la cama.

—¿Por qué no me lo dijiste mientras estaba fuera?

—Tardé algún tiempo en saberlo. Con todo lo que estaba pasando no me di cuenta de que tenía una falta hasta mucho después de tener la segunda. Y no me encontraba mal. Cuando me llamaste a casa de Bryony hacía pocas semanas que lo sabía, y no tuve valor para decírtelo por teléfono. No me pareció bien.

—Si me lo hubieras dicho habría vuelto.

—¿De verdad?

Guardé silencio, porque yo mismo ignoraba cuál era la respuesta sincera a esa pregunta.

—Además —continuó—, sabía que tenía que hablarte de Roger por las cosas que decías. ¿Qué iba a decirte? «Hola, Ben, escucha, ahora estoy con otro hombre. También debes saber que estoy embarazada. Puede ser de él o puede ser tuyo. Lo siento.»

—Si lo planteas así...

—Quería contártelo en Navidad —dijo Amy—, pero Roger me interrumpió, y luego no encontré el momento adecuado. Entonces Tang se enteró, y comprendí que si no me andaba con cuidado Tang, Roger o Bryony te lo dirían antes que yo. Les pedí que tuvieran la boca cerrada. No quería que tuvieran que mentirte, sobre todo Tang. La verdad es que fue un día muy estresante.

—Ya me lo figuro.

—Espero que no estés enfadado con Tang por callarse.

—No lo estoy. No le correspondía a él darme la noticia. Tuvo la desgracia de enterarse. Aunque se le da bien guardar secretos. Guardó muchos mientras estábamos fuera. Solo me cuenta algo cuando está preparado para hacerlo. Si no me lo hubieras dicho pronto, supongo que lo habría hecho él, pero si juró ser discreto se habría esforzado en lo posible por mantener su palabra.

Me repantigué en el sofá y me quedé callado unos momentos, mirando el techo.

—No sé qué me conmociona más, que estés embarazada o que no sepas si es mío o de Roger.

—Lo entiendo.

—No estoy seguro de que lo entiendas, Amy. ¿Cómo podrías entenderlo? Y de todos modos, ¿cómo es que no lo sabes?

—Bueno, hubo… hubo un solapamiento.

—Genial.

—Por favor, te he dicho que lo siento. No he venido a pedirte nada, de verdad. Solo he pensado que debías saberlo.

Asentí con la cabeza.

—Si te sirve de consuelo, espero que el niño sea tuyo. En mi corazón siento que lo es.

—Eso es un poco ñoño para ti, ¿no?

Sonrió.

—Supongo que sí. Creo que estar embarazada me ha ablandado.

Bueno, por lo menos explicaba su cambio de actitud hacia Tang.

—Esperaba una oportunidad para madurar, para centrarme antes de ser padre. No me parezco en nada a la persona que tendría que ser para criar a un hijo. Al menos no sin perjudicarle emocionalmente.

—Ben, estás cuidando de un niño desde septiembre, pero no te has dado cuenta.

Me detuve a reflexionar.

—Aclaremos esto: ¿crees que podría ser un buen padre porque he estado cuidando de un robot?

—Tang solo me pareció algo que podías utilizar como excusa para estar más distante y mirarte más el ombligo. No comprendí cuánto te ayudaría.

—Ya somos dos. Por cierto, ¿qué opina Roger de todo esto?

Hinchó los carrillos, soltó el aire y dijo:

—Creo que más o menos lo mismo que tú.

—¿También le has dicho que pensabas que era suyo?

—Ben, eso no es justo.

—Pero supongo que entiendes por qué lo digo.

—Lo entiendo. La verdad, creo que lo estás llevando mejor que él. Quizá sea porque él cree que no es suyo.

—¿Qué pasaría si lo averiguaras? ¿Escogerías al padre del bebé?

—No lo sé, Ben. No es tan sencillo, ¿verdad?

—Supongo que no. Por cierto, ¿por qué dices que esperas que sea mío?

—Porque creo que tú serías mejor padre.

—Ja, ja, muy gracioso.

—No, lo digo en serio.

—Pero no tengo trabajo y apenas puedo cuidar de mí mismo. No logré cuidar de ti, ¿verdad?

—En la vida hay cosas más importantes que trabajar.

Durante su embarazo Amy vino mucho a vernos a Tang y a mí. Nunca trajo a Roger, aunque hablaba de él de vez en cuando.

Estaba mirando por la ventana, observando cómo el viento de marzo agitaba las ramas del sauce y sopesando si debía salir a meter los cubos antes de que se volcaran cuando dijo:

—No consigo que haga ninguna aportación al cuarto del bebé. No parece que le interese. Le recuerdo que cada vez falta menos para que llegue, pero es como si no le importase. No sé por qué me pidió que me mudara a su casa; lo mismo daría que viviera sola.

—Seguro que sí importa. Seguramente estará un poco nervioso, eso es todo. Yo también estoy nervioso. Todos lo estamos.

—Sí, ya lo sé, pero tú haces cosas prácticas como prepararme tazas de té y ayudarme con los ejercicios de respiración. Solo le pido que me diga si quiere una simple cuna de madera o una cuna blanca. ¿Tanto le estresa eso?

—Mira, ¿te ayudaría que fuese a echarte una mano con el cuarto del bebé?

Dos días después me llamó asustada en plena noche. Roger estaba ausente.

—¡El bebé no se mueve!

—Cálmate, Amy. ¿Cuánto hace que se movió por última vez?

—No lo sé. Estaba durmiendo.

—Bueno, quizá el bebé también esté dormido.

—Pero ¿y si no es así? Y Roger no está.

—¿Quieres venir?

Hubo una pausa.

—Sí —dijo.

Parecía Tang.

Cuando Amy llegó a las cuatro de la mañana yo seguía en bata, pero había conseguido poner la tetera al fuego. El timbre despertó a Tang, que bajó a ver qué pasaba.

—¿Qué sucede?

—Amy ha venido porque está un poco preocupada por el bebé, eso es todo. Vuelve a la cama, Tang.

—¿Por qué preocupar por bebé?

—Llevo un rato sin notar sus movimientos, Tang. Dicen que hay que acudir al hospital si no se ha movido en varias horas para que puedan comprobar el latido y todo eso.

Tang fue hasta Amy y le apoyó la pinza sobre la mano.

—Bebé está bien. Oye latido. Fuerte. Bebé duerme. Crecer cansa; necesita duermes. Amy también necesita duermes... —dijo—. Oh. Pero bebé despierta ahora —añadió sonriente.

Entonces, como para demostrar que Tang tenía razón, Amy notó que el bebé se daba la vuelta.

A partir de ese momento Amy no quiso separarse de Tang. Se esforzaba mucho por fingir que no estaba preocupada, pero el simple hecho de saber que Tang podía decirle si el bebé estaba bien la tranquilizaba.

Cuando pidió el permiso de maternidad Tang fue con ella a las reuniones de embarazadas. Se deleitaba tranquilizando a las futuras madres, circulando entre ellas y diciéndoles lo rápido que latía el corazón del bebé. Hasta diagnosticó un embarazo de gemelos que de alguna manera se les había escapado tanto a la madre como al equipo médico que la atendía.

—¿Ben? —dijo mi amigo una mañana, dos semanas después.

—¿Sí, Tang?

—¿Puedo ser comadrona cuando Tang crezco?

No supe qué contestar.

27

Jugando a la pelota

Te apetece ir a jugar al golf el domingo?
Roger telefoneó de forma inesperada, cumpliendo su promesa de llevarme a jugar un partido y luego a cenar. Había esperado que se olvidara.

—Esto, sí, creo que el domingo me va bien. Tengo una entrevista el lunes por la mañana, pero no vamos a acabar tarde, ¿verdad?

—¿Una entrevista? Entonces, ¿has decidido buscarte por fin un trabajo?

Inspiré hondo y no respondí a la pulla.

—Estoy pensando en volver a la facultad de veterinaria. Amy me necesita estos meses, pero volveré en septiembre si me aceptan —contraataqué.

—Pues buena suerte. Espero que no les importe que hayas dejado los estudios colgados durante tanto tiempo.

—Gracias. Estoy seguro de que todo irá bien —dije.

«Gilipollas.»

—¿Y el partido de golf? —preguntó, volviendo al tema en cuestión.

—El domingo me va bien.

—Estupendo.

Habíamos tenido un invierno relativamente suave desde Navidad, pero la nieve regresó en Semana Santa para confusión de muchos. Por alguna razón, Roger decidió que aquel era un momento ideal para jugar al golf.

—¿No habrá problema con la nieve?

—¡Oh, no! Para entonces se habrá fundido. Al fin y al cabo, estamos en abril. De todas maneras, todo el campo está climatizado debajo del césped, así que los miembros pueden jugar durante todo el año.

—¿Todo el campo está climatizado? Vaya, deben de ser unas instalaciones con mucha clase.

—Lo son. Muy exclusivas. ¿Tienes palos?

Mmm. ¿Tenía palos? Tras jubilarse, mis padres habían practicado el golf como una afición más, pero cuando mi padre vio que su hándicap era peor que el de mi madre y que la distancia era cada vez mayor decidió que se trataba de un «juego estúpido» y lo dejó. Si había conservado los palos estarían en el desván, junto a su raqueta de tenis y sus cañas de pescar.

—No estoy seguro. Ya te lo diré.

—Claro, colega, no hay problema. Tengo un juego de sobra. ¿Sabes qué? Los meteré en el coche de todos modos; hay mucho sitio en el maletero.

Rechiné los dientes. Hazlo por Amy, me dije. Se pondrá contenta.

—¿Y el *caddie*? —continuó Roger.

—¿Necesito un *caddie*?

—Bueno, no es que lo necesites, pero mi Cyberchófer también hace de *caddie*, así que yo recurriré a él.

—Un momento —dije, y me aparté el teléfono de la oreja—. Tang, ¿dónde estás?

—Aquí —dijo desde algún punto de la casa.

—¿Dónde es aquí?

—Aquí.

—Vale, bueno, ¿me oyes?

—No.

—Tang, sé razonable.

Oí un estrépito metálico que se acercaba y apareció Tang.

—Oigo más a Ben ahora.

—¿Quieres salir el domingo por la mañana?

—¿Adónde?

—A jugar al golf con Roger.

—¿Golf? ¿Qué es?

—Es un juego... Luego te lo explico. ¿Quieres ir o no?

—¿Con... Roj-urg?

—Tang, tienes que dejar de decirlo así.

—Ben dice eso.

—Sí, pero esa no es la cuestión. Por favor, ven conmigo. No me hagas pasar el día a solas con él.

Tang hizo un mohín.

—Va-le.

Volví a llevarme el teléfono a la oreja.

—Sí que tengo *caddie*.

—Estupendo. Te pasaré a buscar a las nueve, a no ser que hayas arreglado el problema del coche.

Colgó. Tang ladeó la cabeza.

—¿Qué es *ca-ddie*?

Roger no tuvo un buen día. Su combinación de Cyberchófer y *caddie* se puso hecho un basilisco y destrozó tanto el campo como el edificio de los vestuarios y el bar. Hubo que derribarlo, y la compañía de seguros de Roger se lo llevó. Ninguno de los dos deseaba decírselo a Amy.

—¿Quieres que te lleve a tu casa? —le pregunté mientras salíamos del club, expulsados de por vida.

No debería haberme alegrado tanto de llevarle a su casa. Sé que no está bien disfrutar con el dolor ajeno, pero hay excepciones, y el hombre que me robó a mi esposa era una de ellas. Aun así, sentí un poco de lástima por él: era justo la clase de cosa que por lo general me habría sucedido a mí. Tang canturreaba en la parte trasera del coche como si hubiera pasado el mejor día de su vida.

Cuando paramos Amy abrió la puerta, cruzó los brazos por encima de su barriga y se apoyó contra el marco. Roger no sabía qué hacer, así que se quedó sentado en el coche más tiempo del que debería haberse quedado. Se disculpó y dijo que me compensaría de algún modo.

—¡Oh, no es ninguna molestia, de verdad! —dije, tratando de ser amable.

En el espejo retrovisor vi sonreír a Tang.

Roger se rascó con desmaña unas pelusas de los pantalones.

—Oye, tarde o temprano tendrás que entrar —añadí.

Roger asintió y se bajó del vehículo. Vi que le decía algo a Amy e intentaba besarla. Ella volvió la cabeza, se acercó rápidamente al coche y se inclinó hacia la ventanilla.

—Gracias por traerle a casa. Estoy muy enfadada. Esto va a costar una maldita fortuna. Le pedí que solo utilizara al chófer para conducir, pero no me hizo caso.

—No es ninguna molestia —dije—. De todos modos, a Tang le gusta ir en el coche.

Me dedicó una amplia sonrisa.

—¿Nos veremos pronto? ¿Y si vamos a comer a algún sitio?

—Claro, Amy, eso suena muy bien.

—Te llamaré —dijo.

Pulsé el botón y esperé a que se cerrara la ventanilla.

—Ahora mismo no me gustaría estar en el lugar de Roger —le dije a Tang.

Lo decía en serio. Amy tal vez hubiese cambiado, pero aún podía dar mucho miedo… y más estando embarazada.

A partir de ese día apenas vi a Roger.

Aunque el día del golf no había salido según los planes, había hecho que me planteara cómo debía pasar el tiempo con Tang.

Le gustaban los juegos electrónicos, las películas y sobre todo los programas de televisión sobre mascotas, y le encantaba mirar los caballos, pero me parecía que tenía que hacer algo más con él. Algo activo.

Al día siguiente lo llevé al parque para jugar a la pelota, pero, tal como le había ocurrido con los juegos de palabras y la nieve, no comprendía la actividad. Simplemente no parecía entender el concepto de diversión.

Le lancé la pelota, pero rebotó en su cabeza y aterrizó a más de medio metro de él. Me miró indignado.

—Se supone que tienes que cogerla, Tang.

—¿Por qué?

—Pues porque es divertido.

—No lo entiendo.

Me detuve a considerar por qué no lo captaba y qué podía hacer yo al respecto.

—¿Recuerdas cuando fuimos en el barco con visión submarina? El de los peces. Te gustó, ¿verdad?

—Sí.

—¿Recuerdas cómo te sentiste?

—Sí.

—Pues es lo mismo. Hacemos esto para que te sientas igual que en la excursión en barco.

El recuerdo del barco no sirvió para aclarar la situación con la pelota. El robot pareció aún más confuso.

—¿Pelota es pescado? ¿Finjo que pelota es... pescado?

Se echó sobre la hierba y se le abrió la tapa.

—Deberían arreglarte eso, Tang.

—No.

Me senté junto a él sobre la hierba húmeda.

—Coger la pelota es como jugar a un juego... como el Scramble. ¿Recuerdas el Scramble?

—Sí.

—Los juegos de mesa hacen que la gente se ponga contenta.

—¿Por qué?

Apoyé la mano sobre su cabeza cuadrada y suspiré. Comprendí que no podría explicarle lo divertido que era el Scramble cuando yo mismo no lo soportaba.

—¿Y el juego de ordenador al que jugaste en el vuelo hacia Tokio... con la gente dándose patadas?

A Tang se le iluminaron los ojos.

—Te gustó, ¿recuerdas? Así es como se sienten algunas personas cuando juegan con una pelota o juegan al Scramble. ¿Lo entiendes ahora?

—¿Qué personas?

—¿Cómo que «qué personas»?

—¿A qué personas les gusta la pelota y el Scram-bel?

—No lo sé en concreto, a algunas personas y ya está. Esa no es la cuestión.

—¿Qué es cuestión?

—La cuestión es que no a todo el mundo le gustan las mismas cosas. Y a algunas personas les gustan los juegos de pelota. A algunas personas no...

—Pero ¿qué personas?

—No lo sé, Tang. ¿Es que no puedes aceptar que son algunas personas que seguramente no conozco?

—¿Cómo sabe Ben que les gusta?

—¿Qué quieres decir con eso?

—Si Ben no conoce a las personas, quizá no le guste a nadie. Quizá Ben esté equivocado, quizá no sea divertido.

Tenía razón.

—¿Nos vamos a casa a ver una película, Tang?

—Sí.

Terminator no fue una elección muy acertada. Pensaba que podía interesarle a Tang, pero pareció alarmado. Al cabo de unos minutos decidí ver otra película.

—¿Por qué Ben para película?

—Porque da miedo, Tang. Creo que no te gustará.

—¿Puedo verla otro día?

—Francamente, Tang, hay otras muchas películas que te gustarán más, te lo prometo.

—¿Nosotros no ve película ahora?

—Sí, por supuesto que ve... que vemos, solo una película diferente, eso es todo.

—¿Qué película?

—*La guerra de las galaxias.*

—¿*La perra de las galaxias*?

—*La guerra de las galaxias.*

Esta vez lo repitió correctamente.

—De todas maneras hay muchas —comenté—, así que puede que tardemos varios días en verlas todas.

—¿Muchas películas?

—Sí.

—¿Cuántas?

—No lo sé; doce, creo. La verdad es que me pierdo.

—¿Por qué gusta a Tang?

—Porque salen robots. Cuando la veas entenderás lo que quiero decir.

—Va-le.

Tang se quedó embobado durante un par de minutos y luego exclamó:

—¡Mira el an-droide dorado! ¡Je, je, je, je, je, je, je! ¡Je, je, je, je, je! ¡Je, je, je!

—No pretenden que haga gracia, Tang.

Luego lo observé desde el punto de vista de Tang y decidí que la hacía.

A medida que se metía en la película dejó de reírse y empezó a enamorarse de R2-D2, enfadándose mucho cuando le ocurría algo malo. Al final de la primera película casi se puso fuera de sí al pensar que su héroe estaba roto para siempre, así que tuve que convencerle de que todo saldría bien para que dejara de mirar la pantalla desde detrás de sus pinzas. Mientras veíamos el tercer y el cuarto episodio entré en secreto en internet y le compré un póster de R2 para la pared de su dormitorio.

Un enorme jaleo me despertó en plena noche. Ruido de golpes y gritos procedentes del salón. La cualidad metálica de aquellos gritos sugería la intervención de Tang, pero aun así, por lo que pudiera pasar, cogí la taza con chocolate que había en mi mesita de noche antes de bajar la escalera.

Encontré al robot encogido detrás del sofá. La inconfundible imagen de Terminator estaba siendo aplastada por su oponente en la pantalla. Tang gritaba y daba fuertes pisotones contra el suelo. Desconecté el televisor.

—Tang, ¿qué demonios estás haciendo? Te he dicho que no vieras esto.

Me senté en el sofá y traté de persuadirle para que saliera.

—No pasa nada, amigo. Mira, ya ha desaparecido.

Se asomó a la pantalla negra por encima del sofá y vino a sentarse a mi lado.

—¿Por qué lo estabas viendo?

No dijo nada. Parecía abatido y tenía la mirada clavada en el suelo.

—No quería portarme mal contigo, Tang. He pensado que esa película podía afectarte, y por eso la he apagado.

—Afecta.

—Pues ahí lo tienes.

—¿Por qué los humanos luchan contra los robots?

—Pues porque son robots malos que han venido a hacerles daño, por eso. Tratan de impedir que suceda.

—No robots buenos... no justo. No es así.

—Ya lo sé. Pero ¿no puedes verlo como ciborgs y seres humanos en lugar de robots y seres humanos?

Se rascó la cinta americana.

—Quizá.

Sabía que no era una forma muy ética de resolver el problema. Pero eran las dos de la mañana y quería volver a la cama.

—Entonces, ¿estás bien? ¿Puedes irte a dormir ya?

—Sí.

—Bien.

Me levanté del sofá y miré a mi alrededor en busca de mis zapatillas.

—Espera, Ben. No dormir. Tang no dormir.

«Puñetas. Qué poco ha faltado.»

—Pero has dicho que estabas bien.

—Aún miedo.

—¿De qué?

—Viene humano y aplasta a Tang.

Volví a sentarme.

—Nadie va a venir a aplastarte, te lo prometo. No lo permitiré.

—¿Tang dormir con Ben?

—¡Oh! Mira, no, Tang, tienes que poder dormir en tu propia habitación.

Agarró con las pinzas los bajos de mi bata.

—No, por favor, por favor, Ben, por favor... ¡por favor!

—¡De acuerdo, solo por esta noche! Vamos, entonces.

Volví a ponerme las zapatillas.

28

Caos

Bonnie Emilia nació el 1 de julio a las 7.29 h con un saludable peso de tres kilos doscientos. Mamá y bebé bien. Esa es la versión corta, la que envié por SMS a Bryony, a Roger, al jefe de Amy y a la familia de Amy. La versión larga es mucho más dramática.

Llevaba unos días intentando montar un cuarto del bebé en una de las habitaciones de invitados por si Amy necesitaba ponerlo a dormir cuando viniera a casa. Había pintado la habitación en colores neutros, pues ella había decidido que no quería conocer el sexo, y había adquirido en la tienda de bebés del pueblo algunos de los artículos más caros que tenían. No sabía lo que hacía. Tang me ayudaba como podía, pero su estilo impresionista no resultaba adecuado para el cuarto de un bebé, así que en lugar de eso le pedí que se dedicara a aprovisionarme de té. Había mejorado mucho en las tareas de la cocina, especialmente desde que le busqué una caja a la que subirse. Tras acabar el cuarto del bebé justo antes de medianoche, estaba deseando dormir de un tirón.

A las dos de la mañana sonó mi móvil.

—He roto aguas.

—¿Dónde está Roger?

—En viaje de negocios. No coge el teléfono.

—¡Qué útil!

—¿Verdad que sí?

—¿Cada cuánto tienes contracciones?

—Aún no he tenido ninguna.

—Deja que me dé una ducha rápida y voy.

—¿Una qué?

—Una ducha. No puedo ir si no estoy limpio.

—Ben, ya viene el bebé. No creo que le importe si estás limpio o no.

—Bueno, vale. Me visto y voy.

Iba a colgar, pero oí que Amy seguía hablando:

—Ben.

—¿Sí?

—Trae a Tang.

—Esto… De acuerdo, si eso es lo que quieres.

—Es lo que quiero.

Fui dando tumbos por la casa, tratando de despertarme del todo. Me preparé un café en la cocina y luego fui a despertar a Tang. El robot refunfuñó y me clavó una pinza en el estómago.

—Ben deja a Tang en paz.

—No puedo, amigo. Amy va a tener el bebé. Te necesita.

—¿Por qué?

—No lo sé… supongo que para que puedas tranquilizarla.

—Pero hospital estará allí.

—Ya lo sé, pero te quiere a ti, ¿vale? Sé que es de noche, pero me ha pedido que vengas. En realidad creo que lo importante es que estés tú allí y no yo.

—¿Dónde está Roj-urg?

—Está de viaje.

—¿De viaje dónde?

—No importa dónde esté Roger, ¿vale? Nosotros estamos aquí e iremos a ayudar a Amy porque la queremos. ¿No es así?

—Sí —dijo.

Rodó del futón al suelo. Cayó con un estrépito alarmante y se levantó con gran esfuerzo.

—Yo viene ahora.

—De acuerdo, voy a plancharme una camisa.

Tang me miró parpadeando.

—Tendré que plancharme una camisa. No voy vestido.

—¿Por qué necesita camisa? Cualquier ropa bien, ¿no?

—Pero es un día importante, tengo que ir elegante.

—Tang piensa no.

Me miró sin parpadear y recuperé el sentido común.

—¿En qué estaba pensando? A Amy no va a importarle lo que lleve puesto, ¿verdad?

Justo entonces volvió a sonar mi móvil.

—¿Habéis salido ya?

—No, pero saldremos pronto.

—¿Por qué no habéis salido aún? ¡Has dicho que no te ibas a duchar!

—No voy a hacerlo. He tenido que despertar a Tang.

—Va a venir, ¿verdad?

—Sí, sí que va a venir.

—¿Estás seguro? Ben, le necesito, no puedo hacerlo sin él.

Se echó a llorar.

¡Qué simpática! Ninguno de los posibles padres hacía falta, y nadie había mencionado aún a Bryony, pero a Amy le parecía absolutamente esencial que un robot anticuado estuviese allí. Desde luego, en nueve meses habían pasado muchas cosas.

—Amy, escúchame, Tang va a venir. Vamos a ir los dos, muy pronto estaremos contigo.

—¿Qué hago?

—Mmm… ¿qué te dijeron que hicieras en las clases de preparación al parto?

Aquella era una actividad en la que Roger había logrado participar: ir a las clases con Amy.

—Me dijeron que permaneciera erguida, que respirara hondo y que no me asustara.

—Pues haz eso.

—Lo intentaré.

—Siéntate en esa especie de pelota que tienes.

—Buena idea.

Amy me envió un mensaje cuando íbamos de camino para decirme que había dejado la puerta abierta para que al llegar entráramos directamente.

—Amy, ¿dónde estás?

—Aquí dentro.

—¿Dónde es aquí?

Tang señaló hacia el piso de arriba.

—¿Oyes al bebé, Tang? ¿Está bien? —pregunté mientras subíamos la escalera.

—Sí —dijo.

Eché a correr para llegar al dormitorio de Amy, dejando que Tang siguiera su propio ritmo.

Encontré a Amy tumbada sobre una alfombra de piel de oveja, en el cuarto del bebé recién decorado. Miraba su teléfono móvil.

—Amy, ¿estás bien? ¿Qué estás haciendo? ¿Por qué estás tumbada?

—Estoy jugando a un juego.

—¿Que estás qué?

—Me has dicho que estuviera tranquila, así que se me ha ocurrido jugar a un juego para distraerme. Acabo de conseguir mi máxima puntuación.

—No estoy seguro de que… —empecé a decir.

Sin embargo, Amy me fulminó con la mirada. En ese momento comprendí que en el transcurso del parto todo lo que hiciera o dijera estaría mal, así que debía mostrarme tolerante y hacerlo lo mejor que pudiese.

—He estado un rato sentada en la pelota, pero era aburrido.

—No te falta razón.

—Por cierto, he empezado a tener contracciones.

—¿Qué?

Me explicó que había tenido una pequeña contracción hacía unos minutos.

—Te lo tomas con mucha calma.

—Estoy jugando a un juego. Además, sabía que estabais de camino.

Pensé que era poco probable que pudiese seguir los cambios de humor de Amy durante todo el parto, así que no dije nada.

—Por cierto, aún no he localizado a Roger.

—Seguiremos intentándolo —aseguré.

En ese momento rodó sobre un costado y dejó caer el móvil con el rostro contraído por el dolor.

—¿Estás bien?

—Claro que no estoy bien, imbécil. ¡Estoy de parto, joder!

Fui a frotarle la espalda.

—¡No me toques, joder!

Levanté las manos al instante como si estuviera en medio del atraco a un banco. De pronto, Tang estaba a su lado.

—Amy está bien. Bebé está bien. Amy debe respirar.

Al cabo de dos minutos la contracción había pasado.

—Lo siento —dijo cuando acabó—, no te he ofrecido un café ni nada. Te haré uno.

Trató de levantarse. Aunque la ayudé a sentarse, no pensaba dejar que manejara agua hirviendo.

—La verdad, Amy, creo que ahora mismo tienes cosas más importantes en las que pensar. No te preocupes por el café.

Asintió con la cabeza.

—De todas formas, creo que quizá tendríamos que llevarte al hospital.

Al hacer la sugerencia tuve la impresión de estar jugándome la vida al no saber qué versión de Amy iba a responder.

Estuvo de acuerdo, pero dijo que antes tenía que hacer una llamada telefónica.

—La haré yo —me ofrecí, pero Amy negó con la cabeza.

—Prefieren que llame la madre para poder calibrar la fuerza y frecuencia de las contracciones.

Asentí con la cabeza, pero cogí su móvil para buscarle el número.

—Cuidado, he dejado el juego en pausa. No quiero perder mi puntuación.

Al hablar con el hospital, Amy les dijo quién era, de cuántas semanas estaba (casi treinta y nueve) y cómo pensaba que evolucionaba el parto. Colgó al cabo de un minuto.

—¿Y bien?

—Dicen que no parece que las contracciones sean muy fuertes o frecuentes y que no vaya todavía. Me han aconsejado que tome un baño.

—¿En serio?

—Es muy bueno para controlar el dolor.

—Vale, llenaré la bañera.

Me quedé reflexionando.

—¿Quieres que me quede en el baño contigo?

Ella frunció el ceño.

—Claro que quiero. ¿Qué clase de pregunta es esa?

—Es que como ya no estamos juntos... he pensado que quizá no querrías que te viese desnuda.

—Ben, escúchame: vas a estar presente cuando nazca este niño. Vas a ver a un bebé saliendo de mi vagina. La verdad, no tiene importancia que me veas desnuda en una bañera.

Cuando me incorporaba llegó otra contracción. No sabía muy bien qué debía hacer, pero Amy me dio un consejo:

—¿Qué haces ahí parado? Ve a buscarme un paracetamol. ¡Y ve a llenar la puta bañera!

Amy se pasó horas en la bañera, cuatro para ser exactos. Tang y yo nos sentamos a su lado, echándole agua caliente por encima y poniendo fuera de su alcance las velas de aromaterapia cada vez que notaba aproximarse una contracción. Yo no podía tocarla durante las contracciones, pero Tang se pasaba el tiempo apartándole el pelo de la cara con su pinza (sin darle en el ojo) y enjugándole la frente con un paño de franela frío.

Cuando no tenía contracciones le decía que tenía buen aspecto. Sonreía débilmente, pero yo veía que el cumplido le agradaba. Ante su insistencia, dejé a Tang con ella para ir a preparar un café y traje de vuelta una amplia variedad de cosas de comer.

—He leído que cuando se está de parto hay que tratar de comer.

—No me apetece.

—Inténtalo, por favor. Cómete un plátano.

—Ben tiene razón —dijo Tang—. Amy plátanos.

Se obligó a ingerir la pieza de fruta y entonces vino otra contracción.

—Tang piensa hospital ahora —dijo el robot.

—Estoy bien, Tang —respondió Amy—. Estoy contenta en la bañera.

—Amy, Tang tiene razón, las contracciones vienen ya muy seguidas. Creo que deberíamos ir al hospital.

—Si tú lo piensas, Tang...

Se levantó con gran esfuerzo y la ayudé a salir de la bañera.

—Te traeré la bata —dije, desapareciendo del baño.

—¡Ben! —me llamó.

—¿Sí?

—Noto la cabeza.

En el coche me sentí muy orgulloso de ella. Manejó bien las contracciones, mostrando la capacidad de autocontrol que yo le conocía. Se lo dije entre contracción y contracción.

—Trato de aguantar al bebé —me informó, y noté que me ponía repentinamente pálido.

Cuando llegamos al hospital nos enviaron a obstetricia. La

comadrona de guardia nos dedicó una sonrisa agradable y preguntó si yo era el padre.

—Sí, claro que lo es —dijo Amy.

Me puse un poco tonto. Entonces la mujer miró a Tang.

—¿Esto va con ustedes?

—Sí —le dije.

—No sé si puede entrar aquí un robot. ¿Y si espera fuera? Iba a protestar, pero Amy se ocupó de ello:

—¡No! —exclamó furiosa, y le dio la mano a Tang.

La comadrona renunció a librarse de Tang y le pidió a Amy que llenase un bote de orina. Ella le arrebató el bote a la comadrona y lo lanzó contra un armario alto que ocupaba un rincón de la sala.

—Noto la cabeza de mi bebé —dijo.

Sin alzar la voz ni soltar tacos, la amenaza presente en su tono bastó para poner en acción a la comadrona. Es el tono con el que consigue ganar tantas batallas legales en su trabajo, estoy seguro.

—De acuerdo, pues súbase a la camilla y echaremos un vistazo —dijo la mujer.

Corrió la cortina para aislar la pequeña área situada a un lado de la sala. Amy prácticamente se arrancó la ropa.

La comadrona solo tuvo que echar una ojeada.

—¡Rápido! —exclamó—. Vamos a tener un bebé aquí dentro. ¡Tráiganme un equipo para partos!

Me asomé a ver lo que sucedía y, efectivamente, vi la cabeza de un bebé.

—¡Ya asoma la cabeza del bebé, Amy! —dije.

Tang se hallaba junto a Amy, acariciándole el pelo. Me miró.

—¿Puede darle algo para el dolor? —le pregunté a la comadrona.

—Me temo que es demasiado tarde. No se preocupe, todo habrá terminado en pocos minutos, ya verá.

Tang y yo cogimos a Amy de las manos. Tang soportaba mejor que yo la sensación de aplastamiento, aunque traté por todos los medios de disimular el dolor.

Al cabo de pocos minutos llegó el bebé. Una niña. Supe al instante que era mía.

Roger se presentó en el hospital una hora antes de que acabara el horario de visitas, casi doce horas después de que naciera Bonnie. Amy nos preguntó a Tang y a mí si podíamos dejarla a solas con él para que pudieran hablar.

—¿Adónde se había ido? —le dije a Tang mientras íbamos a buscar un café para mí—. ¿A Tuvalu?

—No, a Plimmuuth.

—¿A Plymouth? ¿Cómo demonios sabes eso?

—Amy dice. Dice: «¿Qué tiene Plimmuuth de especial para que Rojurg no pueda estar aquí?».

—¡Ay! Me parece que no están muy bien.

—No —dijo sonriente.

—Tang, ya sé que Roger nos cae mal, pero no se debe desear que a la gente le vayan mal las cosas.

Se rascó la cinta americana, así que añadí:

—Aunque no puedo evitar alegrarme un poquito de no ser el único que le falla a Amy. Al menos nunca hice nada tan malo.

Al cabo de media hora Amy me envió un mensaje diciendo que Roger se había ido y que quería que volviéramos antes de que el hospital nos echara hasta la mañana siguiente.

—Amy, ¿qué ha pasado con Roger?

Se removió incómoda y abrazó a Bonnie.

—Se ha ido.

Debí de poner cara de confusión, porque Amy continuó:

—No, me refiero a que se ha ido del todo. Nunca quiso ser padre. Creo que nunca quiso nada serio conmigo. Creo que simplemente pensó que yo era un trofeo que estaba en el mismo nivel profesional que él o algo así.

Me ofrecí a darle un buen puñetazo de su parte.

—Te agradezco el detalle, Ben, aunque no creo que sirva de nada —dijo con voz llorosa—. Gracias de todos modos.

—Pero ¿qué significa eso para ti y para Bonnie? ¿Te ha echado de su casa?

—Aún no. Dice que puedo disponer de unas semanas para decidir lo que voy a hacer.

—¡Qué generoso!

—¿A que sí?

—Hablaré con Dave sobre las amistades que elige.

—Pues tendrás que hacer cola: estoy segura de que Bryony será la primera.

—Amy, no quiero que pienses que pretendo nada... pero ¿te gustaría volver con Bonnie a Harley Wintnam?

—Pero... pero te dejé. ¿Por qué ibas a querer que volviera a tu casa?

Había lágrimas en sus mejillas.

—Han pasado muchas cosas desde entonces, Amy. No estoy sugiriendo que volvamos a estar juntos. Es que... bueno, sería agradable teneros a las dos allí. Tengo todo lo que hace falta... me refiero al bebé. Le he preparado una habitación... por si necesitabas un sitio adonde ir. Puedo ir a buscar tus cosas a casa de Roger, ¿sabes? Para que no tengas que verle...

—¿Has preparado una habitación?

Asentí con la cabeza. Amy cogió mi mano y se la llevó a los labios.

—Es la mejor oferta que he recibido en mi vida. Estaríamos encantadas de irnos a vivir contigo.

Pasé las veinticuatro horas siguientes limpiando la casa. Tang iba de un lado para otro con un plumero, así que para cuando fui al hospital para recoger a Amy y a Bonnie la mitad de los dos pisos de la casa estaba impecable.

—Me quedo aquí —me dijo el robot cuando me disponía a salir—. Yo sandwicheo para Amy y Bonnni.

—De momento Bonnie solo toma leche, Tang, pero gracias.

Sonrió y se fue a la cocina.

Tan pronto como salimos del hospital, Amy dijo:

—Me muero por una copa de champán.

—Recuerda, Amy, que la maternidad es un regalo —dije con mi mejor voz de consejero.

Me dio un puñetazo en el brazo.

—Estoy seguro de que puedes tomar una copita. En cuanto lleguemos a casa te la daré; te la mereces. Hasta te he comprado brie y salmón ahumado por si te apetece.

—¡Oh, ya sé, podríamos abrir ese champán que nos regalaron Bryony y Dave por nuestro aniversario!

—Esto...

La primera vez que Tang vio a Amy dando el pecho fue espectacular. Hay que reconocer que Amy tuvo mucha paciencia, pero aunque Tang y ella eran buenos amigos no dejaba de sentirse turbada por la mirada que el robot le clavaba en el escote.

—¿Qué hace Bonnie?

—Está mamando, Tang —le expliqué.

—¿Mamando?

—Sí. Sale leche de Amy y Bonnie se la bebe.

Seguramente habría podido encontrar una forma mejor de decirlo.

—¿Sale leche de Amy? —preguntó Tang con el ceño fruncido.

—Sí.

—¿Amy está rota?

—No, ¿por qué lo preguntas?

—Porque Amy pierde.

—¡Qué va, Tang! —susurró ella, poniéndole una mano en la cara—. No pierdo. No pasa nada malo; al contrario. Esto es bueno para Bonnie.

Él parpadeó sorprendido.

—Aunque puede que me venga bien usar el sacaleches. ¿Puedes subir a buscarlo? Está en el cuarto del bebé.

—¿Sacaleches?

Amy le explicó cómo era un sacaleches y él se marchó.

Volvió al cabo de unos diez minutos con el sacaleches pegado en un lado de la cabeza. Se las había arreglado para encenderlo, así que se oía un extraño chirrido mientras el sacaleches trataba de extraer del robot una leche inexistente.

—¡Ay! —dijo.

—Tang, ¡¿qué demonios estás haciendo?! —gritamos Amy y yo al mismo tiempo, despertando a Bonnie.

Tang nos miró parpadeando y dejó caer el regulador electrónico. El sacaleches quedó colgando, sin dejar de vibrar. Fui a desconectarlo y se lo quité.

—¿Por qué te has puesto el sacaleches en la cabeza?

—Quería ver qué pasaba.

—Pero ¿por qué?

—¿Por qué no? —replicó Tang, encogiéndose de hombros.

Un domingo, mis sobrinos insistieron en venir a jugar con Tang. Cuando Bryony los trajo entraron en la casa como locos, corriendo de un lado para otro hasta que encontraron a Tang, que estaba arriba, en su habitación, entrando y saliendo de su ropero, una de sus aficiones favoritas (ahora ya no tenía nada que ver con el miedo a las brujas). Bryony fue a charlar con Amy mientras yo preparaba el café.

—¿Dónde está mi sobrinita? —oí desde la cocina.

Las palabras fueron seguidas del sonido de unos besos lanzados al aire.

En cuanto pudo, Bryony me agarró del brazo con aire de conspiración y me llevó a un rincón del salón para que pudiéramos hablar.

—¿Cómo van las cosas entre Amy y tú? —siseó—. Se lo he preguntado a ella, pero no quiere decírmelo.

—¿A qué te refieres?

—Vamos, Ben, rompe con Roger el día que nace Bonnie y vuelve aquí en cuanto sale del hospital. ¿Qué quieres que piense?

—No hay nada que contar, Bryony. Rompió con Roger porque él no quería ser padre y no quería intentarlo.

—Tú tampoco querías ser padre.

—Pero ahora sí.

—Entonces, ¿volvéis a estar juntos?

—No. Amy y Bonnie están aquí porque era lo más lógico. Roger no las quería en su casa y yo no iba a dejarlas en la calle. Además, quiero que estén aquí.

—Entonces, ¿quieres recuperar a Amy?

—Mira, mentiría si te dijera que no me alegré de que la cosa no funcionara con Roger, pero es una situación delicada. No quiero volver a decepcionar a Amy ni tampoco a mí mismo. Quizá algún día, pero aún no.

Bryony me dio un abrazo.

—Mamá y papá estarían orgullosos de ti, ¿sabes?

—Eso espero. No lo conseguí cuando aún estaban vivos. Estaría bien que pensaran que ahora controlo la situación.

—Les habría encantado lo de tu viaje.

Sonreí.

—Lo sé, fue algo muy de su estilo.

—Te pareces a ellos más de lo que crees.

—Supongo que sí.

—¿Te acuerdas de cuando dijeron que iban a viajar al espacio?

—Quizá deberíamos hacerlo nosotros y llevarnos a Tang. —Hice una pausa—. Ojalá hubieran podido conocer a Amy. Y a Bonnie —dije, desviando la conversación.

—Habría estado muy bien. Pero ¿sabes una cosa? Ojalá hubieran podido conocer también a Tang. Habrían estado todo el tiempo encima de él.

—¿Tú crees?

—Desde luego. Les habría parecido un encanto. A todo el mundo se lo parece. Los niños lo adoran. Tenías razón.

No supe qué decir.

—Por supuesto, todos vamos a tener que cambiar nuestra visión de la inteligencia artificial. Me pareció buena idea darle el día libre al androide de casa en Navidad, pero le entró el pánico. Se pasó el día siguiente siguiéndome a todas partes y preguntando si podía hacer algo. Al final tuve que hacerle pintar una valla bajo la nieve, solo para mantenerlo ocupado.

—No te preocupes, Bryony, poco a poco, ¿eh? Aún no hace falta crear un movimiento por la igualdad de derechos para la inteligencia artificial. Solo tienes que ser amable y respetuosa con ellos.

—¿Crees que se estropeó por eso el Cyberchófer de Roger?

—Seguramente. Aunque yo también me estropearía si tuviera que llevar a Roger de un lado a otro.

—¡Muy bueno! Me alegro de ver que el viejo Ben no ha sido completamente sustituido por este Ben nuevo y mejorado.

—No, no del todo. Solo las partes que necesitaba para ser feliz, eso es todo.

—¿Sabes una cosa? No hacía ninguna falta que te recorrieras medio mundo para ser feliz.

—Puede que sí.

—¿Funcionó? ¿Eres feliz?

—Aún hay cosas que tengo que hacer, pero sí, lo soy.

—Con eso ya me conformo.

29

Déjà vu

Cuando se marchó el torbellino familiar y Amy estuvo instalada en el sofá, meciendo el cuco para dormir a la niña, le pregunté cómo podía estar segura de que Bonnie era mía.

—Pedí que hicieran la prueba... para tener la certeza. Se lo dije a Roger en el hospital. Estoy convencida de que nunca quiso una relación a largo plazo, pero aun así le molestó saber que Bonnie era tuya. Creo que confirmó lo que él ya sospechaba.

—¿Y qué era?

—Que nunca sería el hombre adecuado para mí. Sobre el papel pensé que encajaba, pero en la práctica no fue así.

—Tiene gracia —dije—, eso es exactamente lo que pensé que opinabas de mí.

—Nunca opiné eso.

Sus palabras flotaron en el aire durante unos instantes. Me sentí incómodo, así que volví a hablar de Bonnie:

—Yo lo supe en cuanto nació. O sea, mírala, ¿cómo podría tener un pelo tan ridículo y no ser mía?

Amy sonrió.

—Me alegro de que hayas conseguido lo que querías. Me refiero al bebé.

—Nunca quise un bebé sin más, Ben, sino un hijo tuyo.

—Ojalá hubiera sabido verlo.

—Ojalá me hubiera mostrado más clara.

—Simplemente no nos entendimos, ¿verdad?

—No.

—Yo no entendí lo que necesitabas, y tú no entendiste por qué me pasaba el tiempo sentado sin hacer nada.

Asintió con la cabeza.

—Ahora me doy cuenta de que todavía estabas asimilando la muerte de tus padres. —Guardó silencio durante unos momentos y a continuación cambió de tema—: ¿Significa eso que volverás a la universidad?

La miré un poco confuso.

—¿Roger no te lo dijo?

—¿Qué tenía que decirme?

—Ayer por la mañana recibí una carta.

Abrí un cajón del escritorio, saqué un gran sobre marrón y se lo di a Amy.

—«Apreciado señor Chambers —leyó—, nos complace confirmarle que ha sido aceptado de nuevo en nuestra universidad. Una vez más, estará usted bajo la supervisión del doctor Geoff Hamilton…»

Dejó de leer y apoyó su mano suave en mi mejilla.

—Ben, es una noticia fantástica.

Sentí que necesitaba quitarme un peso del pecho, así que me senté en el sofá y empecé a hablar.

—Mientras estuve fuera, quise cambiar para recuperarte. Sin embargo, me dijiste que estabas con Roger y creí que ya era demasiado tarde. Entonces caí en la cuenta de que no deseaba aclarar mis ideas por ti, sino por mí mismo. Saber que estabas con otra persona me hizo ver que no podía hacer nada para ser el hombre que tú querías, así que entonces tuve que decidir qué clase de vida deseaba yo y cómo iba a conseguirla. No esperaba tener un hijo tan pronto, pero ahora no cambiaría nada. Solo espero que cuando retome mis estudios en la facultad de veterinaria en septiembre pueda seguir estando aquí para ti y para Bonnie.

Amy me miró durante un buen rato, taladrándome con sus ojos de color verde claro. Luego sonrió de nuevo, se inclinó hacia mí y me besó cerca de la boca, sin llegar a rozar mis labios. Olía a té y a bebé.

Entonces, recurriendo a toda mi fuerza de voluntad, retiré despacio su brazo de mi hombro y me apoyé en el respaldo.

—Amy, no es el momento.

Pareció preocupada.

—Nos hicimos daño el uno al otro. No quiero arriesgarme a sufrir más, ni a que sufráis tú o Bonnie.

—¿Qué te hace pensar que volveremos a hacernos daño?

—Aún no sabes si soy el hombre adecuado para ti. Ni siquiera yo sé qué clase de hombre soy, así que ¿cómo vamos a saber si las cosas podrían volver a funcionar entre nosotros?

Su aspecto preocupado se volvió temeroso. Amy se mordió el labio.

Cogí su mano.

—Te quiero, y haré lo que haga falta por ti y el bebé. Pero los dos necesitamos tiempo para adaptarnos. No voy a irme a ninguna parte… esta vez no.

Dos lágrimas rodaron por las mejillas de Amy. Se las enjugó con la palma de la mano. Luego asintió con la cabeza.

—¿Quieres echar una siesta? Puedo ocuparme de Bonnie.

—¿Sí? —dijo, animándose.

—Claro. Puedes hacer lo que quieras.

Amy subió al piso de arriba.

—Venga, Tang —dije—, vamos a enseñarle los caballos a Bonnie.

Nota de la autora

¿De dónde partió todo?

Partió del nombre: «Tang». Una noche mi marido y yo hablábamos de olores (teníamos a un bebé recién nacido en la casa), y él describía cierto placer olfativo. Yo dije que «Tang» parecía el nombre de un robot. Nos echamos a reír.

Pese a todo, supe al instante que el robot estaría compuesto por dos cajas de metal colocadas una encima de otra a toda prisa por el personaje de un científico loco. También supe que Tang tendría un amigo anímicamente destrozado llamado Ben que se llevaría al robot por el mundo en busca de su creador. A la mañana siguiente supe que Ben conocería al robot en su jardín trasero, y que allí empezaría la historia. Comencé a escribir.

Tener a un bebé y luego a un niño pequeño en la casa me proporcionaba un suministro ilimitado de material para una comedia, y mentiría si dijese que no aproveché elementos del comportamiento de mi hijo para aplicárselos a mi robot, si no directamente al menos desde un punto de vista literario.

Aunque sería casi imposible escribir una novela de robots sin tener en cuenta la tecnología, y a pesar de que es un tema que me encanta, comprendí que la mecánica de Tang —cómo funcionaba, si comía o dormía— no me interesaba tanto como su personalidad. Tomé la decisión de desarrollar al principio los personajes de Ben y Tang, así como la relación entre ambos, y dejar para más adelante las consideraciones prácticas a menos que condujeran a situaciones humorísticas. De hecho, resultó que eso ocurría a menudo y que servía para que Ben aprendiera cada vez más sobre Tang. Yo también aprendí sobre él y sobre robótica en general. No obstante, era consciente de mis limitaciones: si intentaba presentar a un robot con las características tecnológicas correctas no lo haría bien.

Opté por darle a Tang la capacidad de ser empático, instintivo, obstinado y a veces manipulador, y supe que esos rasgos iban a desarrollarse hasta alcanzar un nivel mucho más sofisticado del que jamás esperó o pretendió lograr Bollinger, su creador. En cierto sentido, la sensibilidad emocional de Tang demuestra la insensibilidad de Bollinger. El error del malo de la historia fue suponer que su creación sería un reflejo de sí mismo.

Las expresiones faciales de Tang me han dado no pocos problemas. Siempre he pensado que Tang se expresa en gran medida a través del lenguaje corporal, por ejemplo dando fuertes pisotones contra el suelo debido a la emoción, o que a veces Ben ve las expresiones que espera ver en el robot. A veces he comparado a Tang con Gromit, cuyas expresiones y emociones se manifiestan a través de los ojos, las orejas y el lenguaje corporal, ya que no hay boca ni lenguaje alguno con que transmitir los sentimientos. Tang dispone de una mayor variedad de opciones, pero creo que el principio es el mismo.

Me imagino que a algunos lectores les decepcionará no conocer los mecanismos concretos de Tang, y en especial cómo funciona. Les ofrezco la oportunidad de decidir por sí mismos: ¿y si Tang tiene una placa solar que Ben nunca descubre? ¿Y si el chip de Bollinger que tanto interés tiene en recuperar encierra la clave del movimiento perpetuo? ¿Y si Tang funciona con una batería muy eficaz cuya carga ha durado más que la novela?

Esa tal vez sea otra historia…

Agradecimientos

En primer lugar, quiero expresarle mi amor y agradecimiento a mi marido, Stefan. Me alentó a perseguir mi sueño de toda la vida a pesar de la inseguridad económica, y su fe en mi capacidad para publicar este libro es el motivo de su existencia. Asimismo, doy las gracias a mi madre y al resto de mi familia y amigos por su apoyo, por cuidar de mi hijo y no sugerir ni una sola vez en los dos últimos años que renunciara a mi ambición y me buscara «un trabajo como Dios manda», como tantas veces tienen que oír los escritores. También he de darle las gracias a mi hijo, Toby, por esas superlativas siestas que me permitieron escribir y por su capacidad infalible para hacerme reír cada día.

A continuación he de expresar mi agradecimiento a mi grupo de escritura, el Solihull Writers' Workshop, y en particular a mi querido Pub Club, cuyo estímulo, amistad y espíritu crítico me han ayudado a escribir este libro. Pete, Liz, Den, Sarah y Ray, os estoy mirando concretamente a vosotros. Además, considero un inmenso privilegio poder escuchar con frecuencia vuestro trabajo.

Deseo expresar mi más sincero agradecimiento a mi agente, Jenny Savill, que vio el potencial en un primer esbozo destartalado de un robot y me ayudó a darle brillo. Extiendo mi agradecimiento al resto de mi maravillosa agencia, Andrew Nurnberg Associates, que ha estado trabajando muchísimo para vender a Tang en todo el mundo.

Doy las gracias a mi editora, Jane Lawson, que me ha convertido en la novelista profesional que siempre quise llegar a ser. Gracias a ella no he perdido la confianza ni en los momentos en que ignoraba por completo lo que estaba haciendo. Por extensión, doy las gracias también a la encantadora gente de Transworld, cuya capacidad para llevar un libro desde el ordenador hasta los lectores me impresiona tremendamente.

También me gustaría expresar mi agradecimiento hacia esa gran mente colectiva que es Twitter. A lo largo del último año he conocido a muchos lectores y escritores que me han recordado que, aunque un escritor pase mucho tiempo trabajando a solas, nunca está solo del todo.

Por último, quisiera dar las gracias a The Writers' Workshop, sin el cual no tendría el honor de escribir estos agradecimientos. Conocí a Jenny en septiembre de 2013, en su conferencia del Festival of Writing de York, como resultado directo de la oportunidad que me ofrecieron de leer mi obra ante una sala llena de gente. Como en otros casos, la seguridad en mí misma que me han proporcionado ha dado vida a Tang.

El papel utilizado para la impresión de este libro
ha sido fabricado a partir de madera
procedente de bosques y plantaciones
gestionados con los más altos estándares ambientales,
garantizando una explotación de los recursos
sostenible con el medio ambiente
y beneficiosa para las personas.
Por este motivo, Greenpeace acredita que
este libro cumple los requisitos ambientales y sociales
necesarios para ser considerado
un libro «amigo de los bosques».
El proyecto «Libros amigos de los bosques» promueve
la conservación y el uso sostenible de los bosques,
en especial de los Bosques Primarios,
los últimos bosques vírgenes del planeta.

Papel certificado por el Forest Stewardship Council®